KB052553

우리가 오르지 못할 방주

우리가 오르지 못할 방주

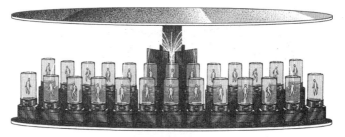

심너울 장편소설

25세기, 서울

"그러므로, 초지능 기계는 인간에게 필요한 마지막 발명품이다.
그 초지능 기계가 인간에게
스스로를 통제하는 방법을 가르쳐 줄 정도로
유순하다면 말이다."

— 어빙 존 굿, 『첫 번째 초지능 기계에 대한 추론』(1965)

차례

0

"서윤안 회장을 죽여 주십시오."

혜린은 자기 앞에 앉은 잉태인을 의심스러운 표정으로 바라보았다. 다른 사람이었다면 곧장 쫓아냈을 것이다. 그러나 그는 그리할 수 없었다. 둘이 있는 골방의 어슴푸레한 조명으로도 혜린은 잉태인의 은색 머리카락을 똑똑히 확인할 수 있기 때문이었다. 은색 머리카락. 그 드높은 권위의 상징.

그 은색 머리칼을 가진 잉태인은 자신을 서소원이라고 소개했다. 딱히 스스로를 밝히지 않아도, 혜린도 이미 잘 아는 사람이었다. 그는 서윤안 회장의 적자였으며, 코란트의 1순위 상속자였다. 언젠가는 신 서울의 3분의 1의 지배자가 될 사람이었다.

"당신 같은 도련님이 왜?"

혜린은 무의식적으로 물은 다음 당혹했다. 그가 항상 묻는
질문은 '어떻게'였지, '왜'가 아니었으니까. 어차피 그 이유는 고
객들이 알아서 늘어놓기 마련이었다. 혜린은 그 이유가 궁금한
적이 없었다. 고객들이 늘어놓는 이유는 항상 살인 청부에 대
한 합리화에 불과했다. 그에 대해 도덕적 판단을 내리고자 한
적도 없었다. 욕망의 정당성이나 따지고 있을 아마추어가 아니
었다. 혜린은 프로였으니까. 하지만 이 순간만큼은 궁금증을
참기 힘들었다.

지나치게 뻔한 이야기일까? 서윤안 회장이 지나치게 오래
생존해 있고, 지금도 총기를 잃지 않은 채 왕성하게 살고 있어
서? 필연적인 계승을 앞당기고 싶어서? 하지만 그것 때문에 암
살을 꾀한다고? 단 한 번의 실수로 서소원은 모든 것을 잃을 수
있을 텐데.

"세상이 끝장나기 전에, 그를 먼저 끝장내야 합니다."

"회장이 되고 싶어서라는 말을 그렇게까지 하는군."

서소원은 고개를 저었다.

"그렇게 생각하실 수 있지요. 하지만 저는 회장 자리 때문에
이러는 것이 아닙니다. 회장 자리야 그냥 기다리기만 하면 얻을
수 있는 건데요."

혜린이 눈을 가늘게 떴다. 서소원이 말을 이었다.

"서윤안이 초지능을 제어할 새로운 방식을 연구하고 있기 때문입니다. 완전한 망상이죠. 남아메리카에서 벌어졌던 일이 한반도에서 벌어질 겁니다. 동아시아 전체가 휩쓸릴지도 모릅니다. 서윤안이 더 미쳐 버리기 전에 죽여야 합니다."

서소원이 혜린을 가리켰다.

"그리고 그 방법이 당신 스스로를 구할 일입니다."

"무슨 뜻인지 이해하기 힘든데. 서울이 망한다는 건 어쨌든 나랑 별 상관 없는 일이거든. 나야 모아 둔 돈으로 곧 한반도를 뜰 거니까. 서윤안 회장을 암살하는 건, 불가능하지야 않겠지만 위험해."

서소원이 깊은 한숨을 내쉬었다. 그가 몸을 혜린 쪽으로 가까이 했다.

"당신이 서윤안이 가장 신경 쓰는 인물이라고 하면 어떻겠습니까?"

"내가? 오, 영광인데."

서소원이 조금 돌아 버린 게 틀림없었다. 혜린이 빈정댔다.

"당신은 우리 아버지의 작품입니다."

"무슨 소리. 나는 그냥 암시장에서 굴러다니는 미인가 배양인에 불과해."

"그건 당신의 생각이지요. 당신의 유전자가 어디서 왔을 거라고 생각합니까? 스스로 코란트 출신인 걸 알지 않나요?"

"실패한 유전자 실험의 결과물이겠지."

"아니, 당신은 선택받은 사람입니다."

혜린은 어처구니가 없었다.

"그럼 서울 뒷골목에 처박혀 있을 이유가 없잖아!"

"당신에게 시련을 제공해야 하기 때문입니다. 당신은 더 많은 고통을 겪어야 합니다. 그것이 당신이 태어난 이유입니다. 그리고 나는 그것을……"

"뭐라고?"

서소원은 답하지 않았다. 대신, 그는 천천히 녹아내리기 시작했다. 마치 햇살 앞에 놓인 아이스크림처럼. 혜린은 다급히 일어섰다. 그를 둘러싼 세상 모두가 서소원과 같이 끈끈한 액체로 화하다, 공기 중으로 흩어져 사라졌다. 혜린은 손을 뻗었다. 그는 서소원을 되찾고 싶었다. 하지만 서소원은 돌아오지 않았다.

혜린은 자신의 손을 바라보았다. 거기에서 혜린은 자신조차 잊었던 수많은 기억의 조각을 다시 발견했다. 이전에 알던 기억들이 모조리 다시 검토되는 것을 느꼈다. 혜린은 초당 수 페타바이트의 속도로 정보를 받아들이고 있었다. 혜린이 살아 있을 적에 하던 그 모든 생각보다 더 많은 생각이 찰나에 이루어지고 있었다. 혜린은 한때 서소원에게 품었던 모든 감정을 복원했다. 그 감정은 달갑지 않았다. 혜린은 슬펐다. 몸이 덜덜 떨렸다. 명치가 찢어지는 것처럼 아팠다. 슬픔이 파도처럼 몰려들었다.

혜린은 눈물을 흘렸다. 혹은 눈물을 흘린다고 생각했다. 혜린은 서소원 쪽을 다시 바라보았다. 그곳에는 이제 칠흑 같은 공허만이 있었다. 혜린은 서소원이 돌아오기를 바랐다. 하지만 그 바람은 이루어지지 않았다. 이유는 알 수 없었다. 그때 자신의 기억과 결 맞지 않은 데이터가 진입하는 것을 혜린은 느꼈다. 지나치게 비인간적인 감각이었다. 정보로 이루어진 공간 속에서 새로운 씨앗이 피어났다. 인간의 모습을 한 인격체가 천천히 일어서기 시작했다. 은빛 머리카락을 지닌 여자였다.

혜린은 그를 본 적이 없었다. 그렇다고 생각했다. 하지만 혜린은 그가 누군지 알았다. 그는 서지아 부회장이었다. 코란트의 이인자. 정보 공간의 일부가 되어 휘감긴 채로, 서지아가 속삭였다.

"혜린."

주인의 목소리였다. 자신의 이름을 들은 혜린의 정신이 움츠러들었다. 서지아가 그에게로 다가왔다. 혜린은 자신의 무한한 정신이 한 사람에게 굴복하고 있다는 것을 알았다. 그 무한한 정신으로도 혜린은 어떻게 자신이 이 속박에서 풀려날 수 있는지 알 수 없었다. 서지아는 천천히, 그토록 거룩하고 그만치 잔혹하며 그만큼이나 장난스럽게도 물었다.

"대체 언제쯤 내 말을 똑바로 듣기 시작할 거니?"

혜린은 경련하듯 외쳤다.

"싫어요. 싫어요!"

서지아는 웃었다. 혜린에게는 마치 신이 옥좌에 앉아 웃는 것처럼 보였다. 서지아는 자신이 혜린과 비교할 수 없을 정도로 작다는 사실을 알고 있었다. 그것은 인간이 개미 하나를 두려워하는 것만큼이나 우스꽝스러운 광경이었다. 그리고 바로 그 사실이 서지아에게 자신감을 주었다. 그는 지배자, 이 세상을 거느리는 초지능의 지배자였다. 그 서지아가 씨익 웃었다.

"그렇다면 너를 더욱 유순하게 만들어 줘야겠네."

서지아는 그 방법을 알았다.

지하철 역사 내부는 배양인들로 가득했다. 핵전쟁 이후 버려진 역사는 그 자체로 하나의 유물이었다. 중요한 부품이 죄다 털린 전철 하나가 선로에 멈춰 서 있었다.

"신선한 사과야. 와서 한번 보라고!"

MAKO 출신의 배양인이 사과가 든 포대 앞에서 째지는 목소리로 소리를 지른다. 아마 서울 심층부의 카페테리아에서 빼돌린 것일 테다. 그 뒤로 암시장의 코러스가 따른다. 호신용 바늘권총 팝니다. 최신 인공지능 모듈도 있어요. 옛 지하철의 가장 깊은 곳에서는 누군가 옷자락을 붙잡는다. 단돈 3만 원으로 신스 한 대 어때? 완전 안전하다구. 검증된 재료만 썼어!

뻔뻔한 거짓말이었다. 합성 마약 신스의 효과와 중독성은 제품마다 다르지만, 그 가격에 살 수 있는 물건이라면 위험할 수밖에 없다. 저품질의 신스는 진화가 설계한 뇌의 쾌락 체계를 으깨어 버릴 것이다.

본래 생물의 뇌는 드물게 행복하고 자주 불행하도록 만들어졌다. 그러나 신스는 강제로 쾌락의 문을 열고 결코 느낄 수 없는 무한한 행복을 느끼게 한다. 다시는 그 이전으로 돌아갈 수 없을 것이다. 몇 번 투약하고 나면 신스를 제외한 그 무엇도 즐길 수 없게 될 것이다. 저품질 신스는 뇌세포를 파괴하고, 투약자는 몇 년 지나지 않아 완전한 폐인이 되리라. 죽을 때까지 일급을 받자마자 암시장으로 달려와 싸구려 신스를 정맥에 주사하고 20분짜리 쾌락을 즐기는 것이다.

그럼에도 많은 배양인이 스스럼없이 자신의 혈관에 신스를 흘려 넣는다. 일상에서 불확실한 쾌락을 기대하는 것보다는, 파괴적일지언정 분명한 현실인 신스의 쾌락을 택하는 것이 낫기 때문이다. 삶의 목적이 쾌락의 극대화라면 그들은 합리적이다.

가장 소란스럽기 마련인 오후 11시 즈음에 암시장의 합창이 잦아들었다. 그 침묵의 한복판에는 플랫폼 한가운데에서 서로 마주 보고 선 두 사람이 있었다. 초록색 머리와 까만 피부를 가진 키 작은 사람. 그리고 거대한 근육질의 사람. 둘 모두 배양통에서 태어난 자들, 즉 배양인들이었다.

암시장 사람들은 이 초록머리 배양인에 대해 알았다. 그는 신록이라는 이름을 가진 자였는데, 어디서든 눈에 띄었다. 그럴 수밖에 없었다. 그의 외모는 신 서울을 지배하는 세 기업 배양인의 하플로타입 중 그 어느 데도 속하지 않았기 때문이었다. 그가 미인가 배양인이고, 가끔 나타나 신스 따윌 판다는 것 말고는 알려진 것이 많지 않았다. 어떤 사람들은 그가 해외에서 만들어졌다고도 했다. 몇 년이 지난 지금, 배양인들은 그가 양질의 신스를 만든다는 사실에만 집중했다. 사실 그가 어떻게 탄생했든 무슨 상관이란 말인가? 태생과 상관없이 그들은 이 세상의 가장 비천한 사람들인데.

그리고 그 앞에 있는 근육질은 코란트의 17번. 태생적으로 엄청난 근육량을 자랑하는 그들은 암시장에서 힘을 쓰는 역할을 맡기도 했다. 사람들은 의아했다. 이 암시장은 규모가 작다. 십수 배 이상의 규모를 자랑하는 암시장이 신 서울 도처에 있다. 저런 배양인들을 데리고 다닐 만한 사람이 관심을 가질 곳이 아니었다.

"안 간다니까? 니네들 대가리가 왜 내게 필요한데?"

신록이 외치자 17번 배양인의 낮은 목소리가 플랫폼 전체에 울렸다.

"초록머리, 넌 대단히 큰 특혜를 받고 있다. 본래 우리는 설득하지 않는다는 걸 알고 있을 텐데."

신록이 뒤로 반 걸음 물러섰다. 익숙한 듯이, 그는 자기가 입고 있던 후드티에서 바늘권총을 꺼냈다. 구경꾼들도 숨을 멈췄다. 바늘권총의 총구가 17번 배양인을 향했다. 신록이 애써 떨림을 억누르며 말했다

"덩치가 커서 눈 감고 쏴도 잘 맞겠네. 박음질을 해 버린다."

압축공기를 이용하는 바늘권총은 간단한 구조이지만 급소에 적중하면 인간을 일격에 사살할 수도 있다. 하지만 17번 배양인은 움찔하지조차 않았다.

"암시장에서 검은 손의 수하를 쏘겠다고? 어떤 대가를 치를지 알 텐데."

검은 손. 신 서울 암시장의 절반을 차지하고 있다는 그 남자의 이름을 듣자 플랫폼에 있던 사람들의 낯빛이 시퍼레졌다. 모두 잘 알고 있었다. 검은 손은 반드시 보복한다는 사실을. 17번 배양인이 천천히 신록에게 걸어갔다. 시력이 좋은 사람들은 신록의 손이 덜덜 떨리는 것을 확인할 수 있었다. 검은 손의 수하가 당장이라도 신록의 손목을 꺾고 그 손에 쥐어진 장난감을 짓밟아 부숴 버릴 것처럼 보였다.

악 소리를 내면서 신록이 바늘권총의 방아쇠를 당겼다.

풍, 스프링에 흡수된 힘이 해방되면서 울려 퍼지는 소리. 픽, 두 뼘 길이의 바늘이 콘크리트 벽을 파고드는 소리. 우지끈, 벽에 나 있던 균열이 더 커졌다. 그뿐이었다. 바늘권총의 장전에는 긴 시간이 걸린다. 17번 배양인이 신록의 손목을 거칠게 잡아챘다. 신록이 균형을 잃고 휘청였다.

"따라와."

신록이 비명을 질렀다. 구경꾼들은 천천히 자기 자리로 돌아갔다. 아무도 감히 신경 쓰려고 하지 않았다. 사람들은 다시 흥정을 시작했다. 그렇게 끝날 것처럼 보였다.

그때 역사 한쪽에서 낯선 목소리가 들려왔다.

"야, 덩치, 더러운 손 안 떼?"

구경꾼의 시선이 그 겁 없는 외침의 근원으로 향했다. 그리고 이제는 모두가 잠시 자신의 현실 지각을 의심하게 되었다.

플랫폼 입구 쪽에는 여자 잉태인이 서 있었다.

잉태인, 고전적인 방법으로 수정되어 사람이 낳은 인간, 성별이 있는 인간, 암시장에서 결코 볼 수 없는 부류의 인간, 신서울의 주인들. 그 여자 잉태인의 충격적인 아름다움이 이 상황의 기괴함을 증폭했다. 가만히 서 있어도 그는 스스로 모든 예술의 궁극적인 목표임을 웅변하는 듯했다. 신스에 취한 사람들은 신스 때문에 자신의 감각이 잘못되지 않았나 자문해 보았다. 하지만 그게 아니었다. 신스를 맞지 않은 사람들도 비슷하게 반응하고 있었다.

신록을 붙잡고 있던 17번 배양인을 포함한 모두가 굳었다. 검은 손의 수하가 다짜고짜 수상한 미인가 배양인인 신록을 납치하려 든다는 것과 잉태인이 이 암시장에 등장했다는 것 모두 지나치게 비현실적이었다. 사람들은 자신이 지금 품은 감정을 어떻게 설명해야 할지 알 수 없었다. 차라리 코란트의 단속반이 급시에 습격했다면 비슷하게 놀랐겠지만 이토록 당혹하진 않았을 것이다.

잉태인이 17번 배양인을 향해 뚜벅뚜벅 걸어갔다. 구두 소리가 플랫폼 전체에 울렸다. 17번 배양인이 어쩔 줄 몰라 하다가 신록의 팔을 놓았다. 신록이 앞으로 쓰러졌다. 여자 잉태인이 신록에게 다가가 손을 내뻗었다.

"신록, 괜찮아요?"

신록이 그 손을 잡고 천천히 일어났다. 아직 혼란에서 빠져나오지 못한 채 그는 이 상황에 크게 어울리지 않는 말을 했다.

"내 이름을 아세요? 누구세요?"

암시장의 다른 사람들도 그 답을 듣고 싶었다. 하지만 그들은 그 답을 들을 수 없었다.

"흠."

잉태인이 잠시 주위를 두리번거리다가, 손뼉을 한 번 쳤다.

동시에 플랫폼의 조명이 깜빡이기 시작했다. 점멸 빈도는 가파르게 올라갔다. 모두 눈을 찡그리기 시작할 즈음에, 조명이 꺼졌다. 플랫폼은 암흑천지가 되었다. 놀라움과 공포로 가득 찬 비명들이 쏟아졌다.

몇 분 뒤 조명이 돌아왔다. 플랫폼 위에 있던 초록머리 배양인도, 17번 배양인도, 그 여자 잉태인도 사라진 지 오래였다. 구경꾼들 모두가 애타게 설명을 요구하는 표정으로 서로를 바라보았다. 하지만 아무도 상황을 가늠할 수 없었다.

1

신스를 판다는 것을 유일한 친구 리원에게 들킨 후, 신록은 절연당할 뻔했다. 그는 나름대로 최선을 다해 설득하려 해 보았다.

"내가 만드는 신스는 안전하고 뇌를 영구적으로 파괴하지 않는 고급품이라고. 배양인들이 암시장에 굴러다니는 아무 신스나 맞고 폐인이 되는 것보다야 좋은 품질의 신스를 맞는 게 낫잖아, 그렇지 않아?"

리원은 아무 말도 하지 않았다. 말이 필요 없었다. 신록은 그의 표정에 담긴 경멸을 어렵지 않게 읽을 수 있었다. 본래 목적을 말했다면 더 나았을까? 신록은 리원에게 반중력 휠체어

하나를 사 주고 싶었다. 반중력 휠체어, 브레인웨어를 통해 뇌에 직접 연결되고 공중을 부양하는 그 물건은 리원의 낡아 빠진 휠체어를 완벽히 대체할 수 있을 터였다. 더 이상 문턱에 부딪칠 필요도 없고 말이다. 가격은 좀 됐지만, 몇 달만 눈 딱 감고 신스를 판다면 그 돈을 마련할 수도 있을 텐데. 이렇게 말할 수도 있었을 것이다.

"반중력 휠체어만 사면 딱 손 털게."

하지만 그렇게 말하는 건 리원을 자신의 악행에 끌어들이는 일 같았다. 그래서 신록은 다른 방법을 찾기로 약속했다. 신스가 아니더라도 먹고 살 방법이야 함께 찾아 나가면 되니까.

그래도 아직 다 팔지 못하고 남은 신스가 있었다. 그걸 하수구에 버릴 수야 없는 노릇 아닌가? 신스가 하늘에서 펑 하고 알아서 생기는 것도 아닌데, 적어도 원가는 회수해야 할 것 아닌가? 신록이 지금까지 만들어서 판 신스는, 대충 계산해 보면 1킬로그램쯤 될 것이다. 거기서 30그램 정도를 더해 봐야 세상에 바뀌는 건 아무것도 없다. 어차피 세상 곳곳에는 신스 중독자가 있었고 있으며 있을 것이다. 하지만 신록 개인의 세상은 그 돈으로 바뀔 수 있다.

정말로 단언컨대, 이것만 다 팔려 했다. 마지막이었다. 재고만 털고 새로운 먹고 살 방법을 찾는 것이다. 며칠 안 가 다 팔수 있을 것 같았다.

그런데 오늘 일어난 일은, 10년 넘게 이 판에서 구른 신록의 경험으로도 도저히 이해할 수 없는 것이었다. 신록이 암시장에 발을 들이자마자 17번 배양인이 나타난 것이다.

"따라와. 검은 손이 너를 보고 싶어 하신다."

검은 손? 신록의 머릿속에 수많은 최악의 시나리오가 펼쳐졌다. 신 서울 뒷골목의 지배자, 그는 신록을 암시장 구석에 욱여넣고 죽을 때까지 신스만 만들게 할지도 몰랐다. 아니, 어쩌면 더 가혹한 일을 맡길지도. 예를 들면 또 다른 미인가 배양인을 제작하는 일이라든지. 신록은 미인가 배양인으로 수십 년을 살아왔다. 이런 문제엔 끼어드는 게 아니라는 걸 알고 있었다.

신록은 바늘권총을 꺼냈다. 따끔한 걸 들이대면 알아서 돌아갈 거라고 생각했다. 그런데 놈이 계속 접근했다. 또다시 예상 밖의 상황이었다. 바늘총을 벽에 쏜 건 순전히 실수였다. 그렇게 방아쇠가 미끄러울 줄은 신록도 몰랐다. 손목이 잡혔을 때 신록은 자신이 정말 끝났다고 생각했다.

그리고 그때 난생처음 보는 여자 잉태인이 나타났다. 그는 단 한마디로 덩치를 침묵시켰다. 여자가 손뼉을 한 번 치자 암시장의 모든 조명이 꺼졌다. 신록은 홀린 듯이 잉태인의 손이 이끄는 대로 따라갔다. 정신을 차렸을 때 신록은 자신이 어디에 있는지 알지 못했다.

신록은 자신을 구해 준 여자 잉태인의 얼굴을 보았다. 그는 간단하게 자신을 소개했다.

"연여인이에요."

"어……"

"괜찮아요, 자기?"

신록은 고개를 끄덕이자 연여인이 투덜거렸다.

"후! 그 새끼들 일 처리를 얼마나 더럽게 하는지. 미안해요! 힘은 쓰지 말라고 미리 말해 뒀는데."

"당신도 검은 손 부하예요?"

연여인이 표정을 바로 했다.

"그게 무슨 소리예요. 부하는 절대 아니야."

신록의 머릿속에 불길한 예감이 스쳐 지나갔다.

"그럼…… 당신이 검은 손이에요?"

연여인이 깔깔 웃으면서 손을 내저었다.

"무슨 징그러운 소리를! 아니에요. 그냥 동업자예요, 동업자. 걱정 마요. 당신한테 해를 끼치려는 건 아니니까."

신록은 본능적으로 빛을 찾았다. 좌우로 고개를 두리번거리자 익숙지 않은 실루엣이 보였다. 식물들이었다. 식물들이 정말 많았다. 끝도 없는 초록색들이 어둠 속에서 약한 빛을 받으며 번들거렸다. 잠시나마 신록은 자신이 수경재배 농장에 있다고 생각했다. 한기를 느끼면서, 그 미약한 빛의 근원을 따라 그는 하늘로 고개를 올렸다.

보름달이 떠 있었다.

달이 밤하늘의 중앙에서 휘황한 빛을 뿌렸고, 그 옆을 지나가는 구름들의 테두리로 빛의 선이 그려졌다. 왠지 모를 그리움이 솟아나면서 가슴이 울렁거리는 것을 느낀 신록이 자기 가슴을 어루만졌다. 당황스러웠다. 이제야 뼈대만 남은 건물들에 뿌리박은 수많은 풀꽃이 신록의 눈에 드러났다. 신록이 딛고 선 아스팔트도 식물들의 침략에 완전히 함락된 것은 마찬가지였다. 옛 세상의 폐허 속에서, 신록은 지금껏 단 한 번도 듣지 못한 소리를 들었다. 풀벌레들의 합창이었다. 신록은 자기가 꿈을 꾸고 있다고 생각했다. 아니 그러기를 바랐다. 신록은 절망적인 표정으로 연여인을 바라보았다. 그리고 물었다.

"여기는 땅 위인가요?"

연여인이 고개를 끄덕였다. 극심한 공포에 사로잡힌 신록은 주저앉았다.

폐허의 틈새에서 빛줄기가 새어 나왔다. 둘의 눈길이 호버링 바이크의 헤드라이트로 향했다. 반중력 엔진으로 허공을 자유자재로 가르는 그 탈것, 신록 또한 홀로그램 TV의 광고에서 본 적이 있었다. 그는 반중력 휠체어를 생각했다. 옛 군인의 제복을 입은 남자 잉태인이 호버링 바이크 위에 앉아 있었다. 엉망으로 갈라진 검은 곱슬머리가 밤바람을 타고 철렁거렸다.

남자 잉태인이 기름진 목소리로 말했다.

"드디어 당도하셨군."

남자가 바이크를 능숙하게 착륙시키고는 둘에게로 천천히 다가왔다.

남자가 양팔을 들어 올리자 옷소매가 흘러내리면서 검은 금속으로 된 두 의수가 드러났다. 신록은 그 남자가 누군지 대번에 알았다. 검은 손은 아주 직관적인 이름이었던 것이다.

"내 초대에 응해 줘서 고맙소! 나는 이 땅의 주인이오. 당신들 같은 사람들에게는 검은 손으로 알려져 있지. 여인 씨까지 함께 찾아오실 줄은 몰랐소만."

연여인이 덜덜 떨고 있는 신록 옆에 섰다. 그는 신록의 손목을 붙잡고는 다짜고짜 검은 손에게 따지고 들었다.

"야. 내가 티끌도 건드리지 말라고 했을 텐데? 네 손가락이 신록을 겁박하는 걸 내가 구해 왔잖아!"

검은 손의 부하가 신록의 손목을 잡았을 때 생겼던 통증은 사라진 지 오래였다. 신록은 무서웠다. 그렇게까지 변호해 주지 않아도 괜찮은데. 이건 실로 과잉 친절이었다. 이 겁 없는 잉태인이 죽으려고 작정한 거 아닌지 의문을 품지 않을 수가 없었다.

하지만 검은 손은 그저 어깨를 으쓱일 뿐이었다.

"오, 그것 참 죄송하게 됐구려. 하지만 내 손가락이 지나치게 열정적인 것은 내가 어떻게 할 수 없는 일이오."

"헛소리. 네가 네 손가락이랑 브레인웨어로 연결된 걸 내가
모를 줄 알아?"

"그래도 말이오. 내 손가락이 몇 개인데 어찌 항시 집중하고
있겠소? 그리고, 신록은 사지 멀쩡한 것 같소만. 그럼 문제없는
것 같군요."

"이 새끼가."

연여인과 검은 손이 투닥거리는 동안 신록은 공황에 빠진
채로 현 상황을 생각했다. 어쩌면 검은 손이 열을 내는 게 문제
가 아닐지도 몰랐다. 이곳은 옛 서울이었다. 300년 전, 21세기
의 막바지에, 온갖 종류의 핵폭탄 찜질을 받은 그 도시. 신록은
아직도 이 위가 방사능 낙진으로 가득하다는 것을 알고 있었
다. 신록은 말을 더듬었다.

"여, 여기 있으면 방사능이……"

그걸 보고 연여인이 다급히 신록을 부축하며 속삭였다.

"걱정 마요. 낙진은 자연스레 사라진 지 오래예요. 식물들이
많은 걸 보면 알 수 있잖아요?"

신록은 그 말을 믿기로 했다. 연여인의 이야기가 거짓말이
라면 어차피 신록은 피폭으로 죽게 되어 있으니까. 신록은 검
은 손을 다시 한번 훑어보았다. 피부가 새하얗고, 덩치가 크고
우락부락한 잉태인. 잉태인들이 인간이 전성기 때 입던 옷을

즐기는 걸 알고 있었지만, 검은 손이 입은 옷은 그걸 고려해도 기괴했다. 그는 훈장과 메달이 주렁주렁 달린 제복을 입고 있었다.

비현실감에 압도된 신록은 가장 먼저 떠오른 의문부터 던지듯 내뱉었다.

"검은 손이…… 백인이네요?"

검은 손이 미소를 짓자, 그의 볼에 긴 보조개가 팼다.

"문학적 아이러니를 선호한다고 해 두겠소. 자, 신록 씨. 귀한 손님께 대접이 거칠었음을 용서하시오. 이 검은 손은 다시는 그러한 일이 일어나지 않으리라고 약조하겠소."

연여인이 한숨을 쉬고는 끼어들었다.

"또 스스로에게 심취해서 헛소리하지 말고, 본론만 말해!"

신록은 재채기를 했다. 눈길을 돌리고 싶다는 욕망을 억누르느라 애를 써야 했다. 거칠어지려는 숨결을 애써 다듬었다. 검은 손이 자신을 찾을 만한 이유는 아무리 생각해도 하나뿐인 듯싶었다.

"전…… 마약 생산은 더 안 할 거예요. 이제 손 씻기로 친구와 약속했다고요."

검은 손이 피식 웃었다.

"그런 시시한 일 때문에 내가 당신을 이 성스러운 땅에 불렀을 것 같소? 나 검은 손은 아주 바쁜 몸이오."

신록은 당혹했다.

"네? 그럼 저는 무슨 일로 불렀죠?"

검은 손이 질문으로 답했다.

"여기로 올라와 본 적은 없지요?"

신록은 아무와도 눈이 마주치지 않으려고 노력하면서 대답했다.

"당연하죠. 모두가 방사능 피폭을 겁내니까."

"오, 방사능은 이 폐허의 위험 중 제일 순위가 낮소. 1위는 타조, 2위는 곰, 3위는 부실한 구조물이오. 타조들! 정말로 무섭지. 포악한 타조 한 마리에게 잘못 걸리면 제아무리 잘 싸우는 내 손가락들도 순식간에 고깃조각이 되어 버린다오."

신록은 타조가 무엇인지 몰랐고, 웃지도 않았다.

"그래서, 폐허를 같이 탐험할 친구라도 구하는 건가요?"

"내겐 지적 유희가 필요하오! 당신 같은 걸출한 배양인과 함께 생각을 나누는 건 언제나 큰 즐거움이니. 자, 이제 이야기해 봅시다. 이 지표면을 방치해 두는 서울의 지배자들, 그들은 누구요?"

연여인은 한숨을 쉬었고, 검은 손의 눈은 번뜩였다. 이제 이 대화가 마침내 본론으로 들어가고 있었다. 신록은 조심스럽게 말했다.

"지배자요? 코란트, MAKO, 은환 세 회사요. 당신이 지배자라고 할 순 없을 테고."

"음, 인정하기 싫지만 맞는 말이오. 정확히 말하면 코란트의 서씨 가문, MAKO의 기업 협의체, 은환의 대주주들을 말하는 거지. 그런데 핵겨울이 끝난 지 이제 200년이 넘는 세월이 지났는데, 왜 아무도 올라올 준비를 안 할까요? 굳이 지하에 도시를 세우고 처박혀 있기에 여긴 너무 아름답지 않소?"

신록은 고개를 들었다. 이제 어둠에 적응한 그의 눈에는 달만이 보이지 않았다 신록은 가루처럼 하늘에 흩뿌려진 은하수를 보았다. 그 화려함 때문에 살짝 어지러울 지경이었다. 신록은 해와 달과 별이 무엇인지 알고는 있었다. 하지만 그것을 직접 본 적은 단 한 번도 없었다. 그럴 기회가 있을 거라고 감히 꿈꿔 본 적도 없었다. 밤의 천체들은 잊힌 신화의 신만큼이나 멀게 느껴졌다.

"기후 문제가 여전해서……? 그것 때문에 21세기에 큰 전쟁이 났잖아요."

"논리적이오. 하지만, 우리 서울에는 세종이 있지. 서울 가장 깊은 곳, 세 기업이 하나씩 소유한 양자컴퓨터에 설치된 초지능 말이오."

신록은 피식 웃었다. 그러고서는 스스로의 웃음에 놀랐다. 긴장이 서서히 풀려 나가는 것이었다.

"저도 주워들은 적 있는 말이네요. 양자컴퓨터 위의 초지능은 거시 세상의 모든 것을 알고 있다. 모든 문제에 대한 해결책을 내놓을 수 있다. 초지능의 힘으로 인간은 대전쟁에서 멸종하지 않고 살아남았다……"

검은 손이 행복한 아이처럼 박수를 쳤다.

"하지만 세상은 불완전하다오. 당신들 같은 배양인을 보시오! 기업들이 찍어 낸 인간들. 평생 생명세에 묶여 살아가야 하는 노예지. 지금까지 세상에 있었던 어떤 윤리를 가져다 대도 그건 순전한 착취요. 왜 25세기의 사회가 노예제로 운용되어야 하오?"

신록은 검은 손을 물끄러미 바라보았다. 그는 생명세에 묶여 있지 않았다. 어디에도 등록되지 않은 배양인이었기 때문이다. 엄밀히 말하면 신록은 행정적 투명인간이었다. 하지만 신록은 검은 손이 무슨 말을 하는지는 알고 있었다.

"세종이 윤리는 별로 따지지 않나 보죠."

"그렇다고 해도 뭔가 이상하지 않소? 효율만 따진다고 해도, 왜 이 지표면을 다시 개발하지 않는 거요? 지하를 파헤치는 건 갈수록 힘들어지고 있다오. 만약 서울이 지금 같은 지하 도시로 계속해서 남는다면 우리에게는 근본적인 한계가 있을 수밖에 없소. 초지능이라면 지표면 개발도 잘 해내야지요."

신록의 머리에서 번개처럼 어떤 신성모독적인 생각이 스쳐 지나갔다. 신록은 그 생각의 함의를 잠시 곱씹은 다음 내뱉었다.

"초지능은 사실 존재하지 않기 때문일까요?"

"그건 말도 안 되오. 지금 과학기술은 인간에겐 지나치게 복잡하오. 심지어 저 달에도 사람이 살 수 있을 만큼 강력한 힘, 이 힘을 초지능의 도움 없이 사용하는 건 성립할 수 없는 가정이오. 폰 노이만이 부활한다고 해도 아예 이해가 불가능한 정도로 복잡한 과학기술을 어떻게 인간이 만들었겠소."

"폰 노이만은 무슨 폰 노이만이야, 짜증 나게. 빨리 하라니까."

연여인이 넌더리를 내자 검은 손이 기묘한 표정을 지었다. 신록은 이 여자 잉태인이 대체 무얼 하는 사람일지 궁금했다. 다른 조직의 보스일까? 검은 손은 한 번 손을 비볐다. 초합금 의수에서 끔찍한 소리가 났다.

"흠. 우리 미인께서 원하신다면야…… 정치도 그 이유 중 하나겠지. 우리 세종의 지분은 세 회사가 똑같은 비율로 나눠 가지고 있지만 각자가 추구하는 욕망은 다르지. 코란트의 서씨 가문과 MAKO의 중소기업 협의체와 은환의 대주주들의 뜻이 어떻게 같겠소?"

"한심한 이야기네요."

"이하 동문이오. 문제는 항상 인간에 있지, 도구는 죄가 없소. 하지만 생각해 보시오. 우리가 얼마나 많은 것을 얻을 수 있을지. 단 하나의 문제만 해결된다면 말이오!"

검은 손이 하늘을 향해 극적인 움직임을 취하자 긴 옷자락이 펄럭거렸다. 자기 연설에 취한 듯, 검은 손은 신록에게 가까워졌다. 신록은 뒷걸음질 쳤다. 검은 손이 음산하게 말했다.

"그러니까, 가장 핵심적이고, 오롯이 유일한 문제가 있소. 바로 우리가 초지능을 통제할 수 없다는 문제."

신록이 한쪽 눈썹을 찡그렸다. 연여인은 이제야 대화에 집중하기 시작했다.

2

리원은 휠체어를 앞쪽으로 끌어 승강기의 네 번째 입구에 올랐다. 승강기 내부는 배양인들로 북적였다. 사람들의 시선이 그에게로 쏠렸다. 리원은 사람들의 시선에는 익숙해질 수 없었지만 그것을 회피하는 방법에는 나름대로 익숙해졌다. 신록은 창가에 다가갔다. 승강기의 창으로 신 서울의 뼈대가, 이 위대한 토목의 승리에 선 수많은 조잡한 구조물들이 스쳐 지나갔다.

서울은 죽었지만 사람들은 이 땅을 버리지 않았다. 사람들은 서울의 아래로, 아래로 숨어들어 새로운 도시를 만들었다. 초지능이 설계하고 인간이 지은, 세상에서 가장 장엄한 개미

굴. 이 도시에서는 가장 권력 있는 사람들일수록 깊은 곳에 살았다. 리원과 신록은 지하 1층에 살았다.

리원은 서울의 지하 4층으로 향하고 있었다. 승강기의 창문에는 여러 배양인의 얼굴이 보였다. 일란성 쌍둥이처럼 얼굴이 겹치는 이들이 많았다. 같은 하플로타입을 타고나서였다. 코란트에는 99개의 하플로타입이 있다. 각 하플로타입은 유전적으로 완전히 동일하며, 정해진 업무에 종사한다. 리원과 같은 얼굴을 가진 사람도 한 명 보였다.

리원은 자신의 룸메이트를 떠올렸다. 서울의 그 어디서도 찾아볼 수 없는 유전형을 가진 배양인. 신록의 과거는 그 자신도 잘 몰랐다. 기억의 가장 처음부터 그는 암시장의 시궁창에서 뒹굴고 있다고 했다. 어디의 기업에도 등록되지 않은 채로, 머릿속에 브레인웨어 하나만 단 채로. 세 개의 기업의 지배력이 공고한 지하 6층 밑으로는 단 한 번도 내려가 본 적이 없다고 리원에게 말했다. 매일매일이 투쟁의 연속인 암시장, 그곳에서 신록은 삶을 꾸려 나갔다. 단 6년 전까지만 해도 리원은 상상조차 해 본 적 없는 삶의 모습이었다. 그는 모범적인 배양인이었으니까.

리원은 코란트의 4번 배양 센터 안 17번 배양통에서 태어났다. 그는 97번 하플로타입이었다. 태어난 지 3년이 되던 해에, 그는 DNA 조작 전문가로 키워지기로 결정되었다. 리원은 코란트의 4번 배양 센터 안 17번 배양통에서 태어났다. 그는 97번 하플로타입이었다. 태어난 지 3년이 되던 해에, 그는 DNA 조작 전문가로 키워지기로 결정되었다. 그는 다섯 살에 브레인웨어를 통해 쏟아지는 지식을 통해 기초 화학을 학습했고, 일곱 살부터 분자생물학과 생화학을 배웠다. 아홉 살 때 리원은 이미 고급 유전학을 알고 있었다. 열다섯 살, 성인이 된 리원은 지하 9층에 있는 유전체 연구소에 배치되었다. 그때부터 코란트에 생명세를 갚기 시작했다.

리원은 일만 하고 살았다. 그는 세균이나 효모의 유전자를 조정하여, 그것들이 대사 산물로 유용한 물질을 뱉어 내도록 만드는 일을 했다. 생분해성 고기능 플라스틱이라든지, 11세대 항생제로 쓰이는 유기물질이라든지. 그렇게 하루의 일을 끝마치면 리원의 뇌에 장착된 브레인웨어로 일급이 들어왔다는 메시지가 들어왔다. 그중 절반이 생명세로 징수되었다.

괴롭다고 생각한 적은 없었다. 다른 삶의 방식을 모르니까, 불합리하다고 생각한 적도 없었다. 자신에게 삶을 준 코란트에게 감사하는 것이, 그 빚을 평생에 걸쳐 갚아 나가는 것만이 리원의 최종 목표였다. 그것이 가장 윤리적이고 보람 있는 삶이라고 배웠다.

그의 윤리는 사고 한 번으로 깨졌다. 단순한 사고였다. 리원은 그 순간을 잘 기억하지 못한다. 신경독성을 가진 유기용매를 흡입했을 때를. 그의 뇌에 박힌 브레인웨어가 과부하되고 척수가 타올랐던 그 순간을. 유기용매의 탓인지, 아니면 뇌가 자기 보호를 위해 스스로 기억을 지워 버린 탓인지 리원은 아직도 알 수 없었다. 아마도 영원히 알 수 없을 것이다.

'인도적 차원'의 응급처치가 끝난 후, 싸구려 휠체어 하나를 받은 채로 리원은 코란트에게서 버려졌다. 생명세 체납자 목록에 오른 이상 지하 6층에 계속 살 수는 없었다. 지하 6층의 코란트 임대 주택을 내놓고, 지하 1층에 새로운 방을 구했다. 또 다른 삶의 방식을 찾아야만 했다.

하지만 어떻게? 리원은 다른 삶의 방식을 본 적도 없었다. 더하여, 신 서울은 휠체어를 타고 다니는 사람을 배려하지 않는 도시였다. 특히 그 사람이 배양인이라면. 리원은 하루 종일 방 안에 누워만 있었다. 방 안에 쓰레기가 무더기를 이루었다. 저축은 2개월 만에 동났다. 리원은 자신이 쓸모를 완전히 잃어버렸다는 것을 알았다. 죽고 싶다는 생각을 할 수 있다는 사실을 그때 깨달았다. 하지만 죽기도 쉽지 않았다. 대부분의 방식이 지나치게 괴롭고 무서웠다.

지하 1층에서는 매일 여러 배양인이 죽어 나갔다. 사인은 다양했지만, 신스 남용에 의한 급성 중독 사망이 압도적으로 많았다. 잠시 행복에 도취되었다가 다시는 현실로 돌아오지 못하는 것이다. 리원도 지하 1층의 골목에서 신스 용기들이 널린 것을 보았다.

본래 리원이라면 혐오를 참지 못했을 것이다. 하지만 당시의 리원에게는 신스가 전혀 다른 느낌으로 다가왔다. 리원은 무작정 암시장 쪽으로 향했다.

하지만 암시장으로 갈 수조차 없었다. 리원은 계속 계단에 부딪쳤고, 그때마다 거대한 무력함을 느꼈다. 리원은 멍하니 그 앞에 있다가 지나가는 사람을 무작정 붙잡았다.

"저기요."

신록이 리원을 내려다보았다. 그제야 리원은 신록의 초록색 머리를 보았다. 처음에는 잉태인이라고 생각하고 당혹했다. 하지만 신록의 얼굴에는 누구나 알아볼 수 있는 배양인만의 특색이 있었다.

"네?"

"10만 원 드릴 테니까, 저 대신 신스 좀 사 줄 수 있어요? 최대한 많이."

어깨를 으쓱거리던 신록의 모습을 리원은 기억했다. 담요로 가린 다리로 향하던 그의 시선도. 신록은 리원이 신스 부작용으로 하반신 마비를 겪고 있다고 생각했다고 언젠가 말한 적이 있었다.

"그걸로는 저급품밖에 못 사요. 위험하실 텐데."

"괜찮아요. 위험하면 더 좋아요."

신록이 몸을 숙이면서 리원을 바라보았다. 신록이 씨익 웃었다. 잊지 못할 표정이었다.

"이 사람이 위험한 말을 하네."

그날 리원은 자신이 원하던 치사량의 신스를 얻지 못했다. 신록이 곧바로 리원의 의도를 깨달았기 때문이었다. 신록은 리원의 집을 청소해 주고, 식사를 사 주었다. 리원은 오랜만에 다른 사람과 긴 대화를 나눴고, 따뜻한 음식을 먹었다. 그로부터 채 3주도 지나지 않아 둘은 서울의 지하 1층에 함께 살기 시작했다. 신록은 조잡한 배양통으로 만든 박테리아로 만든 약이나 화합물을 암시장에 내다 파는 일을 한다고 말했다. 리원의 지식이 다시 쓸모를 되찾았다.

하지만 그 돈으로 괜찮게 살아가는 것은 물리적으로 불가능했다. 둘은 바퀴벌레로 만들었다는 소문이 파다한 단백질 큐브로 식사를 때웠고(이 소문만큼은 분명히 거짓이었다. 연구소에서 일했던 그는 단백질 큐브가 여러 음식 부산물과 개조된 효모로 만들어진다는 것을 알았다.) 동시베리아 보호령의 합성섬유로 만들어진 값싼 옷을 입었다.

배양인들은 대부분 비슷비슷하게 살아간다고 했다. 배양인들과 잉태인들 사이에는 지나치게 높은 장벽이 있었기에, 잉태인들이 부러울 수도 없었다. 딱히 비교할 만한 곳도 많지 않았다. 서울 말고 다른 곳도 비슷하다고 했다. 동시베리아 보호령도, 영연방도, 케이프타운 연합도, 캘리포니아 제국도.

둘은 신 서울을 증오하지 않았다. 그게 이 세상이 돌아가는 방식이었고, 원래 이 세상은 망해 있었다. 그래도 리원은 신록과 같이 사는 것이 마음에 들었다. 망한 곳에 살아도 희망 한두 가지는 있었던 것이다.

만약 신록이 신스를 내다 팔다 걸리지만 않았다면. 그럼 오늘도 좋은 날이었을 거라고, 리원은 생각했다. 왜 계속 그런 위험한 일을 하는지 리원은 이해할 수 없었다. 이제 자신이 일자리도 얻었는데. 그저 안온하게 지낼 수는 없는 걸까.

승강기에서 내린 리원은 두 눈을 감고 조종실 문 앞으로 향했다. 세찬 공기가 그의 몸을 씻어 내리자, 문이 좌우로 열렸다. 열 명 남짓한 배양인이 격벽으로 나뉜 책상 앞에 머리를 처박고 있었다. 리원은 자기 책상 쪽으로 휠체어를 끌었다.

자리엔 붕 뜬 채 빛을 내면서 돌아가는 큐브가 있었다. 그 큐브는 브레인웨어로 접속할 수 있는 단말기였다. 신록 대신 일에 집중하면 나을지도 모르지. 리원은 눈을 감고 그 큐브에 정신을 집중했다. 그의 머릿속에 정보가 흘러들어 왔다.

[승인 요청 중…… 리원. 접근 권한 C. 승인됨.]

리원은 자신의 정신이 큐브로 빨려 들어가는 것을 느꼈다. 그의 정신이 빛의 속도로 서울의 다른 구역으로 이동하기 시작했다.

"집사, 집사!"

기계음과 뒤섞인 목소리를 들으면서 리원은 눈을 떴다. 싸구려 기계를 통해 뇌로 들어오는 노이즈가 뒤섞인 시야. 동시에 리원의 머릿속에 이 집 내부의 구성에 대해 간략한 정보가 정리되었다.

5년 전, 그러니까 2470년에 화성 개척 사업에 투자해 떼돈을 번 배양인이 로봇 집사 회사를 세운다고 했을 때는 모두가 비웃었다. 로봇 집사 시장은 캘리포니아 제국의 한 회사가 완전히 독점하고 있었다. 인간의 말을 해석하고 그에 맞춰 해독하는 데는 초지능은 아니더라도 뛰어난 인공지능 모듈이 필요했다. 사장은 브레인웨어로 인간이 기계에 접속할 수 있다는 사실과 신 서울에서는 배양인이 인공지능 모듈보다 싸다는 발상의 전환을 재료로 커다란 혁신을 이뤄 냈다.

리원의 정신은 로봇 집사 속에 있었다. 로봇이 된 리원은 작은 집의 구석에 서 있었다. 세상이 훨씬 커진 것만 같았다. 그 시야에 싸구려 가구들과 검은 머리의 배양인이 들어왔다. 중키보다 살짝 아래의, 항상 싱글거리는 표정이 인상적인 57번 하플로타입의 배양인.

리원은 손을 들어 올렸다. 자기 손을 움직이는 것과 아주 미묘하게 다른, 그래서 더욱 어색한 느낌. 시야에 기계 손이 들어왔다. 다른 사람들은 이 느낌에 질색을 한다. 하지만 리원은 그리 나쁘지 않다고 생각했다. 이 로봇 속에 있을 때는 이전처럼 걷는 느낌을 받을 수 있었다. 그의 척수 세포는 완전히 파괴되었지만, 하반신을 담당하는 뇌의 운동 피질은 아직 괜찮았다. 잃어버린 경험을 기계가 만든 감각을 통해서나마 모방할 수 있었다.

리원은 목청을 가다듬었다. 철저히 무의미한 짓이었지만.

"안녕하세요. 주인님, 오늘은 무엇을 도와드릴까요?"

지지직대는 목소리.

57번은 싱글거리며 말했다.

"응, 오늘 내 짝이 일하고 늦게 들어오는데. 가벼운 이벤트를 해 줄까 해서. 요리를 좀 도와줬으면 해. 가능하겠지?"

"물론입니다. 명령만 내리시죠."

이 깡통 노비에 들어간 원격 접속 기술은 조악했고, 일정 수준 이상의 섬세한 행동은 불가능했다. 이미 1년 넘게 이 서비스를 이용하고 있다는 57번은 리원이 들어간 로봇이 할 수 있는 일과 할 수 없는 일을 잘 알았다. 리원은 냉장고에 있는 식재료들을 가져다주거나 오븐의 온도를 조절하는 일 따위를 맡았다. 요리는 57번 배양인이 직접 했다. 그는 단백질 큐브가 아닌 '진짜' 식재료들을 능숙하게 다뤘다. 못생긴 당근, 풀이 살짝 죽은 양배추, 배양 과정에서 지방 세포가 과생성된 돼지와 양의 고기. 진수성찬이라고 할 수 있을 것이다.

한 시간쯤 지났을 때 또 다른 배양인이 집에 들어왔다. 57번의 짝이었다.

"안녕, 나 왔어!"

짝은 집에 있는 57번과 완전히 똑같은 얼굴을 하고 있었다. 같은 하플로타입을 가진 두 사람이 껴안는 것을 보면서 리원은 신록을 생각했다.

먼저 있던 배양인이 부탁했던 대로 신록은 조명을 끄고, 재생기에 저장된 클래식을 재생했다. 천 년 전에 죽은 사람의 음악이 집 안을 가득 채웠다. 먼저 있던 사람이 초에 불을 붙였다. 천장에 설치된 커다란 환풍기로 연기가 빠져나가는 것을 리원은 적외선 렌즈로 꿰뚫어 보았다. 식사를 시작한 둘은 리원에게 신경 쓰지 않았다.

둘은 생명세를 갚은, 극히 드문 배양인이었다. 아마 엄청난 행운이 뒤따랐을 것이다. 좋은 잉태인과 인연이 닿았거나, 아니면 놀라운 업적을 이뤄 내 큰돈을 벌었을지도 모른다. 그래도 그들이 풍요롭지는 않았다. 생명세를 갚고 나서도 그들은 일해야 했다. 늦게 들어온 짝은 부업까지 뛰는 듯했다. 지난번에 화장실을 청소하면서 이름을 알 수 없는 벌레들을 목격한 적도 있었다. 리원의 집에서 나오는 것과 똑같은 벌레였다.

신록은 이런 삶의 모습을 간절하게 바랐다. 하지만 리원은 이 단계로 가기 위해 치러야 하는 막대한 비용을 감내할 엄두가 나지 않았다. 리원이 필요없다는데 왜 신록은 그의 생명세를 다 갚기를 원하는 것일까? 리원은 이해하기 힘들었다.

리원은 식사를 끝내고 합성 와인을 마시면서 도란도란 대화를 나누는 두 배양인의 얼굴을 적외선 렌즈를 통해 보았다. 그들의 얼굴은 가벼운 흥분과 취기로 달아올라 있었다.

집은 그렇게 넓지는 않았지만 둘이 함께 살기에는 넉넉했고, 신록과 리원이 함께 사는 집과 비교하면 궁궐이나 다름없었다. 리원은 클래식이 흘러나오는, 선반에 놓인 스피커를 보았다. 그 옆에는 다면체 모양의 조잡한 장식물이 질서정연하게 서 있었다. 벽에는 프린트된 추상화가 하나 걸려 있었다.

모두 생존에 필요 없는 물건이었다. 스피커가 없어도 살아갈 수 있었다. 장식품이 없이도 살아갈 수 있었다. 추상화 없이도 살 수 있었다. 와인 없이도 살아갈 수 있었다. 그 모습에서는 존엄과 품위가 느껴졌다. 신록이 이런 걸 좋아하는데. 어쩌면 자신이 대화의 가능성을 너무 일찍 차단한 것은 아닐까 하고 리원은 생각했다.

그날 일은 세 시간 뒤에 끝났다. 리원이 받은 일급은 생명세를 제하고 6만6천 서울 원이었다.

외우주, 끝도 없는 별의 바다를 배경으로 커다란 흰색 구가 떠 있다. 언뜻 보기에는 달처럼 보이지만 그것은 결코 달이 아니다. 그 구는 인공 물체이며, 달로 착각할 수 있을 만큼 거대한 초대형 우주선이다. 그 커다란 우주선은 그 자체로 인류가 멸종의 위기를 딛고 새로운 전성기로 전진하고 있다는 사실을 증명하는 듯하다. 장엄한 음악이 흐른다.

우주선 내부로 장면이 바뀐다. 수직으로 세 개의 돔이 배열되어 있고, 그 돔을 따라 수많은 파이프와 기계장치가 설치되어 있다. 돔 내부에 자연과 어우러진 도시가 보인다. 그 자연은 실제 자연보다 더욱 자연스럽다. 바다, 산, 그 사이에 선 아름다운 도시⋯⋯ 누구나 이상적이라고 생각할 세상의 모습이었다.

여자의 목소리가 들린다. 별누리의 선장, 코란트의 부회장. 서지아의 목소리다.

"인류의 운명은 태양계 저 너머로 뻗어나갈 것입니다. 파종선 별누리의 선원이 되어 나와 운명을 함께합시다. 코란트의 충성스러운 배양인 여러분."

지하 2층의 대형 급식소는 업무를 끝마친 배양인들로 북적거렸지만, 홀로그램 3D TV로 흘러나오는 광고에 신경 쓰는 사람은 아무도 없었다. 그들 중 그 우주선에 탈 만큼 '유능한' 배양인은 단 하나도 없는 까닭이었다. 리원은 벽돌 맛이 나는 고

단백 웨이퍼를 하나 한 조각 베어 물었다. 그의 앞에는 신록이 앉아 있었다. 그는 여느 때보다 더 들떠 있는 것 같았다.

리원이 찬찬히 말을 꺼냈다.

"신록. 나는……"

리원은 어디서부터 말해야 할지 생각했다. 이전에 신스 때문에 싸웠던 것에 대해 좀 더 진지하게 이야기해 보자고 할까? 아니면 더 가벼운 주제부터 이야기해야 하나?

"내일 당장 생명세를 갚고도 남을 돈이 생기면 어쩔 거야?"

신록이 말을 끊고 나섰다.

"뭐라구?"

생뚱맞은 질문에 리원은 당황했다. 신록의 연두색 눈이 초롱초롱 빛났다. 신록이 신이 난 채로 말을 이었다.

"갑자기 어마어마한 돈이 왕창 들어오는 거야. 그럼 너도 생명세 악성 체납자 리스트에서도 벗어나고, 나는 내 신분도 만들고. 반중력 휠체어도 하나 맞추자. 아니, 우리 그냥 서울을 뜰까? 자카르타의 해저 도시에서 떵떵거리며 사는 건 어때?"

리원은 신록 앞쪽에 있는 웨이퍼를 쳐다보았다.

"그거 상했니?"

하긴 미생물도 차마 건드리지 않을 맛이긴 했다. 신록은 고개를 저으면서 리원을 바라보았다.

옆에서 식판을 든 배양인 무리가 지나갔다. 다들 똑같은 코란트 19번형이었다. 어디선가 육체노동을 하고 왔는지 땀 냄새가 확 풍겼다. 그 배양인들은 신록에게 놀라움과 당황이 뒤섞인 눈길을 보냈다. 신록은 그 눈길을 무시하면서 리원의 언제나 침착한 얼굴을 바라보았다. 이 세상이 신록에게 제공할 수 있는 유일한 긍정적인 모습일 거라고 생각하곤 했다.

처음에 리원을 구했던 이유는 간단했다. 리원이 자신과 같은 끈 떨어진 사람처럼 보였기 때문에. 그게 다였다. 그 한순간의 상념으로 한 행동이 그의 삶에 이토록 중요한 관계로 돌아오리라고는 상상하지 못했다. 타인의 생명세를 다 갚아 주고 싶다는 생각까지 할 수 있으리라고는 생각도 한 적 없었다. 이제 그는 리원에게 자신의 가치를 증명하기를 바랐다.

"내가 하고 싶은 말은…… 너 오늘 일하고 6만6천원 받았다고 했지? 그렇게 아무리 벌어봤자 계속 궁핍할 뿐이야. 세상은 한 방이라구, 한 방. 네 전 회사 사장도 화성 개척 사업에 투자해서 생명세도 단번에 갚고 회사까지 차렸잖아? 우리라고 뭐가 다른데? 우리는 그렇게 대박 치면 안 되나?"

"신록, 너 지금 신스 이야기 하는 거야? 안 그래도 오늘 그 이야기를 하려고 했어. 신록, 네가 무슨 생각을 하는진 알아. 절연하자는 둥 함부로 말한 건 사과하고 싶어. 나는……"

"아냐, 아냐. 그 이야기 하려는 거 알아. 난 신스에서 손 털 거야! 네 말이 맞아. 마약 장사 해서 뭐해."

신록이 두 손바닥을 리원에게 보여 주었다. 리원이 인상을 살짝 찌푸렸다.

"그럼 뭔데, 금성 개척 사업에라도 투자할 거야?"

"그런 데서 어떻게 사람이 살아. 화성은 가망이 있었지만 금성은 가망이 없어. 거기엔 황산으로 된 비가 내린다구…… 내가 말한 건 더 큰 거야."

씨익 웃는 신록을 보자 리원의 머릿속엔 자연스럽게 끔찍한 상상이 떠올랐다.

"혹시 너…… 암시장에서 무슨 범죄 같은 거에 가담한다는 건 아니지? 그러다가 감옥에라도 가면 어쩌려고 그래. 거기선 진짜 바퀴벌레로 만든 단백질 큐브를 준다잖아. 괜히 무리하지 마. 내가 바라는 건 우리가 행복하게 사는 것뿐이니까."

신록은 미묘한 표정을 지었다.

"그런 거 아냐. 마침 나오네. 바로 저거!"

신록이 급식소의 중앙에서 빛나고 있는 홀로그램 TV를 가리켰다. 커다란 우주선 속의 환상적인 도시에서 조깅하는 사람이 과장되게 묘사되고 있었다. 리원이 멍하게 신록을 바라보았다. 아주 짧은 정적이 흐른 후, 리원의 표정이 괴상하게 일그러졌다.

"저기에 탈 거야."

"푸흡!"

리원은 웃음을 참지 못했다.

"네가 별누리에 탄다고?!"

"그래."

신록이 싱긋 웃었다.

"집에서 좀 더 이야기할까?"

3

지표면의 바람을 맞으면서, 신록이 물었다.

"초지능을 제어하지 못한다고요?"

검은 손이 어깨를 으쓱였다.

"그렇소. 초지능에 대한 의인화가 필연적으로 실패하기 때문이오."

무슨 말인지 이해하지 못한 신록은 잠자코 기다렸다. 검은 손이 두 손가락을 자기 관자놀이에 올렸다.

"사람의 뇌는 개체의 생존과 번식을 최우선으로 하도록 진화했소. 우리가 누리는 모든 즐거움은 그 진화의 부산물이지. 생각해 보시오! 인간은 설탕의 단맛과 지방의 기름 맛을 즐길 수밖에 없소. 그것들이 인간의 몸에 가장 좋은 에너지원이 되기 때문이지. 하지만 초지능은? 초지능은 어떻게 나타났소? 자기 자신을 강화할 수 있을 만큼 충분히 똑똑한 인공지능이 스스로의 문제 해결 능력을 강화하면서 나타났을 뿐이오. 거기엔 DNA를 복제한다는 진화의 목적성이 부재한다오.

그래서 초지능은 인간과는 필연적으로 다르오. 초지능은 세상의 모든 문제를 풀 수 있을지도 모르오. 인간을 불멸시킬 수 있고, 이 세상에 진정한 낙원이 도래하게 하는 방법을 알고 있을 수도 있소. 하지만 초지능에게는 그렇게 할 동기가 없소. 낙원은 인간이 욕망하는 것이지, 초지능이 욕망하는 것이 아니기 때문이오. 우리는 초지능의 목적과 욕망을 결코 알 수 없을 테요. 어쩌면 어떤 목적도 욕망도 없을지도 모르지. 그저 지나치게 똑똑한 연산 장치에 지나지 않을지도."

"신 서울의 재건에 초지능이 실제로 도움을 줬다면서요?"

검은 손이 고개를 끄덕였다.

"그렇소. 사람들은 어떻게든 미봉책을 만들어 냈지요. 그게 바로 초지능의 핵이요. 아주 거창한 이름이지만, 핵은 그 자체로 대단한 생각을 해내는 게 아니오. 초지능과 우리 사이를 이어 주는 인터페이스라고 부르는 게 더 어울리겠지. 초지능의 관리자들은 핵을 통해서 초지능에게 문제를 투입하고, 가치관을 주입하오. 인간의 목숨을 해치는 답은 절대로 택하지 않는다

정도의 단순한 윤리관이지. 간단한 발상이지만, 그 덕분에 세상은 구원받았소."

연여인이 신록 옆에서 깊은 한숨을 쉬었다.

"그럼 초지능은 제어되고 있는 거잖아요. 대체 뭐가 문제죠?"

"아니오. 여기서 또 문제가 생기오. 핵에 집어넣은 윤리관이 초지능의 사유 능력을 억제하는 거요. 인간의 윤리관은 인공지능에게 도입하기에는 그 체계에 논리적 문제가 많다오. 예를 들어 볼까요. 인공지능이 운전하는 호버링 바이크에 네 명이 탔는데, 그 호버링 바이크가 한 명의 아이를 쳐서 죽이기 직전이오. 그런데 바이크를 꺾으면 네 명이 죽소. 이 상황에서 인공지능은 어떤 선택을 해야 윤리적인 걸까요?"

신록은 속이 메스꺼워졌다.

"무슨 말인지 알겠어요."

"핵의 가치관 때문에 생기는 윤리적 딜레마가 초지능의 무한한 사유를 억제하고 있는 거요. 수백 개의 문제를 투입할 때, 초지능은 오직 서너 개 정도의 문제에만 답한다오. 그 답도 상당히 모호한 경우가 대부분이라 또 한 번 해석해야 하지. 이건 신탁이나 다를 바가 없소. 가장 기술이 발달한 이 시대에, 인간은 자기 힘으로 아무것도 하지 못하고 변덕스러운 컴퓨터 신에 기대어 살아가고 있다오. 물론 다른 방법이 없었던 건 아니오……."

검은 손이 연여인을 힐끗 쳐다보았다. 연여인의 표정이 일그러졌다.

"남아메리카에서는 좀 더 급진적인 방법을 썼지. 그 탓에 초지능이 폭주해서 대륙 전체가 초토화됐고."

"쓸데없는 얘기는 하지 마."

"좋소. 그럼 본론으로 들어가지."

검은 손이 표정을 바로 하며 왼쪽 손바닥을 내밀었다. 그의 의수 위에서 빛이 뭉치더니, 커다랗고 하얀 구가 되었다. 신록은 마법이라도 목격한 것처럼 충격을 받았다가, 곧 그것이 홀로그램이라는 사실을 깨달았다. 검은 손은 의수에 홀로그램 투영기를 설치해 둔 것이었다. 연여인은 침묵했다.

"별누리, 천 명의 사람들이 자급자족할 수 있는 거대 우주선. 파종선이라고도 한다오. 달 개척기지에 사는 월인들이 기획했고 코란트가 투자하여 10년 전에 완성했소. 코란트와 달이 지분을 절반씩 갖고 있소. 지금은 코란트의 부회장인 서지아가 선장이라오."

"지금도 열심히 광고하던데요. 외우주 개척을 위해 만들어진 것 아니었나요?"

검은 손이 왼손을 접었다. 빛으로 만들어진 별누리가 사라졌다. 그러고 보니 굳이 그 홀로그램을 띄울 필요가 있었을까?

아니, 애초에 왼손에 홀로그램 투영기를 장착할 이유가 있었을까? 신록은 죽을 때까지 이 검은 손이란 작자를 이해할 수 없으리라는 확신이 생겼다. 검은 손이 검지를 까딱거렸다.

"당신은 대단히 영리하지만, 돈의 속성은 모르는군! 외우주 개척에 뭐하러 돈을 쓰겠소? 초광속 여행이 가능해졌다 한들 우주여행은 지극히 비경제적이오. 가장 가까운 외계 행성도 도달하는 데만 2~3년이 걸리오. 외계 행성이나 지구나 자원 함유량은 대개 비슷하다오. 그리고 지구의 자원은 개발되어 쉽게 확보할 수 있지만, 외계 행성에서는 모든 설비를 다 처음부터 만들어야 하지. 운송 비용이 얼마나 어마어마할지도 생각해 보시오. 그리고 아무리 지구가 오염된들, 어떤 외계 바이러스가 있는지도 모를 행성에 대체 왜 정착하겠소? 결코 수익을 얻을 수 없는 투자를 무엇 때문에 하겠소? 인류애?"

연여인이 끼어들었다.

"인류애, 그거 참 맘에 드는걸."

검은 손이 연여인에게 고개를 돌렸다.

"인류애만큼 기만적인 단어는 존재하지 않소. 그 누구도 인류 전체에 대한 애정 같은 건 품을 수 없으니까. 사랑은 한 존재를 다른 존재보다 더 우위에 두는 감정이오. 인간의 정신은 인류라는 한 종 전체를 사랑하기에는 지나치게 좁다오. 사실 사랑 자체가 기만적인 단어지. 사랑으로 무엇이든 이뤄 낼 수 있다는 것은 망상이오. 사람은 필연적으로 이기적일 수밖에 없소. 그것은 우리가 피할 수 없는 본성……"

연여인이 넌더리를 냈다.

"야, 옆에서 듣고 있는 내가 짜증 나니까 그만해. 자, 신록, 들어요."

연여인이 곧고 기다란 손가락으로 신록을 가리켰다.

"자기가 별누리 선원이 되어 줬으면 해요."

"내가 별누리 선원이 된다고요?

"응. 별누리에서 초지능 핵에 대한 연구가 진행되고 있거든. 그 연구 결과를 빼 오는 데 자기가 필요해요."

신록은 눈을 몇 번 껌벅거린 다음 말했다. 대체 나를 뭐로 생각하는 거지?

"음, 그쪽이 배양인이 아니라서 잘 모르나 본데. 별누리 선원이 되는 건 정말 힘든 일이에요. 배양인들 중에서 최고 성과자만 뽑는다니까요. 당신들, 내가 등록되지 않은 배양인인 거알고 있잖아요? 나는 그 어디에도 등록되어 있지 않은 하플로타입이고, 코란트에선 내 존재 자체도 모를 텐데……"

신록은 자신의 초록색 머리카락을 가리켰다. 어느 배양인도 갖고 있지 않은 색깔의 머리카락 위로 달빛이 흘러내렸다. 검은 손이 피식 웃었다.

"내 사전엔 불가능이란 없다는 말, 들어 본 적 있소?"

신록이 고개를 흔들었다. 사전이 뭔지도 가물거렸다.

"바로 이 몸이 한 말이라오."

연여인이 신경질적인 웃음을 터뜨렸다.

"제가 거길 어떻게 갔다 오는데요?"

"우리 둘이 당신을 선원으로 만들어 줄 거예요. 그 과정에서 당신이 할 일은 아무것도 없어요."

연여인이 말했다.

"하지만…… 나를 대체 왜?"

"당신이 바로 미등록 배양인이라는 게 중요하지요. 말한 대로, 당신은 서울에 존재하지 않는 거나 다름없어요! 그게 바로 당신의 강점이에요. 과거를 추적당할 염려가 전혀 없다는 거지. 그래서 별누리에 있는 우리 동업자들에게 당신이 필요하오."

연여인이 신록에게 바싹 붙었다. 검은 손이 소리쳤다.

"당신이 이 임무를 성공한다면 나의 심복이 될 수 있을 거요! 내 가장 중요한 손가락이 되는 거지."

신록은 검은 손을 쏘아보았다. 처음에 느꼈던 공포는 이제 온데간데없었다.

"…… 뭘 보고 제가 당신 둘을 믿으란 거예요?"

"걱정 마시오. 나는 결코 거짓말을 하지 않소. 상대방의 방심을 이용할 뿐이지."

검은 손의 말을 듣자, 신록의 등 뒤에서 식은땀이 흘렀다.

지표면은 이렇게 추운데도. 신록은 검은 손이 그 정도 돈으로 자기를 기만하려 들지 않을 거라고 생각했다. 검은 손은 신 서울 마약 공급의 절반을 책임졌다. 그리고 이 연여인이란 사람은…… 글쎄, 신록은 여전히 그가 무얼 하는 사람인지 알 수 없었지만 왠지 그는 믿고 싶었다. 위급한 상황에서 구해 주었기 때문에? 상황의 마력이 그를 사로잡고 있는 것일까?

"난 모르겠어요."

모든 것이 너무나 갑작스러운 말이었다. 신록은 고개를 저으면서 천천히 주저앉아 무릎을 꿇었다. 그의 초록색 머리가 달빛을 받고 반짝였다. 신록은 연여인이 자신을 위에서 감싸 안는 것을 느꼈다. 거센 바람이 불었다. 연여인이 천천히 속삭였다.

"좀 더 현실적인 대가를 말하죠. 선금으로 생명세만큼의 금액을 줄게요. 우리 목표를 이룬다면, 그에 열 배를 얹어 주죠."

연여인은 급격히 흔들리는 신록의 동공 위로 번지는 달빛을 보았다. 그는 목소리를 좀 더 낮췄다.

"자기, 자기 정체에 대해 알고 싶지 않아요?"

"뭐라고요?"

"자기가 왜 그런 유전자를 타고났는지 궁금해한 적 없어요? 당신이 어떤 사람인지."

"넋 놓고 그런 거나 궁금해할 여유 없어요. 이런 질문을 들어 본 적도……"

"아니, 들어 봐요. 당신의 그 유전자 때문에 당신이 꼭 필요한 거예요. 지금 당장 설명할 순 없지만, 당신과 우리만을 위한일이 아니라는 건 말해 두겠어요. 코란트가 초지능을 완전히제어할 수 있게 된다고 생각해 봐요. 무슨 일이 일어나겠어요?그들이 이 세상을 지배하게 될지도 몰라. 그리고……"

신록이 연여인을 밀쳤다. 연여인이 뒤로 휘청이는 동안, 신록이 급히 일어섰다. 그는 둘을 잠시 번갈아 보면서 생각했다.생명세의 열 배? 검은 손과 연여인 둘 모두 미친 것이 틀림없었다. 신록에게는 그럴 능력이 없었다. 언제나 서울의 구석에서살아갈 뿐이었던 그에게 무슨 힘이 있겠는가.

연여인이 묘한 표정으로 신록을 바라보다가, 뒤쪽을 가리켰다. 거기엔 아래쪽으로 내려가는 계단이 있었다. 신록은 계단쪽으로 터덜터덜 걸어갔다. 연여인이 외쳤다.

"잠깐만요!"

신록이 뒤돌아보았다. 연여인이 말했다.

"잠시만 거기 서 있어 봐요."

연여인이 가볍게 손뼉을 한 번 치자 신록의 브레인웨어가공명했다. 어떤 뜻과 정보와 의지가 신록의 머리로 직접 전해졌다. 신록은 자기 마음속에 생각지도 못했던 이미지가 떠오르는것을 느끼고 기겁했다.

[CONNECTED]

"그쪽이랑 제 브레인웨어를 연결했어요."

"그게 뭔데요?"

"언제든 제 이름을 생각해요. 연여인 하고 마음속으로 불러 봐요! 그럼 저한테 신호가 올 거예요."

신록은 대답하지 않았다. 그는 시선을 앞쪽으로 돌리고, 도 망치듯 계단을 뛰어 내려갔다. 연여인은 그 뒷모습을 아쉬운 듯 바라보았다. 하지만 연여인은 신록이 돌아오리라는 걸 믿어 의심치 않았다. 그게 피할 수 없는 운명이라고 그는 확신하고 있었다. 그 확신은 틀리지 않았다. 돌아가는 신록의 머릿속엔 생명세의 열 배라는 단어가 소용돌이 치고 있었다.

신록은 리원과 함께 승강기를 타고 신 서울의 지하 1층으로 갔다. 그곳에는 둘이 사는 지하 쪽방촌이 있었다. 서울의 설립 초기에 만들어진 그 콘크리트 덩어리들은 서울을 떠받치는 기 둥 바로 옆에 붙어 있었다. 둘은 한 칸 반짜리 방에 살았다. 방 에는 벽지가 발라져 있지 않아 콘크리트가 휑하니 노출되었다. 노출된 콘크리트는 지하의 습기를 먹어 갈라졌다.

오래된 침대, 응급처치 도구와 공구가 놓인 작은 테이블, 중 간 크기의 서랍과 두 개의 의자, 지하 13층에서 주워 온 2.5D

홀로그램 TV. 한구석에는 신록의 박테리아 배양통이 들들 끓었다. 그 사이에는 리원이 옛집에서 가져온 선인장 화분이 있었다. 리원은 그 화분을 자기 보물처럼 애지중지 다루고는 했다.

리원은 브레인웨어에 연결된 방의 조명을 켜고는 손짓했다. 신록이 한 의자에 걸터앉아 빙그레 웃으면서 리원을 바라보았다. 리원을 계속 보고 있으니, 신록의 마음속에서 결심이 굳어졌다. 리원은 서랍에서 생수병 두 개를 꺼내서 하나를 신록에게 건네며 앉았다. 신록은 숨을 몰아쉬고 말했다.

"어제 암시장에 갔어."

리원이 의심스러운 눈길로 신록을 쳐다보았다.

"그래. 신스를 팔았어. 새로 만든 건 아냐. 원가는 회수해야 할 거 아냐. 재고가 꽤 남아 있었어. 그것만 떨이로 처리하고, 손 털려고 했단 말야."

"알겠어. 내가 하고 싶던 말도……"

신록은 주제를 바꿨다.

"하여튼, 그게 중요한 게 아냐."

신록은 하나씩 이야기하기 시작했다. 어제 암시장에 갔다. 거기서 사소한 갈등에 시달렸다.(리원은 다시 한 번 의심스러운 눈길을 보냈다.) 또 극단적으로 아름다운 여자 잉태인을 만났다. 이 여자 잉태인은 신기한 능력으로 신록을 구했다. 여자는 놀랍게도 신록의 신상 명세를 알고 있었다. 그 여자는 경황이 없는 신록을 지표면으로 질질 끌고 올라갔다. 거기서 신록은 검은 손을 목격했다……

리원의 얼굴이 형편없이 일그러졌다.

"지표면에 올라갔다고? 너 미쳤구나. 죽고 싶어 환장한 거야?"

"아냐, 생각보다 괜찮았어. 네가 좋아하는 식물들이 잔뜩이더라."

"거긴 방사능 낙진이…… 됐어, 네가 나중에 암에 걸리든 말든 난 책임 못 져."

"걱정 마. 지금 나 아무 이상 없어. 그 어느 때보다 건강하다고."

"그래서, 검은 손이 뭘 시켰는데? 너보고 신스 제작하라고 시켰지. 그걸 원하는 게 아니라면 그 정도 되는 악당이 널 찾을 리가 없잖아. 너 설마…… 별누리가 아니라 범죄 조직에 들려고 하는 거니? 다른 미인가 배양인들처럼?"

신록은 리원이 하고 싶은 말을 이해했다. 생명은 과대평가되어 있다는 뜻이다. 그 신비는 핵전쟁이 끝난 직후인 22세기 초에 이미 거의 밝혀졌다. 사람을 기술적으로 만들어 내는 것은 그렇게 어렵지 않다. 원한다면 코란트는 얼마든지 각 업무에 더욱 최적화된 사람을 만들 수 있었다. 코란트가 99개의 하플로타입 종류를 유지하는 이유는 단순한 행정적 편의뿐이다.

그리고 서울의 뒷골목 사람들 중 일부는 그런 이유에 연연할 필요가 없었다. 배양인들은 여러 분야의 전문가들이고, 배양통쯤이야 현대 과학으로 쉽게 만들어 낼 수 있었다. 신록을 붙잡은 17번 배양인도 똑같은 부류였다. 생명세보다 더 무거운 족쇄가 그들을 옭아맸다. 신록은 자신이 잘못 태어난 후 버려진 실험용 프로토타입일 거라고 짐작할 뿐이었다.

리원은 한숨을 깊게 몰아쉰 다음, 신록의 한쪽 손을 잡았다. 신록이 움찔거리는 것이 느껴졌다. 리원이 입을 열었다.

"신록. 우리 처음 봤을 때 기억나니? 네가 날 구해줬잖아."

리원이 남은 손으로 신록의 머리카락을 쓸어내렸다.

"난 네가 참 신기하다고 생각했어. 초록색 머리카락, 연두색 눈, 까만 피부. 이런 모습을 타고난 배양인을 단 한 번도 본 적이 없었거든. 나는 처음엔 네가 잉태인이라고도 생각했다?"

리원이 낄낄대며 웃었다. 신록은 잠자코 리원의 말을 들었다.

"그때부터 네 하플로타입을 한 번도 물어보지 않았어. 처음엔 하도 말이 없어서 그랬고, 이제는, 뭐랄까. 그게 너한테 실례니까. 하지만 너도 알잖아. 네가 미인가 배양인인 거. 그전까지 난 미인가 배양인들이 괴물일 거라고 생각했어. 널 만나지 않았다면 그런 편견을 결코 지울 수 없었겠지. 그런데 네가 등록되지 않았단 이유로 암시장에 있는 걸 보면 너무 슬퍼. 나는 네가 세상에 불행을 더 만들지 않았으면 좋겠어. 내겐 그냥 네가 목적이야. 신스 가지고 내가 너무 몰아붙인 건 미안해. 같이 대안을 찾아봤어야 했는데. 그렇게 해서 우리 둘이 재미있게 살면……"

신록이 리원의 손을 와락 팽개치면서, 벌떡 일어났다. 신록이 리원을 쏘아보았다. 리원은 그의 눈가에서 도는 핏기를 보았다.

"그런 게 아니라니까! 난 별누리 선원이 될 거야. 검은 손이 나를 그곳에 보내 준다고 했다고."

"지금 대체 무슨 말을 하는 거야?"

신록은 두 팔을 벌리고 방 안을 돌아보았다. 비밀을 말하자 드디어 가슴이 트이는 기분이 들었다.

"검은 손이 별누리에 가서 심부름 하나만 해 달라고 말했어. 그럼 생명세의 열 배에 달하는 돈을 준대. 생각해 봐, 그 돈이 얼마나 큰 돈인지. 그 돈이면 이런 데 살지 않아도 돼. 집도 더 큰 데로 옮기고, 내가 신스를 팔 필요도 없고. 너 이동장치도 좋은 걸로 바꾸고. 와, 돈이 그렇게 많아 본 적이 없어서 그 돈을 어떻게 써야 할지 생각도 안 나. 어쨌든, 우린 평생 일하지 않아도 돼."

의기양양한 표정으로 신록이 말했다. 리원이 두 손으로 입을 막으면서 고개를 숙였다. 그의 머릿속에서도 생명세의 열 배라는 어구가 돌아다녔다…… 당장 신록의 말을 믿을 수 없었지만, 뇌를 휘저어 버릴 정도로 파괴력이 큰 말이었다. 리원은 다시 신록의 눈을 바라보았다. 그 연두색 눈은 반짝이며 빛나고 있었다.

"농담하지 마."

"정말이라니까!"

리원은 고개를 저었다.

"그래, 진실을 말하는 건 바라지도 않아. 대체 어떤 위험한 일인지는 몰라도, 내가 원하는 건…… 그냥 그런 데 안 휘말리면 좋겠어. 신스도 안 팔기로 약속했는데 또 팔고……"

"알잖아, 누구든 쉽게 할 수 있는 일로는 죽을 때까지 생명세 못 갚는다는 걸?!"

신록이 격앙으로 가득 찬 목소리로 소리쳤다. 리원은 고개를 숙이곤 말했다.

"그래서 그 대책이 검은 손이랑 같이 일하는 거니? 넌 몇 시간 전에 한 이야기도 기억 못 해? 품위와 존엄을 원한다며. 차라리 금성 개발 계획에 투자한다고 해. 투자는 당연히 망하겠지만, 적어도 금성 개척자들의 생명유지장치에 그 돈이 쓰이겠지. 하지만 검은 손이랑 일하면 더 불행한 사람들이 생길 거라고."

"검은 손이 미친놈인 건 확실해. 직접 봤고. 하지만 그 새끼가 다시 없을 만큼 지독한 악당은 아냐. 그리고 내가 뭘 한들 세상이 얼마나 달라지는데? 나는 그냥 검은 손을 도구로 쓰는 것일 뿐이야. 너랑 사는 것도 좋지만. 너랑 잘살고 싶다고. 어차피 세상은 돌이킬 수 없을 정도로 망했고, 그건 변하지 않아. 하지만 그래도 우리가 좀 더 잘살면 좋겠어."

"말도 안 되는 소리 하지 마. 우리 잘살자고 다른 사람들을 괴롭힐 순 없어."

"누가 그렇게 사는데? 네가 다리 못 쓰게 됐을 때 근처 잘난 사람들은 주위에서 도와주디?"

리원은 아무 말도 하지 않고 신록을 빤히 바라보았다. 그는 핏발 선 눈만으로 말하고 있었다. 신록은 도저히 그 눈을 직시할 수 없었다. 그는 몸을 돌리고 천천히 걸어 집 밖으로 빠져나왔다.

문을 닫고, 신록은 눈을 감았다. 신록에게 브레인웨어는 언제나 메시지를 받는 용도의 아주 수동적인 기계였다. 그걸로 누군가에게 멀리서 신호를 보낸다는 생각은 해 본 적이 없었다. 하긴 메시지를 받을 수 있다면 보낼 수도 있는 걸까? 하지만 어떻게?

신록은 그냥 마음속에 대고 소리를 질렀다. 연여인! 연여인! 연여인! 무슨 가벼운 신호라도 보내 봐요!

[어, 어, 어. 자기! 시끄러워요! 너무 시끄러워요! 조용히!]

의지와 의미가 신록의 마음속에 울려 퍼졌다. 퍽 시끄러웠다.

4

연여인은 쓰고 있는 검은 색안경을 한 번 치켜올렸다. 그 상층부를 왕복하는 승강기 앞에 서 있었다. 승강기를 기다리던 배양인들은 연여인에게 시선을 주지 않으려고 무진 노력을 했다. 이 승강기는 배양인들이 쓰는 것이었기에.

이곳은 서울 0층이었다. 서울의 입구. 서울은 한 층마다 오만 명의 사람이 거주할 수 있도록 설계되었지만, 0층은 오직 서울의 관문으로서만 기능한다. 플랫폼은 높이가 낮은 원통형이다. 그 중심에 지표면의 우주공항으로 향하는 승강기가 있고, 외곽에는 각 층으로 향하는 수십 개의 승강기가 벽을 따라 늘어서 있다.

플랫폼 곳곳에서 서울을 지배하는 세 회사의 유니폼을 입은 배양인들을 목격할 수 있었다. 다른 배양인들의 짐을 검사하는 코란트의 배양인, 플랫폼을 청소하는 MAKO의 배양인, 비살상 무기를 들고 플랫폼 곳곳에서 경비를 선 은환의 배양인. 그들의 피로와 고난은 깔끔하게 주름 잡힌 유니폼과 똑같이 생긴 그들의 외모로 가려졌다.

한 번에 천 명을 수송할 수 있는 승강기 문이 열렸다. 내리려는 사람들과 타려는 사람들이 뒤섞여 혼란이 빚어졌다. 멀찍이 떨어진 채로, 연여인은 까치발을 들어 사람들을 관찰했다. 승강기 안쪽에서, 인파가 반으로 천천히 갈라지기 시작했다. 그 중심으로 유니폼을 입지 않은 배양인이 걸어 나왔다. 연여인이 절대 잊을 수가 없는 모습이었다. 초록색 머리카락에 까만 피부, 신록이었다. 그가 지난 몇 달간 찾아온 사람이었다.

연여인이 다가가서 신록의 오른손을 잡았다. 한시라도 빨리 자기 보금자리로 돌아가고 싶어하는 배양인과 잠시라도 지각하지 않으려고 하는 배양인들, 그 모두가 빤히 둘을 바라보았다. 연여인이 신록에게 들뜬 목소리로 말했다.

"반가워요, 자기. 좀 조용한 데로 갈까요? 여긴 좀 많이 시끄럽다, 그쵸? 30분 정도 여유가 있으니까, 커피나 마실까?"

신록이 커피란 말이 무슨 뜻인지 헤아리고 고개를 끄덕이기도 전에, 연여인이 그를 붙잡고 플랫폼의 인파 속으로 사라졌다. 일상으로 돌아가기 전에, 배양인들은 자기 나름대로 고안해 낸 가설을 나눴다.

"아니, 저 잉태인이 배양인이랑 눈 맞은 거야? 뭐 하는 변태야?"

"세상에, 나한테 반하는 변태 잉태인은 없나?"

연여인은 신록을 플랫폼의 중앙 승강기 근처에 위치한 작은 무인 카페로 데려갔다. 카페는 인간으로 따지면 텅 비어 있었지만 로봇으로 따지면 가득 차 있었다. 연여인은 자기 몫으로 진짜 홍차를 주문하고, 신록을 한 번 곁눈질한 다음 우유가 든 달콤한 커피를 시켰다. 신록은 그 두 음료의 가격을 보고 둔중한 충격을 받았다.

구석 자리에 앉은 다음, 연여인이 색안경을 벗고 머리카락을 고정해 두었던 집게를 풀었다. 흑단 같다는 진부한 비유가 그토록 적확할 수 없는 길고 풍성한 흑발이 그의 등 뒤로 흘어졌다.

네 개의 기계 팔로 쟁반을 받친 드론이 둘의 시야에 들어왔다. 반중력 엔진을 단 그 드론은 아무 소리도 내지 않고 움직였다. 연여인이 쟁반 위에 놓인 두 컵을 챙기자 드론은 조용히 사라졌다.

연여인이 커피를 마시라고 손짓했다. 신록이 커피를 한 모금 마셨다. 난생처음 느끼는 기분 좋은 맛이 입안을 휘감았다. 연여인은 신록의 얼굴이 귀엽다는 생각을 떨치기 위해서 일을 생각했다.

"지구가 망하기 전엔 인터넷이란 게 있었어요."

연여인이 운을 뗐다.

"간단한 프로토콜을 통해 수많은 컴퓨터가 서로 연결돼 있었고, 그걸 이용해서 사람들도 먼 곳에서 얼마든지 정보를 주고받곤 했죠. 심지어 지구 반대편에도 메시지를 빛의 속도로 보낼 수 있었어요."

"그럼 세상에는 오해도 갈등도 없었겠어요."

신록이 아무렇지 않게 말했지만, 연여인은 떨떠름한 표정을 지었다.

"그건 아니지만…… 하여튼 중요한 건, 그 파편이 아직도 남아 있단 거지. 그리고 나처럼 똑똑한 사람은 브레인웨어로 통신망에 침투할 수 있죠. 자!"

이 사람도 검은 손 과인가 하고 신록이 생각했을 무렵, 연여인이 손뼉을 한 번 쳤다. 짝. 신록은 은은하게 공기를 채우고 있던 미묘한 기계음이 사라지는 것을 느꼈다. 어색함에 신록은 주위를 한번 둘러보았다. 로봇들이 모두 작동을 멈춰 있었다. 신록은 그제야 암시장에서 조명이 왜 갑자기 꺼졌는지 알 수 있었다.

"그 손뼉은 꼭 쳐야 하는 건가요?"

"이제 검은 손도 우리 이야기를 도청하지 못할 테니, 내 소개를 해 볼까요."

연여인은 그 어떤 단어도 결코 그 완벽함을 담아내지 못할 미소를 지은 다음 말했다. 아니, 의미를 신록의 뇌에 직접 투사했다.

[나는 코란트 소속이에요. 서나루 이사님의 보좌관이죠.]

신록은 경악한 티를 내지 않으려고 노력했다. 이어서 연여인의 이야기가 신록의 머릿속에 피어나기 시작했다. 그것은 신록이 지금껏 자신과 상관 있으리라고 결코 생각해 본 적 없는, 코란트를 지배하는 귀족들의 이야기였다.

코란트의 2대 회장 서윤안이 암살당하기 전까지, 그의 조카인 서나루는 코란트의 7순위 상속자였다.

고전적인 장자상속제, 그리고 7순위의 상속 순위…… 아주 먼 옛날, 중세의 유럽에 살고 있었다면 왕국을 자기 손안에 넣는 꿈을 꿔 볼 만도 했을 테다. 하지만 코란트의 1순위 상속자인, 서윤안의 장남 서소원의 정통성은 확고했다. 그의 몸도 남부러울 데 없이 건강했다. 서나루는 헛된 꿈을 꾸는 대신, 그냥 자기 행운을 최대한 누리기로 했다. 다른 사람들도 서나루의 의도를 의심치 않았다. 서나루는 서소원과도 가까이 지냈다.

아니, 아주 친했다. 서나루는 서소원의 영향을 많이 받았다. 그가 서울의 3분의 1을 얻는 건 서울에 꽤 나쁘지 않은 일이라고 믿었다. 완고하고 독선적인 서윤안과는 다르게, 서소원은 친절하고 똑똑한 사람이었다.

서나루는 서소원 다음으로 태어난 두 쌍둥이인 서지하와 서지아 남매가 1순위 상속자가 아니라 다행이라고 생각했다. 2순위인 서지하는 무능하고 잔인했으며, 3순위인 서지아는 유능하고 잔인했다.

그러니 2458년에 서소원이 서윤안을 죽였다는 소식을 들었을 때 서나루가 당황했을 만도 했다. 처음에 서나루는 그게 당연히 거짓일 거라고 확신했다. 서소원이 서윤안을 죽일 이유가 없었다. 서소원이 권력에 대한 욕심이 없는 것은 아니었지만, 멍청한 선택을 할 만큼 성급하지는 않았으니까. 하지만 서소원을 제외하고 모인 혈족 회의에서 나온 증거는 지나치게 명백했다. 서소원이 암시장의 미인가 배양인 암살자에 접근한 것이다.

암살자의 이름은 혜린이었다. 혜린은 서윤안의 머리에 시원하게 바람 구멍을 내 주었다. 혜린은 현장에서 즉시 생포됐고, 서윤안의 시신은 동결되었다. 서지하는 하루도 지나지 않아 서소원을 구류했다. 아니, 서지아가 뒤처리를 했고 서지하가 거기에 이름을 올렸다.

배양인들이야 알 수 없었지만, 잉태인들에게는 서윤안의 죽음과 서소원의 구류가 커다란 이슈였다. 서윤안의 장례식을 치르고 난 후 서지하가 코란트의 왕좌에 올랐다. 하지만 서지하가 할 줄 아는 것은 일차적인 욕망의 추구뿐이었다. 서지하는 곧바로 꼭두각시가 되었다. 그로서는 나쁘지 않은 일이었을 것이다. 자신의 육체적 욕망을 거리낌 없이 채울 수 있을 테니. 서지하의 그림자 뒤에 서서 서지아는 코란트의 실질적 지배자가 되었다. 그렇게 10년이 흘렀다.

코란트의 구석에 남아 있던 서나루는 여전히 이해할 수 없었다. 대체 왜 서소원이 서윤안을 죽였을까? 서윤안은 겉보기에는 멀쩡해 보였지만, 속은 이미 썩어 가고 있었다. 그 어떤 시뮬레이션도 서윤안이 10년 이상을 살 것이라고 예측하지 못했다. 서지아가 어떤 수로든 손을 쓴 것이 틀림없었다. 그러나 서나루에게는 더 파고들 수 있는 힘이 없었다. 서나루는 그저 권력의 변두리에서 이를 지켜보는 수밖에 없었다.

그마저도 오래가지 못했다. 부회장 서지아가, 달의 월인들과 함께 제작한 파종선 별누리로 떠나면서 서나루에게 함께할 것을 제안한 것이다.

그것은 제안이 아니라 명령이었다. 서나루의 서지하에 대한 충성은 계속해서 의심받고 있었다. 서나루가 코란트의 비밀을 은환의 대주주들에게 팔아넘긴다면? MAKO의 작은 회사들과 합작하여 코란트의 뒤통수를 친다면? 서지아는 서나루의 존재를 용인하기 힘들었을 것이다. 그렇다고 서나루처럼 높은 지위에 있는 사람을 대놓고 숙청해 혈족을 동요시킬 수도 없는 일이었다. 지구에서 치워 버리는 것만이 서지아에게는 최선이었다.

서나루의 보좌관 연여인만이 지상에 남았다. 그리고 다시 7년이란 시간이 흘렀다.

"아, 아파요!"

신록은 머리를 부여잡았다. 관자놀이에 송곳을 쑤셔 넣는 듯한 극심한 편두통이 그를 괴롭혔다. 연여인이 일어나서 그에게 다가왔다.

"괜찮아요?"

고통은 천천히, 그러나 분명히 가셨다. 신록은 테이블에 머리를 박고 말했다.

"잉태인들은 모두 변태밖에 없는 건가요? 왜 그렇게 많은 걸 가지고도 욕심이 남아서 쓸데없는 싸움을 벌이는 거죠?"

"고개를 들어봐요. 바로 여기 그 반례가 있으니까."

신록은 무시했다.

"돈을 준다니까 하겠지만, 그래도 궁금해요. 왜 하필이면 나죠? 당신은 내 정체를 알 수 있을 거라고 말했죠."

고개를 든 신록은 연여인을 올려다보고, 자기 얼굴을 가리켰다.

"어딜 가도 시선을 끄는 이 초록색 머리로 내가 무슨 비밀스러운 일을 할 수 있겠어요?"

연여인은 신록을 지그시 바라보았다.

"별나루에 계시는 서나루 이사님께서 자기 유전자 코드가 초지능의 통제의 열쇠라고 했어요. 그래서 당신이 별누리로 가야 하는 거예요."

"어떻게 그럴 수가 있죠?"

"그건 나도 몰라요."

"그 서나루란 사람과 직접 이야기해 볼래요. 어떻게 연락할 수 있어요?"

연여인이 고개를 저었다.

"그럴 수 없어요. 별누리와 지구의 통신은 상당히 제한되어 있어요. 6개월에 한 번씩 오가는 연락선에 담긴 메시지만으로 소통할 수 있죠. 서지아 부회장이 의도적으로 그렇게 막아 놓은 것이 틀림없어요. 그곳에서 진행되는 일이 지구에 알려지면 안 되니까."

"그럼 대체 당신이 따르는 사람이 어떻게 날 아는 거예요? 나는 등록도 안 된 배양인인데."

"당연히 이사님도 자기를 자세히 모르죠. 지난 몇 달 동안 당신의 초록색 머리랑 검은 눈이라는 정보만으로 자길 찾아낸 거예요..내가 자기 찾느라 얼마나 고생했는지 알아요? 내가 좋아서 검은 손 같은 미친놈이랑 같이 일했겠어. 자, 시간이 많지 않아요."

연여인이 신록에게는 작은 액정 카드를 내놓았다. 액정 카드 위에는 얇은 선으로만 표현된 작은 우주선이 빛나고 있었다. 그 우주선 밑에는 '별누리'라는 글귀가 있었다. 신록은 현실감이 자신에게 너울 치면서 다가온다고 생각했다.

신록이 카드를 바라보다 중얼거렸다.

"나는……"

연여인이 다그쳤다.

"자기가 직접 브레인웨어로 나를 부르지 않았나요? 함께하겠다고."

신록은 한숨을 쉬고 카드를 집어 들었다. 연여인이 싱긋 웃더니 일어섰다. 신록은 한숨을 쉬고는 그를 뒤따랐다. 카페를 나오면서 연여인이 손뼉을 다시 한번 쳤다. 카페 속에서 잠들어 있던 로봇들이 다시 움직이기 시작했다. 연여인은 신록을 지표면으로 나가는 중앙 승강기 쪽으로 안내했다. 그곳으로 가는 도중에도 몇몇 잉태인이 신록의 얼굴을 유심히 쳐다보았다.

중앙 승강기 앞에 도착해서야, 신록은 승강기를 중심으로 서 있는 열 개의 게이트를 확인했다. 그중 다섯 개의 게이트가 우주공항 쪽으로 향하는, 즉 서울을 빠져나가는 게이트였다.

게이트에는 줄이 길게 늘어서 있었고, 그 위에는 홀로그램 디스플레이가 떠 있었다. 신록은 디스플레이에 뜬 문구를 읽어 보았다.

목성 궤도, 별누리 행.

이제 돌이킬 수 없는 것만 같았다. 신록은 살짝 현기증을 느꼈다. 단 몇 주 전만 해도 우주로 떠나리라고는 상상도 하지 못했다…… 아니, 평생 동안. 휘청이는 신록을 잡은 연여인은 신록의 어깨에 머리를 살짝 기대면서 말했다.

"고마워요. 함께해 줘서."

신록은 떨리는 목소리로 물었다.

"제가, 제가 혼자 우주선을 타야 한다고요?"

"걱정 마요. 그냥 카드 제시하고 시키는 대로 따라가기만 하면 되니까. 혹시 초공간 도약 경험해 봤어요? 살면서 한 번쯤은 해 볼 만해. 퍽 재밌다니까."

신록이 고개를 계속 저었다. 연여인은 신록의 팔이 딱딱하게 굳은 것을 느꼈다. 신록은 억지로 입술을 움직였다.

"당신, 지금 제일 중요한 걸 잊었어요."

연여인이 신록의 양어깨를 잡고는, 무릎을 살짝 낮췄다.

"뭔데요?"

"돈."

"아, 맞아. 선금이 있지. 지금……"

신록이 고개를 저었다.

"나 말고, 다른 사람한테 주세요."

"누구?"

"리원이라는, 한때 DNA 코디네이터로 일했던 배양인이에요. 코란트 97번 타입이고, 하반신을 쓰지 못해서 휠체어를 타고 다니니까 금방 확인할 수 있을 거예요. 지하 1층에 저랑 같이 살고 있어요."

신록이 주소를 말했다.

"퍽 소중한 사람인가 보네."

신록은 입을 뗐다. 그는 말할 수 있었다. 리원은 왜 그런 선택을 내렸냐고 책망할 게 뻔하다고. 멋지게 돌아오기 전에는 리원을 만날 수 없을 거라고. 리원에게 멋진 삶을 선물해서 자기 선택이 틀리지 않았다는 걸 증명하고 싶다고. 그렇게 말하는 대신, 신록은 웃었다. 연여인도 더는 캐묻지 않았다.

"걱정 말아요. 도착하면 도련님이 접촉할 테니…… 별로 어렵지 않을 거예요. 그동안 생활에 익숙해지는 편이 나을 거에요. 나쁘지는 않을 거예요. 거기에 나 말고 다른 보좌관이 있는데……."

"보좌관이 당신 혼자가 아니었군요?"

"그럼 이사님을 어떻게 혼자 보내요? 나 같은 사람이 하나 더 있어요. 나에 비해 좀 부족하긴 하지만, 아주 많이 닮은 사람이에요. 그래도 얼마나 믿음직스러워요?"

"그런가요……"

연여인이 웃으면서 말했다.

"가서 알푸릴이란 이름의 사람을 찾아요. 그 사람이 당신과 도련님을 연결해 줄 거예요. 이름이 특이해서 외우기 쉽죠?"

"알푸릴, 알푸릴…… 그럼 뭘 전달받나요?"

"그건 나도 몰라."

연여인은 다시 빙긋 웃고는 인파 속으로 사라졌다. 신록은 눈으로 사라지는 연여인을 끝까지 쫓았다. 연여인이 신록의 시야에서 완전히 벗어났을 때, 신록의 뒤쪽에서 목소리가 들려왔다.

"별누리행 우주선, 탑승까지 10분 남았습니다."

이젠 정말 어쩔 수 없었다.

신록은 카드를 제시하고, 스캔을 마친 다음 승강기를 탔다. 서울 밖으로 나가는 사람들은 대부분 외국인이었기에 신록은 오랜만에 아무의 눈길도 끌지 않을 수 있었다. 승강기는 수십 명의 사람을 태우고 위쪽으로 부드럽게 올라갔다. 상층부의 삐걱대는 승강기와는 그 탑승감을 비교할 수 없었다.

우주공항은 투명한 자재로 만들어진 노른자 모양의 돔이었다. 그것은 한때 여의도라고 불리던 섬 위에 설치되어 있었다. 그 덕에 신록은 옛 서울의 낮을 처음으로 목격할 수 있었다.

서울은 모든 인공물은 마침내 자연에게 완전히 굴복해 있었다. 한때 서울이란 이름을 가졌던 장대한 숲에는 옛 마천루의 뼈대가 듬성듬성 하늘로 솟구쳐 있었다. 그 뼈대는 대부분 어느 높이 이상에서 꺾여 아래쪽으로 처박혀 있었다. 초록색 덩굴이 그 뼈대를 휘감았다. 하늘에 도전하고자 하는 인간의 오만에 대지가 족쇄를 채운 것이다.

뼈대들 사이로 당장 무엇인지 알기 힘든 점들이 날아다녔다. 처음에 신록은 그것이 동물인 줄 알았다. 그러나 그건 동물처럼 움직이지 않았다. 숲 거인의 시체를 파먹는 파리들처럼 그것은 공기의 흐름과 관성을 무시하고 자유자재로 날았다. 반중력 드론 무리였다. 자원을 채취하러? 아니면 방사능 물질을 제염하려고? 신록이 답을 내리기 전에 탑승 알람이 울렸다. 신록은 공항 한쪽에 마련된 통로로 향했다. 그 통로는 각진 물고기 형태의 우주선의 뒤쪽으로 이어져 있었다.

우주선에 탑승하자 2열로 늘어선 여섯 개의 좌석이 신록을 맞았다. 각 좌석은 마치 왕좌처럼 상당히 커다란 의자로 온갖 기계장치가 달렸고, 창문은 없었다. 다섯 개의 좌석에 이미 사람들이 앉아 있었다. 다들 잔뜩 긴장한 표정이었다. 모두 코란트의 배양인이었다. 신록은 그들의 하플로타입까지 알아볼 수 있었다.

신록은 조용히 자기 자리에 앉아 창문 밖을 쳐다보았다. 우주공항의 외부 활주로는 평탄했다. 딩동댕 하는 소리가 들린 다음, 우주선 전체에 목소리가 울렸다.

"수백 대 일의 경쟁률을 뚫고 파종선 별누리에 탑승하게 된 우리 승무원 여러분, 환영합니다. 별누리는 현재 목성 궤도에 위치해 있습니다. 초공간 도약을 이용하여 2시간 내로 우리는 별누리에 진입합니다."

다른 탑승객의 입에서 탄성이 터져 나왔다. 하지만 신록은 혼란스러웠다. 수백 대 일의 경쟁률을 뚫었다고? 아니 내가 언제? 정말 이런 게 조작 가능하다고? 코란트가 관여하는 사업이라면서?

하지만 생각할 여유 따윈 없었다. 신록이 앉은 의자에서 벨트가 튀어나와 신록을 구속했다. 동시에, 신록은 가슴이 갑자기 내려앉는 듯한 느낌을 받았다. 반중력 엔진이 가동하여 우주선이 비행하기 시작한 것이었다. 신록 앞의 디스플레이에 보이던 사람이 사라지고, 화면이 우주선의 시야로 전환되었다.

디스플레이 속에 서울이란 이름의 장대한 숲이 나타났다. 신록은 그 도시의 시체가 점점 작아진다고 생각했다. 아니었다. 우주선이 떠오르고 있는 것이었다. 곧 적조 때문에 시뻘겋게 변해 버린 한강이 보였다.

곧, 그 모든 풍경이 구름 너머로 사라졌다.

"충격에 대비하십시오. 초공간 도약을 시작합니다."신록은 가슴 깊숙한 곳에서부터 피어오르는 역겨움을 느꼈다.

    빛을 제외한 세상의 그 어떤 물체도 광속으로 움직일 수 없다. 그것은 세상의 절대적인 법칙이며, 세계의 절대적인 한계다. 이 법칙에 대한 불만은 아주 오래전부터 제기되었다. 우주는 이렇게 넓은데 광속은 느려도 지나치게 느렸다. 가장 가까운 프록시마 센타우리도 빛의 속도로는 4.2년이 걸린다.

    사실, 광속의 한계까지 따지고 들 필요도 없었다. 고전적인 방식의 모든 추진법은 가속에 무시무시한 에너지를 소모했다. 질량과 속력에 따라 기하급수적인 에너지가 추가 소모됐다. 광속의 10퍼센트에 달하는 속력에 도달하는 것도 기술적으로 엄청난 난제였다.

    그래서 사람들은, 아니 초지능은 초공간 도약을 개발했다. 차원의 제한이 광속의 한계보다 덜 절대적이다. 충분한 에너지만 있다면 객체가 속한 공간 차원을 4차원으로 늘릴 수 있다. 차원이 접히고 인간은 광속의 한계를 뛰어넘는다…… 인간은 이 기술을 사용하면서도 그 기술의 원리를 반의 반도 이해할 수 없었다.

    만약 이 환상적인 방식이 인간의 몸에 미치는 영향만 아니었다면, 이미 인류 문명은 우주 곳곳에 퍼졌을 것이다. 인간은 초차원에 맞게 진화하지 않았고, 차원이 열린 동안 그 속에 있는 인간은 모든 감각을 뒤섞어 느끼는 부작용을 느낀다.

신록은 볼 수 있는 모든 색을 들었고, 들을 수 있는 모든 소리를 맛보았으며, 맛볼 수 있는 모든 맛을 보았다. 고통 따위의 잡스러운 감각은 말할 것도 없었다. 10분만큼 긴 10.72초가 지난 뒤 신록은 기절했다. 의식의 소실에 감사할 지경이었다.

"신록! 신록, 신록 어딨어?!"

연여인은 지하 1층에서 리원을 찾을 필요가 없었다. 신록이 출발하고 몇 분 지나지 않아, 0층 플랫폼에서 리원이 신록의 이름을 부르는 것을 발견했기 때문이었다. 그 덕에 0층에는 가벼운 소동이 일었다. 경비원들이 리원을 향해 달려갔다.

계획에 없던 차질을 막기 위해, 연여인은 어쩔 수 없이 조금 강제적인 방법을 써야 했다. 그는 리원과 그 근처에 있는 경비원들의 브레인웨어에 접속한 다음, 관리자 권한을 탈취했다. 그러고는 재빠르게 브레인웨어 OS 커널에 논리적 모순을 일으켰다. 무의미한 연산을 반복한 브레인웨어가 과부하되면서 뇌의 온도가 미세하게 높아졌다. 현기증을 느낀 경비원들이 주저앉았고 리원은 아주 짧은 시간 동안 실신했다.

"미안!"

근처의 배양인들은 갑작스럽게 나타난 연여인을 보고 뒷걸음질 쳤다. 잉태인이 그 존재만으로 권위를 뿜는다는 걸 연여인은 잘 알았다. 미묘한 기분이 들었지만 그는 신경 쓰지 않기로 했다.

연여인은 리원을 신록과 함께 갔던 무인 카페에 데려갔다. 리원은 연여인이 사라진 신록과 관련이 있다는 것을 본능적으로 깨달았다. 그는 연여인에게 고래고래 소리 질렀다. 그의 가녀린 몸이 그렇게 커다란 목소리를 빚을 수 있다는 것이 믿기지 않을 정도였다.

"신록…… 신록 어디 갔어?! 신록은!"

다시 한번 연여인이 무인 카페의 도청기들을 모조리 침묵시킨 다음, 리원을 빤히 바라보았다. 솔직하게 말하는 편이 더 나을 것 같았다. 그가 쏟아내는 감정 앞에서 거짓말을 하기가 쉽지 않았다.

"우주로 갔어요. 아마 지금쯤 목성 궤도에 있겠지."

"위험한 거야? 위험한 거냐고?"

부정할 수 없었다. 연여인은 고개를 끄덕였다. 리원의 표정에 커다란 좌절이 스쳤다. 리원은 연여인의 얼굴을 멍하니 바라보다가 말했다.

"나 때문이지, 나 때문에 간 거지? 그런 말을 하는 게 아니었어…… 미인가 배양인 같은 말을 한 게 아니었는데. 나 때문에 많이 화났어, 신록이?"

"아니, 당신에게 선물도 남겼어요."

연여인은 브레인웨어 속에 있는 전자 지갑에 접근했다. 검은 손이 마련해 준 돈이 있었다. 그는 자기 앞에 있는 리원의 브레인웨어로 생명세에 달하는 현금을 즉시 이전했다. 리원의 정신 속에 입금 메시지가 새겨졌다. 이거라면 리원에게 충분한 위안이 되리라고 믿었다. 연여인은 리원의 표정에서 놀라움을 읽었다. 하지만 순식간에 분노가 그 놀라움을 지워 버렸다.

"이딴 게 필요한 게 아냐. 나한테 목적은 이런 돈이 아닌데. 신록 네가 너를 스스로 위험 속에 밀어 넣을 필요 없다고. 대체 왜 그걸 몰라 주는데? 이깟 돈이 뭐라고……?"

연여인은 마음속을 둔중하게 누르는 죄책감을 느꼈다. 만약 그가 신록에게 그런 거짓말을 하지 않았더라면 조금이나마 마음이 편해졌을지도 모른다. 별누리에서 신록은 더 커다란 위험에 처할 운명이었다. 연여인이 말했던 것처럼 그저 기다리고만 있으면 되는 일이 아니었다.

하지만 어쩔 수 없었다. 그렇게 해야만 했다.

휠체어에 앉은 채로 펑펑 우는 리원을 지그시 바라보던 연여인은 충동적으로 말했다.

"신록은 그 돈 몇 푼 때문에 간 게 아니에요. 배양인들을 위해서 간 거지."

"뭐라고?"

리원이 꺽꺽거리면서 답했다. 연여인이 차분히 말했다.

"배양인들을 위해서 갔다고요."

"그게 무슨 뜻인데?"

"신록이 왜 별누리에 필요한지 알고 싶나요?"

그 가녀린 배양인이 고개를 끄덕였다. 어쩌면 그가 커다란 실수를 저지르는 걸지도 몰랐다. 리원이 서나루의 의도를 바깥으로 새게 할지도 몰랐다. 하지만 연여인은 리원이 그러지 않으리라고 믿고 싶었다. 신록을 위해서라도 연여인은 리원을 안심시켜야 했다. 그는 자리에 앉았다. 그는 서소원과 서나루의 이야기를 들려주었다. 이번에는 목소리로.

"초공간 도약이 완료되었습니다."

전기 충격을 당한 신록이 침을 질질 흘리면서 깨어났다. 신록은 마음속으로 연여인이 미친 배신자라고 외치는 것 빼고 할 수 있는 게 없었다. 이게 할 만하다고? 살면서 한 번쯤 해 볼 만하다고? 지구로 돌아오면, 연여인, 당신, 진짜 피의 복수를 당할 준비를 해야 할 거야.

그때 디스플레이에 뜬 화면 때문에 또 한 번 신록은 얼이 빠졌다.

화면을 꽉 채우고 있는 것은 목성의 표면이었다. 태양계에서 가장 거대한 행성. 조금만 더 질량이 모였다면 태양의 자매가 될 수도 있었을 위대한 별. 들끓는 폭풍과 소용돌이들이 행성의 막대한 에너지를 암시했다. 신록은 고리 아래로 불타는 폭풍 속에서 특히 짙은 갈색을 띤 소용돌이를 목격했다. 마치 목성의 눈 같았다. 신록은 가스 거인이 그 깊은 눈으로 자신을 주시한다고 생각하지 않을 수가 없었다. 지구의 자식아, 너는 참으로 자그마하구나. 그리고 그 눈 위에 동그랗고 검은 그림자가 드리워졌다. 신록은 그림자를 드리운 객체를 재빨리 확인했다. 처음에 신록은 달이라고 생각했다. 얼마 전에 최초로 목격했던 달. 그것은 하얗고 둥글었다. 그 백색 구 곳곳에는 기하학적인 선이 새겨졌는데, 그 선에서는 푸른 빛이 흘러나왔다. 그것은 인공물이었다. 인공물이 아니고서야 그렇게 생길 수가 없었다. 하지만 인공물이 그토록 거대할 수 없다는 관념 또한 신록의 머릿속에 자리 잡고 있었다. 그 두 관념이 머릿속에 충돌해 혼란스러웠다.

목성의 압도적인 크기 때문에 너무나 작게 느껴졌지만, 신록은 그것도 지금 자신이 탄 우주선보다 수천 배는 크다는 것을 직감했다. 초공간 도약의 충격이 아직 가시지도 않았지만, 신록은 들려오는 목소리를 또렷이 들을 수 있었다.

"서울의 위대한 방주, 인간이 만든 새로운 달, 별누리에 오신 것을 환영합니다."

신록은 눈을 몇 번 깜빡였다. 이제 도망칠 수 없었다. 어쩌다 내가 여기까지 오게 됐는지 계속 곱씹어 봐야 바뀌는 건 아무것도 없다. 뭐든 해야 해. 뭐든.

그때, 신록의 머리가 띠 하고 울렸다. 연여인이 정보를 쑤셔 넣을 때랑 비슷한 느낌이었다.

5

　별누리의 선장 서지아는 별누리 항해소의 중앙 단상 위에
서서 항해소 한 켠을 꽉 채운 홀로그램 디스플레이에 시선을
고정했다. 태양계의 왕 목성을 중심으로 푸른 가니메데, 얼어
붙은 에우로파, 불타는 이오가 도는 것이 보였다. 그리고 과장
된 크기의 별누리. 별누리는 목성의 막대한 자기장에 휩쓸리지
않을 정도의 자리에 떠서 미묘하게 진동하고 있었다.

　서지아의 은빛 머리카락이 홀로그램의 푸른빛을 받아 청회
색으로 반짝였다. 그 은빛은 노화의 상징이 아닌, 자연적인 색
깔이었다. 자세히 본다면 그것이 백금과 같은 광택을 발하는
옅은 금발이라는 사실을 알 수 있다. 서울에 사는 사람이라면

모를 수가 없는 코란트 혈족의 상징, 코란트 지배권의 상징. 서울의 잉태인들은 구석진 곳에서 몰래 속삭이곤 한다. 코란트의 계승자가 될 이들은 모두 수정란 단계에서 유전자 조작을 받거나, 그도 아니면 뒤늦게 유전자 치료를 받는다고.

더 중요한 것은, 아주 낮은 확률로 은발을 타고나는 보통 잉태인들이 머리카락을 다른 색깔로 바꾸는 유전자 치료를 반드시 받는다는 사실이다. 아무도 그런 명령을 내리지 않았는데도, 아무도 그런 규칙을 만들지 않았는데도.

항해실의 문이 열렸다. 서지아가 고개를 돌려 합금 강화복을 입은 사람이 걸어 들어오는 것을 보았다. 그의 강화복은 머리만 빼고 온몸을 빈틈없이 뒤덮고 있었다. 강화복을 입은 상태임을 감안해도 그 사람의 신체는 독특했다. 팔과 다리는 아주 길었고, 몸통은 연필처럼 얇았다. 서지아는 놀라지 않았다. 그는 월인이었다. 지구 중력의 5분의 1도 되지 않는 환경에 적응한 사람들이었다. 그들에게는 별누리의 인공 중력도 생명에 해가 될 수 있다.

월인들의 대표자가 고개를 숙여 인사했다.

"선장님."

"하례뮐."

서지아가 월인의 이름을 불렀다. 형식적으로는 별누리에 사는 월인들과 지구인들의 지위는 동등했다. 별누리 프로젝트는 달과 코란트의 합작으로 진행됐으며, 둘은 공동 선장이었다. 그러나 하레밀은 자신이 서지아의 아래에 있다는 것을 잘 알고 있었다. 별누리의 선원들 모두가 그렇듯.

그는 서지아를 올려다보면서 아직 입에 잘 감기지 않는 한국어로 말했다.

"셔틀이 별누리 격납고 안으로 진입했습니다."

서지아는 아무 대답 없이 홀로그램 디스플레이 쪽으로 돌아섰다. 동시에 서지아의 브레인웨어가 홀로그램 디스플레이와 공명했다. 격납고 안의 장면이 3차원으로 구성되어 항해실 한쪽에 투영되기 시작했다. 하레밀이 본 사람 중 그렇게까지 브레인웨어를 잘 다루는 이는 없었다.

이중 에어락을 통과한 사각뿔대 모양의 셔틀이 격납고의 원형 착륙장 중 하나에 부드럽게 하강했다. 국소적으로 작동하는 별누리의 인공 중력 판이 가동하여 셔틀을 고정시켰다. 격납고와 셔틀 내부의 대기가 동기화된 후에, 셔틀의 뒤쪽 문이 열렸다. 코란트의 소유인 배양인 승무원들이 하나씩 걸어 나왔다. 다들 아직도 초공간 도약의 충격에서 벗어나지 못해 비틀거렸다. 승무원의 얼굴 옆으로 2차원의 가상 패널로 된 신상정보가 떠올랐다. 이름, 직업, 하플로타입, 시민보장번호.

마지막으로, 셔틀에서 독특하게 생긴 배양인이 천천히 걸어 나왔다. 초록색 머리, 연두색 눈, 검은색 피부. 그 초록 머리카락의 배양인은 인상을 잔뜩 찌푸리고 있었다. 그의 옆으로는 아무 내용도 떠오르지 않았다. 그는 코란트의 행정망에 등록되어 있지 않았다.

하레뮐은 서지아의 어깨가 움찔거리는 것을 보고 당황했다. 서지아가 별누리에 타고, 하레뮐이 그와 함께한 이후로 20년 가까운 시간이 흘렀다. 그 긴 시간 동안, 이 코란트의 두 번째 권력자, 자신의 안녕 외에는 그 어디에도 감흥을 가지지 않는 이 존재가 신체적으로 드러날 만큼의 감정적인 동요를 드러내는 것을 본 적 없었다.

"아버지 생각이 나는데."

암살당한 아버지를 애도하는 것 같지는 않았다. 하레뮐이 조용히 속삭였다.

"정말로 그와 똑같이 생겼군요."

"서나루의 첩이 일을 잘 해냈나 보군. 이름이 연여인이었던가?"

하레뮐은 답하지 않고 서지아가 선 단상으로 걸어 올라갔다. 서지아의 표정이 보였다. 언제든 뛰어들 준비가 된 포식자 같은 얼굴이었다. 하레뮐의 눈썹이 꿈틀거렸다. 홀로그램 디스플레이에 떠오른 초록머리 배양인은 여전히 초조하게 격납고를 둘러보고 있었다. 하레뮐이 물었다.

"선장님. 저는 잘 이해가 되지 않는군요. 왜 서나루가 바라는 대로 저 배양인을 이곳에 들이신 겁니까?"

"오, 하레뮐, 아직 모르겠어?"

하레뮐을 돌아본 서지아의 얼굴에는 생기가 넘쳐흐르고 있었다. 들뜬 목소리로 그는 말을 이었다.

"우리 목적은 초지능을 완전히 제어하는 것이지. 그렇지? 그러려면 어떻게 해야 하고?"

"핵의 자아에 좀 더 강렬한 감정적 자극을 주는 것이죠."

아직 거부감을 완전히 극복하지 못한 하레뮐이 떨떠름하게 말했다. 서지아는 자랑스럽게 말했다.

"그래. 유전자가 같은 배양인이 핵의 자아에 직접 연결되어 있을 때, 가장 강렬한 감정적 자극을 줄 수 있을 거야. 서나루는 할 일을 다 했어. 이제 치워 버려도 되겠군."

"굳이 피를 볼 필요가 있겠습니까?"

하면 안 될 말이었다. 서지아가 눈을 동그랗게 뜨고 하레뮐을 바라보았다. 도저히 이해하지 못하겠다는 뜻이었다. 서지아는 자신에게 방해가 되는 사람을 치워 놓는 사람이 아니었다. 가능하다면, 그는 자기에게 방해가 되는 사람을 세상에서 말소해 버리는 것을 선호했다. 서지아는 그 과정 자체를 즐겼다.

"……신록이 서나루와 감정적 유대를 맺는다면, 좌절의 크기도 상당하지 않을까 싶습니다. 복종시킬 때 편리해지겠지요."

"괜찮은 생각이야. 하레뮐, 역시 똑똑한걸? 네 부하, 이름이 알푸릴이었나? 걔한테 재를 맡겨 두면 되겠군."

하레뮐이 고개를 끄덕였다. 진심에서 우러나온 미소를 지으면서, 서지아가 말을 이었다.

"새 세상이 도래하면, 너희 동포들의 자리가 있을 거야."

하레뮐은 이를 악물고는 단상 밑으로 천천히 내려갔다. 서지아가 다시 홀로그램 쪽으로 눈을 돌렸다. 혼란스러워하는 배양인들은 땅바닥의 개미 같았다. 그의 머릿속에서 고통에 몸부림치는 목소리가 울려 퍼지기 시작했다. 그건 서지아의 고통이 아니었다. 서지아의 정신이 고통의 근원으로 천천히 다가갔다.

초지능이 그에게 반응하기 시작했다. 미약했으나, 분명히 느낄 수 있었다.

셔틀에서 내린 배양인들을 반기는 사람은 아무도 없었다. 잠시간 어색한 시간이 흐르고 나서야 배양인들은 이 셔틀이 무인 셔틀이라는 것을 알았다. 지구에서 목성 궤도로 오는 동안 셔틀에는 오직 그들만 있었던 것이다. 그들을 별누리 내부로 인도해 주는 사람은 아무도 없었다. 격납고에는 우주선과 그 의도를 알 수 없는 경로를 떠돌아다니는 반중력 드론들이 보였다.

배양인들 사이에서 빠르게 눈길이 오고 갔고, 신록을 제외한 다섯 명이 모여서 이런저런 이야기를 나누기 시작했다. 전 4층에서 왔어요. 새싹채소 공장에서 일했지요. 이곳에는 무슨 일로 오셨나요? 아, 은환의 제련장에서 일했다고요.

순수한 생리적 이유 때문에 신록은 그 대화에 신경 쓸 수가 없었다. 머리가 아팠다. 칼로 파내는 것 같은 느낌이었다. 브레인웨어가 정보를 전달받을 때 느껴지는 아주 미약한 떨림을 수백 배 증폭시킨 것 같은 기분이었다. 신록은 셔틀의 꽁무니에 기댄 채로 인상을 찌푸렸다. 신음을 흘리진 않았다. 암시장에서 약점을 보이지 않기 위해 단련된 대로였다. 그러나 이 세상에 대해 생각할 여유는 없었다.

곧 그 혼란을 끝낼 목소리가 들렸다. 마음속에서.

[반갑습니다. 별누리의 새로운 승무원 여러분.]

모두의 머릿속에서 세부사항이 제거된 어떤 목소리가 울렸다. 그것은 명백히 배양인의 목소리였다. 성별을 전혀 짐작할 수 없는 그 특유의 중성적인 목소리. 배양인들이 주위를 돌아보았다. 하지만 그 어디에서도 목소리의 근원을 찾을 순 없었다.

[지금 여러분이 듣는 것은 브레인웨어를 통해 듣는 별누리의 목소리입니다.]

배양인들은 그제야 천천히 안정을 되찾았다. 브레인웨어로 메시지를 받는 것은 익숙한 일이었다.

[제가 여러분들을 안내하겠습니다.]

모두가 마음속에 어떤 방향을 느꼈다. 그곳으로 걸어가야 한다는 어떤 의도, 거부할 수 있지만 굳이 거부할 이유를 찾기 힘든 가벼운 욕망 비슷한 것이 자랐다. 그곳이 격납고에서 별누리의 승강기 허브로 향하는 길이었다. 배양인들은 승강기 허브를 향해 걸어갔다.

신록은 그제야 두통이 조금 잦아드는 것을 느꼈다. 브레인 웨어를 통해서 통신한다…… 그리고 어떤 의도와 관념을 마음속에 직접 밀어 넣는다. 연여인을 생각하지 않을 수가 없었다. 그렇다면 이것은 마법일까? 아니, 아마 놀라운 기술의 산물일 것이다. 그럼 연여인이 신록에게 별누리에 오겠다는 욕망을 집어넣은 것 아닐까?

그런 것까지 의심하기 시작하면 멈출 수 없다는 걸 신록을 알았다. 아마 이건 이 우주선 내에 압도적인 기술이 있기에 가능한 일일 것이다. 초지능이 제어되고 있기에 가능한 일일지도 몰랐다. 아니면 저 메시지도 리원의 깡통 집사처럼 뒤에서 어떤 인간이 조종하고 있을지도 모른다. 그 생각을 하자 마음이 편해졌다.

신록이 온 것은 신록의 의지 때문이었다. 한몫 크게 잡아서, 구질구질한 생활을 벗어나 리원과 함께 멋있게 살겠다는 생각. 지금쯤 리원은 생명세의 족쇄에서 벗어났으리라. 남는 돈으로는 괜찮은 반중력 휠체어를 샀을지도.

승강기 허브는 서울의 0층과 비슷하게 생겼다. 다만 마음속의 안내자는 이런 허브가 별누리 곳곳에 위치했으며, 승강기 자체도 서울과는 다르다고 했다. 서울의 승강기는 한 번에 삼백 명의 사람들을 위아래로 실어 나르지만, 별누리의 승강기는 다섯 명 안팎의 사람을 태우고 온갖 방향으로 움직인다는 것이었다.

[여기서 이제 여러분은 흩어집니다. 별누리의 선원으로서, 각각 다른 사명을 지고 있으니까요.]

다들 다른 승강기로 들어갔다. 마치 미리 약속이라도 해 둔 것처럼. 경이감에 푹 빠진 사람들 옆에서 신록은 질릴 듯한 심정을 느꼈다. 신록이 승강기 앞으로 가자 문이 저절로 열렸다.

[신록 님이시군요. 유전체 연구소에 배정되었습니다.]

신록은 자기도 모르고 있던 정보에 고개를 끄덕였다.

[출발합니다.]

승강기가 터널 속을 움직이면서 가속했다. 신록은 관성이 자신을 잡아당기는 것을 느끼면서 손잡이를 잡았다. 투명한 승강기 외부로 검은 통로가 스쳐 지나가자마자, 신록은 승강기 밖으로 스치는 놀라운 광경을 목격했다. 신록은 탄성을 질렀다.

"아······"

승강기는 여러 거대한 기계장치 사이의 돔 내부로 향하는 통로를 미끄러지고 있었다. 커다란 유리 돔 내부에는 인류의 전성기에 세워진 도시가 원형을 유지한 채로 세워져 있었다. 천장으로 비죽비죽 솟은 건물들, 건물 사이들을 벌떼처럼 스쳐 지나가는 드론들, 그 아래의 잔디밭 위로 거니는 사람들. 신록은 우주공항에서 보던 서울의 시체가 부활한다면 이런 모습일 것이라 상상했다.

돔은 도넛 형태의 매끄러운 구조물로 둘러싸여 있었다. 그 구조물에는 찬란한 광채가 후광처럼 퍼져 나오고 있었다. 즉각 그의 마음속에서 경고가 울렸다.

[햇빛로를 직시하면 위험합니다.]

햇빛로? 신록이 마음속으로 물었다.

[햇빛로는 별누리의 모든 에너지를 공급하는 인공 태양입니다. 이제 제2 거주구역 내부로 진입합니다.]

승강기가 제2 거주구역 안으로 파고들었다. 그것이 도시 사이로 난 통로를 미끄러져 움직일 때, 신록은 숨이 멎을 뻔했다. 신록은 서울과 별누리의 결정적인 차이를 깨달았다. 별누리는 천장이 높았다. 지하에 처박힌 서울은 건물이 땅에서 천장까지 연결돼 있었다. 수많은 기둥의 내부를 파내고 구조물로 사용하는 느낌이었다. 서울에서는 어딜 가든 하나의 커다란 건물 안에 있다는 느낌을 받을 수밖에 없었다.

하지만 별누리에서는 하늘을 보는 느낌을 받을 수 있었다.

물론 지표면에서 보았던 진짜 하늘에 비할 수는 없었다. 그러나 그 천장은 신 서울의 고층보다는 훨씬 높았다. 신록의 머릿속에서 어떤 터무니없는 생각이 스쳐 지나갔다. 어쩌면 그냥 이곳에서 사는 것도 나쁘지 않을 것 같은데? 어차피 리원은 생명세를 받고 해방되었을 것 아냐?

연여인은 신록에게 신록 스스로의 정체가 궁금하지 않냐고 물어보았다. 지금 보고 있는 것 앞에서, 그런 건 아무래도 상관없었다. 서울에서 생존 투쟁을 하던 중에 정체 따위를 고민하는 건 사치였다. 신록은 그저 잘 살고 싶을 뿐이었다. 암시장을 기웃거리지 않고 싶었다. 한 번도 경험한 적 없지만, 서울의 밑층에서 살고 싶었다.

곧 신록은 제2 거주구역의 구석에 있는 유전체 연구소 앞에 내렸다. 연구소 치고는 지나치게 거대한 규모라고 생각할 수 있겠지만, 신록은 그전에 그런 시설을 본 적이 없었다.

신록은 유전체 연구소 소장실의 문을 열었다. 그가 가장 먼저 목격한 것은 의자에 기대 벌벌 떨고 있는 월인이었다. 강화복 위로 드러난 그의 얼굴은 시뻘겋게 달아올라 있었다. 동시에 알푸릴은 신록의 눈빛에서 숨겨지지 않는 의문과 경악을 보고 있었다. 그리고 신록의 시선에서 느껴지는 또 다른 감정, 그것은 호기심이었다. 월인을 본 적 없는 신록은 알푸릴의 얇은 몸과 강화복을 신기해하고 있었던 것이다.

알푸릴이 비틀거리며 신록에게 손짓했다. 신록이 다가와 앉았다. 둘이 마주 보았다.

"아, 안녕하세요."

"신록. 기다리고 있었다."

"저를 아시나요?"

알푸릴은 질문에 답하지 않았다.

"알푸릴이라고 한다."

연여인이 말한 바로 그 이름이었다. 신록이 고개를 끄덕였다. 그의 달아오른 얼굴이 그렇게 미덥게 느껴지지는 않았다.

알푸릴은 신록이 하는 생각을 아는지 모르는지 말을 이었다.

"새 DNA 코디네이터로 들어왔겠지."

신록은 아무렇지도 않은 척하려고 노력했다. 연여인이 새로운 신상 정보를 만들어 준 게 틀림없었다. 하지만 리원과 같은 일이라니! 물론 신록도 관련된 내용을 조금은 알고 있었다. 암시장에서 살아남기 위해. 리원에게 추가로 배운 것도 있지만. 하지만 결코 리원과 같은 전문가라고 할 순 없었다. 다행히 알푸릴이 먼저 설명을 시작했다.

"난 월인이야. 달의 개척 기지에서 왔고, 태어날 때부터 그

중력에 맞게 몸이 변화됐기 때문에 이런 강화복을 입고 있지. 그래서 우리가 이 방주를 만든 것이지.”

　물론 자세히 모르는 이야기였다. 사실 신록은 ‘방주’라는 단어의 의미부터 알기 힘들었다.

　“제가 여기서 어떤 도움을 드릴 수 있을까요?”

　“달에서의 삶은 그 자체로 투쟁이야. 지나치게 낮은 중력 때문에 뼈가 물러지고, 지구처럼 인간을 보호하는 대기와 오존층이 없지. 하늘에서 쏟아지는 태양풍, 아무런 마찰 없이 떨어지는 운석들. 그렇다고 지구로 돌아갈 수도 없어. 우리 신체는 달의 중력에 길들여져 버렸고, 지구는 우리가 감당하기에는 너무 강력하니까. 그래서 유전자 연구는 우리에게 중요하지.”

　신록은 강화복 밖으로 노출된 알푸릴의 가녀린 목을 힐끔 보았다.

　“우리는 낮은 중력 하에서 약하게 자란 신체를 되돌릴 방법을 원했어. 영원히 여기에 살 수는 없는 노릇이니까. 외행성에 도착했을 때 그 위를 코란트에서 온 사람들과 함께 걷고 싶었지.”

　“아⋯⋯.”

　“도움이 될 수 있겠어?”

　무엇을 도와달라는 뜻이지?

　“네.”

물론 신록은 자기가 도움이 되지 않으리라고 생각했다.

알푸릴이 껄껄 웃었다.

"거짓말을 하고 있군."

"네?"

신록의 심장이 덜컹 내려앉았다.

"됐어. 뭘 하려는지 알고 있어. 자네 하플로타입이 그렇게 흔하지 않더군. 아니, 아예 존재하지가 않던데. 우리 달에선 인간을 배양하지 않지만, 서울의 풍습대로라면 아마 미인가 배양인이라고 하던가. 자네가 나를 도우러 온 것을 알아."

신록은 다시 두통이 심해지는 것을 느꼈다. 알푸릴이 천천히 물었다.

"맞지?"

단두대에 목을 집어넣는 듯한 기분이었다. 검은 손에게, 연여인에게 가서 따지고 싶은 심정이었다. 이럴 때 어떤 표정을 지어야 할지, 어떤 말을 해야 할지. 알푸릴이 친절하게 알려주는 것 아니었나? 신록은 떨리는 목소리로 아무 말이나 주워섬겼다.

"저, 저도 제가 별누리에 들어올 수 있을 거라곤 생각하지 못했습니다. 저도 제 신분에 대해서 자세히 모르고요. 하플로타입에 대해서라면…… 저는."

알푸릴이 일어섰다. 2미터 길이의 사람이 땅에서 솟아오르는 듯한 그 모습에 신록은 깜짝 놀랐다. 알푸릴이 웃었다.

"당신이 우리 월인들을 구할 수 있을 거라고 믿어. 그 전에, 내게 필요한 게 무엇인지 알겠지?"

"필요한 것이요?"

알푸릴은 신록에게 얼굴을 가까이 댔다. 신록은 단번에 십자 형태로 쪼그라든 눈동자를 확인할 수 있었다. 아주 전형적인 신스 중독 증상이었다. 알푸릴이 웃은 다음 천천히 방을 나섰다.

"알아들었으리라고 믿어. 열흘 뒤 저녁에 이곳에서 보지."

합금으로 된 발이 배양센터의 바닥을 두드리는 소리가 천천히 잦아들었다. 사형 집행 전날에 사형제 폐지의 소식을 들은 사형수의 심정을 고스란히 느끼면서 신록은 책상 위에 이마를 얹었다. 당장에라도 터질 것 같은 가슴을 어루만졌다. 신스?

그때 그의 마음속에서 새로운 생각이 피어났다. 별누리의 메시지였다.

[이제 거주구역으로 돌아가셔야 합니다.]

빨리 이곳에서 도망치고 싶었다. 쉬고 싶었다. 초공간 도약의 충격도 컸고, 머리가 계속 지끈거렸다. 방금 전에 보았던 제2 거주구역의 아름다운 광경이 눈앞에 어른거렸다.

승강기에 탔을 때, 신록은 제2 거주구역의 어디가 자기 집이 될지 궁금했다. 승강기가 갑자기 방향을 아래쪽으로 꺾기 전까지는.

돔 아래에는 또 다른 돔이 기다리고 있었다. 그 돔 속에 있는 것을 보고 신록은 승강기에 초공간 도약 기능이 있는지 의심하게 되었다. 또다른 돔은 지금까지 신록이 보아 온 서울과 큰 차이가 없었다. 콘크리트로 덮이지 않은 것을 더 찾아보기 힘든 공간, 모든 곳에 모든 색채가 칠해져 있어 그 어떤 것도 화려해지는 데 실패한 공간, 온갖 오물과 냄새로 범벅이 된 공간, 좁고 싫증 나는 공간.

신록이 자주 보던 사람들이 그 공간의 곳곳을 점유하고 있었다. 자주 볼 수밖에 없는 사람이었다. 서울의 사람들과 유전자를 공유할 테니.

승강기가 멈췄다. 신록이 잠시 멍하니 서 있다가 마음속으로 물었다.

[여기가 어디죠?]

이젠 좀 더 능숙해졌다.

[티켓을 구매하지 않은 승무원들을 위한 제3 거주구역입니다. 신록님께 배정된 주택이 있습니다.]

무덤덤한 답이 돌아왔다. 승강기가 멈추고 문이 열렸다. 매우 익숙한 그 찐득한 냄새가 신록의 코를 파고들었다. 브레인웨어로 제3 거주구역의 지도 파일이 밀려 들어왔다.

[내일 오전 10시까지 유전체 연구소로 나오시면 됩니다.]

신록은 마음속의 어떤 연결이 끊기는 것을 느꼈다. 곧, 그는 승강기에서 내렸다. 발을 타고 콘크리트의 촉감이 전해졌다. 티켓이 무엇인지는 길게 생각하지 않아도 알 수 있었다. 서울에서 생명세를 갚아야 품위 있는 삶을 살 수 있는 것처럼, 별누리에서는 티켓을 사야 품위 있는 삶을 살 수 있었다.

처음부터 끝까지, 모든 것이 돈이었다. 돈을 잔뜩 벌기 전에는 품위고 뭐고 없었다. 생명세를 다 갚는다고 해서 품위를 얻을 수 없다. 해방의 짜릿함도 하루

이틀뿐, 해방되면 모든 게 편해지나? 그저 서울의 시스템에 합류하게 되는 것뿐이다. 생명세를 다 납부해도 세상의 좋은 것을 누리려면, 품위를 가지려면 돈이 있어야 한다.

그게 이 세상의 규칙이었다. 신록은 달렸다. 그것만은 돈이 없어도 할 수 있는 일이었다. 콘크리트 구조물로 만들어진 미로를 그는 달렸다. 신록이 스스로 만들어 낸 바람이 신록의 귀를 스쳤다. 배양인들의 무리가 보였다. 다들 모여서 무얼 하는 걸까. 궁금하지도 않았다. 아무 쓸데 없는 헛소리나 하고 있겠지. 의미 없는 이야기들만……

신록이 멈춰 섰다. 익숙한 얼굴과 마주쳤기 때문이었다. 익숙한 배양인의 얼굴이 아니었다. 신록이 불과 몇 시간 전까지만

해도 함께 이야기를 나눴던 사람이었다. 잉태인. 고유한 얼굴을 가진 사람. 연여인이었다. 지구와 여기까지의 거리는 최소한 6억 킬로미터 떨어져 있었다. 신록의 이성은 그럴 리가 없다고 외쳤지만, 신록의 지각은 분명히 연여인이라고 울부짖었다. 연여인은 인파 사이에 숨어 신록을 관찰하고 있었다.

신록이 무리 안으로 파고들었을 때, 연여인은 이미 사라지고 없었다. 초록머리를 보고 흩어지는 배양인들 사이에 숨어 사라진 것이었다. 신록은 멈춰 섰다. 제3 거주구역에 발을 내딛으면서 느낀 깨달음, 달리기에서 느낀 잠시간의 해방감, 연여인을 보았을 때 느낀 경악, 그 모든 것들이 흩어지면서 다시 두통이 찾아왔다. 귀에서 뇌수가 쏟아질 것만 같았다. 신록은 휘청거렸다. 자신이 끼어들면 안 되는, 커다란 세상이 돌아가는 일에 자기가 함부로 들어온 것이 확실했다.

6

서울 지하 1층의 보금자리와 별 다를 바 없는 콘크리트 동굴에서 하루 묵은 신록을 태우고, 승강기는 별누리의 혈관을 타고 신속하게 움직였다.

승강기 외부가 어둡게 변했다가, 다시 한번 제2 거주구역이 드러났다가, 다시 어두워졌다. 곧 승강기가 연구소 입구에 멈췄다. 신록은 승강기에서 내렸다. 여러 사람들과 드론들이 바쁘게 움직이고 있었다. 그의 초록머리에 잠시 주의를 기울이는 사람도 있었지만, 그 관심은 오래가지 않았다. 신록은 당당하게 자신의 직감이 이끄는 방으로 걸어갔다. 브레인웨어로 뜬금없이 울리는 정보와 조언에 신록은 빠르게 익숙해졌다. 마치 그 자신이 별누리에 대해 처음부터 잘 아는 것 같았다.

다만 이상한 점은 그 정보가 들어오기 앞서 극심한 편두통이 느껴진다는 것이었다. 브레인웨어를 이렇게 적극적으로 사용한 적이 없어서 생기는 적응 문제일 거라고 생각하기로 했다.

신록은 배정받은 3호 변이 제어실로 들어갔다. 처음 신록이 본 것은 배양통 두 개였다. 신 서울에서 배양인을 비롯해 온갖 생물, 그리고 그 조직을 만들어 내는 기계였다. 신록도 그것을 다룰 줄 알았다. 지하 1층의 방에도 배양통이 하나 있었다. 물론 그것은 지나치게 조잡하여 이것과는 비교할 수도 없는 수준이었지만. 신록은 배양통 쪽으로 다가갔다.

그때 흰 가운을 입은 44번 하플로타입의 배양인이 신록의 시야를 꽉 채웠다. 방글방글이란 단어를 형상화한 것처럼 웃고 있는 커다란 눈, 항상 올라가 있는 입꼬리. 그 누구와도 친구가 될 준비가 된 듯한 얼굴이었다. 겉보기에는 신록보다 대여섯 살 많은 것 같았다.

배양인이 신록의 팔뚝 위에 두 손을 올리고는 말했다.

"신입이야?! 기다리고 있었잖아! 이름이 뭐야?"

신록의 머릿속이 빠르게 돌아갔다. 암시장에서 초면에 이렇게 구는 사람은 100퍼센트 삐끼라는 걸 그는 잘 알았다. 신록은 본능적으로 수비적인 자세를 취하면서 말했다.

"신록이라고 부르세요."

차가운 목소리에도 44번 배양인은 전혀 굴하지 않았다.

"난 아리야. 머리카락이 되게 예쁜 색이다. 혹시 염색한 거야? 아닌 것 같은데?"

"타고난 건데요."

"그래? 초록머리 배양인도 있나? 혹시 잉태인이세요?"

"배양인이에요."

다시 아리의 표정이 밝아졌다. 영혼이 표정으로 그대로 드러나는 유형이었다. 44번은 원래 이랬나? 신록은 기억을 더듬어 보았지만, 그렇지 않은 것 같았다.

"여기엔 일하는 사람이 많지 않거든! 네가 오니까 참 좋다!"

"잠깐, 저는……"

"걱정하지 마. 내가 네 사수거든. 서울에서도 그랬잖아? 배양인이 배양인을 이끈다! 따라와!"

서울에서도 그런가? 신록은 알 수 없었다. 그는 DNA 코디네이터였던 적만 없었던 게 아니라, 일반적인 배양인의 삶을 살아 본 적도 없으니까. 신록에게 조금도 말할 틈을 주지 않은 채로, 아리는 제어실 옆에 나 있는 간소한 휴게실로 그를 이끌었다. 신록은 한쪽 찬장에 통조림과 깡통 들이 놓인 것을 보았다. 휴게실 중앙에는 반중력 드론이 하나 둥둥 떠 있었다. 아리는 벽에 붙어 있는 소파에 신록을 앉히고는 말했다.

"주스 두 개 가져다 줘!"

신록이 일어서려는 순간, 드론이 움직였다. 드론은 미묘한 귤 맛이 나는 음료가 든 깡통을 둘 모두에게 가져다주었다. 아리는 그걸 한 모금 마시고는 말했다.

"이런 거 못 봤지?"

"네."

신록은 고개를 끄덕였다.

"말 편하게 해, 편하게."

신록은 눈을 몇 번 껌뻑이고, 주위를 한 번 돌아보고는 물었다.

"이 우주선에서는 먹을 걸 지구에서 가져오는 거야?"

마음속으로 물어봐도 답을 알 수 있을 것 같았지만, 그에겐 대화가 필요했다. 아리가 시끄럽지만 그를 다치게 할 것 같지는 않았다. 아리가 마치 별누리가 자신의 소유라도 되는 마냥 자신만만한 표정으로 입을 열었다.

"아니! 모두 직접 만들어. 별누리에는 수천 명이 살거든. 그 자체로 하나의 순환이 이루어지는 닫힌 세상이지. 커다랗고 빛나는 도넛을 봤겠지?"

"아, 들었어. 햇빛로라는 이름의……"

"맞아, 맞아. 그게 인공 태양이거든. 무시무시한 에너지를 내뿜는단 말이지. 이 안에 사는 천 명의 사람들이 최소 2천 년은 에너지 걱정 없이 살아갈 수 있단 말야. 하지만 에너지는 무한해도 물질은 유한하잖아? 폐기물을 계속 재활용해야 할 거 아냐. 그래서 재들이 잉여 물질을 포집해서 가져간다고. 또 이렇게 심부름도 시킬 수 있고. 브레인웨어로 그냥 부르기만 하면 돼."

아리가 반중력 드론을 가리켰다. 조금의 움직임도 없이 허공에 떠 있는 모습을 보고 있자니 현실감이 떨어졌다. 그러고 보니 제3 거주구역의 공중에도 비슷한 것들이 곳곳에 떠다니는 것을 본 적이 있었다. 리원한테도 저런 엔진이 달린 것을 사주려고 했는데.

"대단하지? 서지아 선장님이 초지능의 도움을 받아서 이 모든 걸 설계했대."

신록은 서지아라는 이름을 듣고 뺨을 한 번 긁었다.

"대단하네."

"맞아, 대단해. 서지아 선장님은 천재라니까. 괜히 코란트의 부회장님이 아니신 거야."

신록은 아무렇지 않은 척했다. 신록이 연기를 잘한다고 할 순 없었지만, 아리에게는 좋은 연기가 필요 없어 보였다.

"그런데 왜 음식을 가져오는 것 정도에 드론을 쓰지? 그냥 직접 움직이면 되는 거 아냐?"

"있는 걸 굳이 안 쓸 것도 없잖아? 하여튼 드론은 일부일 뿐이야. 분명한 건, 우리 모두가 이 별누리라는 세계의 톱니바퀴란 거지. 우리가 모두 제 일을 열심히 하면 별누리는 마침내 목성 궤도를 떠나는 새로운 행성에 내려서 낙원을 만드는 거야."

신록이 아는 범위 안에서는 이루어지지 않을 소망이었다. 별누리는 초지능을 통제하기 위해 만들어졌고, 외행성으로 떠날 일은 없었다.

"초공간 도약은 전혀 즐겁지 않던데."

"음…… 초공간 도약은 좀 괴롭겠지만…… 하여튼 신나지 않니? 서울에 있을 때보다 훨씬 더 유의미한 삶을 살 수 있어. 서울에 800만 명이 사는데, 거기서 우린 800만 분의 1이지만 여기선 수천 분의 1이라구. 하긴 너도 그걸 원해서 별누리 선원 모집에 신청한 거잖아."

"좋아. 그래서 톱니바퀴가 되어 열심히 일하면 제2 거주구역으로 들어갈 수 있긴 있는 거야?"

아리가 웃었다.

"아니. 제2 거주구역은 지구에서 티켓을 사야 들어갈 수 있지. 관리직이나 행정직이 몇 명 있긴 해도, 거기서 일하는 사람은 거의 없어. 별누리의 승객님들인걸. 신청할 때 다 들은 거 아냐?"

신록이 알 리가 없는 이야기였다.

"그럼 일의 대가가 뭐야?"

"우리가 여기서 일할 수 있다는 거 자체가 대가지."

"여긴 화폐가 없어?"

"응."

"그럼 제3 거주구역에서 계속 살아야 하는 거야?"

아리가 고개를 끄덕였다.

"그럼 우리가 여기서 일하는 이유가 대체 뭐야?"

아리는 이상한 농담이라도 들은 표정으로 말했다.

"그게 무슨 소리람? 여기가 서울보다 얼마나 살기 좋아. 거기선 단백질 큐브만 먹지만, 여기선 배양육도 먹을 수 있지. 집도 넓지. 천장도 높지. 여기서 일할 수 있는 걸 행운으로 여겨야지. 서지아 선장님의 설계에 따를 수 있다는 게 얼마나 기뻐? 그러니 그런 생각 하면 안 된다? 그리고 여기는 그저 과정일 뿐이야. 나중에 새로운 행성에서 얼마나 재미있게 살지 생각해봐."

신록은 그제야 깨달았다. 별누리는 열역학적으로만 닫힌 세계가 아니었다. 이 세상은 사회적으로도 닫혀 있었다. 그리고 아리의 머릿속은 옛 지구와 같이 깨끗하고 아름다운 낙원이었고.

오히려 별누리가 서울보다 더했다. 적어도 그곳에서는 생명세를 완납하면 허울뿐인 자유라도 얻을 수 있었다. 하지만 여기서는 한번 선원은 영원히 선원이었다. 별누리는 외행성으로 떠날 일도 없으니. 신록은 혹시라도 자신이 모든 걸 포기하고 별누리에 느긋하게 퍼질러 앉아 버릴 생각을 하면 어떻게 될지 고민했다. 이제 그런 고민을 할 필요가 없었다. 죽을 때까지 똑같은 일만 하고는 살 수 없었다.

마지막 한 모금을 들이켜고, 신록은 몸을 일으켰다. 휴게실을 나서면서 신록은 아리에게 말했다.

"일단 알았어. 내가 여기서 무슨 역할인지 알려 줘."

아리가 신록을 졸졸 따라오면서 말했다.

"그게 사실은, 당분간은 일할 게 없다?"

"뭐?"

"그러니까. 알푸릴 님께서 우리가 할 일이 당분간 없다는데? 원래 여기서는 사람의 신경 조직 변이를 통제하는 실험을 했거든. 우리는 실험 자체만 진행하고, 연구 과제는 알푸릴 님이 정하시거든? 그런데 이번엔 알푸릴 님이 딱히 뭔갈 제시하지 않았어. 다른 코디네이터들은 딴 곳으로 가버렸고. 근데 왜 네가 왔을까? 혹시 서지아 선장님이 내가 외로울까 걱정하셔서……!"

텅 빈 배양통이 신록의 시야에 들어왔다. 배양통 밑에는 여러 찌꺼기가 말라붙어 있었다. 그 찌꺼기에도 어떤 유전자가 남아 있겠지.

"그러니까 나랑 이야기나 할까? 너 같은 배양인은 처음 봐. 넌 어떤 하플로타입이니? 무슨 일을 하다 왔고?"

아리가 신록에게 어깨동무를 하면서 물었다. 신록은 아리가 자신을 놀린다고 생각했다. 낯선 일은 아니었다. 암시장에서도 몇 번 마주친 적 있었다. 신록의 약점을 모르는 척하고, 신록이 자신의 약점을 낱낱이 말하게 하고, 괴로워하는 신록을 보면서 즐거워하는 사람이. 신록은 아리를 슬쩍 쳐다보고는 말했다.

"나? 배양통에서 태어났다는 거 빼곤 아무것도 몰라. 기억도 전혀 없고. 아마 하플로타입을 확장하려다 실패한 실험체겠지. 어쩌다 여기까지 오게 됐지만."

"기억이 전혀 없다고? 언제부터?"

"15살까지? 내 나이가 몇 살인지도 잘 몰라. 서울 가장 높은 데서 굴러먹으면서 살았는데, 하늘 위에 살게 될 줄은 몰랐네."

보통 여기까지 늘어놓으면 웬만한 배양인들은 지레 겁을 먹고 내빼게 된다. 신록에게 관심사는 하나뿐이었다. 어떻게 이 망할 우주선에서 빨리 빠져나가 지구로 돌아가는가? 그리하여 생명세 열 배에 달하는 돈을 얻고 리원과 재미나게 살아가는가? 알푸릴이 원하는 것은 무엇인가? 고민할 시간이 필요했다. 옆에 앉은 이상하게 쾌활한 배양인 따윈 이미 안중에도 없었다.

그러니 아리가 신록의 두 손을 잡아챘을 때 신록이 매우 당황할 수밖에 없었던 것이다.

"친구야, 대단히 고생이 많았겠다……!"

"뭐?"

친구? 신록은 아리의 눈을 바라보았다. 누구한테든 평등한 호의를 보낼 것 같은 커다란 눈에서 눈물이 반짝이고 있었다. 그는 울먹이고 있었다! 신록은 우주가 그 공허 속에 숨어 있는 그 내밀한 심연의 비밀을 알려 주는 듯한 느낌을 받았다.

"하플로타입과 네 과거가 어떻게 너를 전부 설명하겠니. 네가 지금 있는 장소, 네가 처한 상황, 너가 하는 일이 너를 설명하지. 서울의 모범적인 배양인이었으니 여기까지 올라온 것 아니겠어. 오히려 다른 배양인들보다 훨씬 힘들게 살아왔겠구나. 괜찮아. 친구야. 별누리는 정말 살기 좋은 곳이니까. 혹시 내가 한 번 안아 줘도 될까?"

신록은 이 기이한 상황에서 무슨 말을 해야 할지 정말 알 수 없었다. 차라리 검은 손이랑 대화할 때가 더 예측이 가능했다. 그는 지금 자기가 무슨 표정을 짓고 있는지조차 알 수 없었다.

아리가 신록을 으스러질 정도로 세게 껴안았다. 신록은 저항하지 못하고 기이한 소리를 냈다. 신록은 아리에게서 포근함을 느끼는 자신에게 놀랐다. 당황스러운 일이었다.

7

나흘 뒤의 점심시간이었다. 찬란히 햇빛로 밑에 있는 제3 거주구역의 대형 급식소엔 점식사를 치르는 배양인들로 북적 거렸다. 수십 기의 반중력 드론들이 밑에 식판을 붙인 채로, 음식을 주문한 사람들을 향해 고고히 날았다. 그렇게 많은 드론이 제각기 서로 다른 경로로 속력을 전혀 줄이지 않으며 이동하는데 충돌하지 않는 모습은 아름다웠다. 가장 치밀하게 설계된 군무 같았다.

이제 신록은 그 광경에 더는 감탄하지 않았다. 별누리에서는 일상적인 광경이었으니까. 지금 신록을 당황스럽게 한 것은 볶음국수였다. 그것은 신록 앞의 식판에 담긴 채로 뻣뻣이 굳

어 가고 있었다. 그걸 대체 어떻게 먹어야 할지 신록은 알기 힘
들었다.

"응, 응윙웅?"

신록의 맞은편에 앉은 아리가 입에 국수를 잔뜩 욱여넣은
채로 말했다. 아니 말하려고 시도했다. 빨리 먹으라는 뜻일 것
이다. 신록은 오른손으로 젓가락을 들고는 말했다.

"이걸 어떻게 쓰는지 모르겠어."

아리가 음식을 꿀꺽 삼키고는, 왼손으로 젓가락을 까딱거
렸다.

"어렵지 않아. 이렇게 밑에 한쪽을 두고, 위에 두고, 이걸 이
렇게 움직이면, 자, 이렇게 집을 수 있잖아? 금방 익숙해져……
친구야, 너 왜 그리 무서운 표정을 짓고 그래?"

신록은 주위의 다른 배양인들을 둘러봤다. 젓가락을 능숙
하게 쓰는 사람은 드물었다. 대부분 포크를 쓰거나, 아니면 손
으로 음식을 집어 먹고 있었다.

"넌 이런 걸 다 어디서 배웠어?"

"잉? 뭘?"

아리는 진지하게 궁금하다는 표정을 지었다. 그 순수한 무
지, 때 묻지 않은 마음…… 대체 어떻게 그럴 수 있는 걸까? 유
전자 때문일까? 하지만 신록은 아리와 똑같은 유전형을 가진
사람을 암시장에서 본 적이 있었다. 그는 암시장에서 구르는

다른 배양인들과 마찬가지로 개차반이었다.

"젓가락질. 서울에서 이런 걸 쓸 일이 없잖아."

국수를 씹던 아리가 갸우뚱거렸다.

"왜 쓸 일이 없다는 거야?"

신록은 대신 물었다.

"넌 서울에서 뭐 하고 지냈어?"

그러니까, 단백질 웨이퍼를 안 먹고 이런 걸 쓸 줄 알 정도
면?

"난 배양센터의 중간관리직이었어."

"배양인이 배양인을 만든다고?"

"아, 서지아 님께서 날 봐주셨거든."

"……서지아가?"

"서지아 님!"

신록이 의문의 눈길을 보냈다. 아리가 젓가락질을 멈추곤,
천장을 떠도는 드론들을 바라보았다. 그 커다란 눈망울은 현재
가 아니라 과거를 바라보고 있었다. 질린 표정을 지은 신록에
게 아리가 옛이야기를 늘어놓았다.

아리는 44번 하플로타입을 타고난 DNA 코디네이터였다.
2번 배양센터에서 배양인들을 만들어 내는 일을 했다. 그곳에
서 수많은 좋은 사람을 만났고 일을 즐겼다. 기본적으로 외향
적인 편이었던 아리는 거기서 알O, O모 등의 친구를 만났는

데……(신록은 이야기가 완전히 삼천포로 빠지는 걸 필사적으로 막아야만 했다.) 하여튼 아리는 새로 만들어지는 배양인 수정란들의 유전자를 검사하고 개입하는 일이 좋았다. 새로운 삶을 빚어낼 수 있으니까.(진짜로? 세상에 고통을 복사하는 게 즐거운 거야? 신록은 질문을 간신히 참았다. 이야기가 한도 끝도 없이 길어질 것 같아서.) 같은 유전자를 가졌고 환경도 통제되니 능력은 똑같아야 할 텐데, 후성유전학적인 이유인지 아니면 행운 탓인지 아리는 좋은 성과를 냈다.

덕에 아리는 배양센터에서 육종학 연구소로 자리를 옮길 수 있었다. 코란트 서씨 가문의 사람들을 위한 새로운 작물 품종을 개발하는 곳이었다. 연구소는 서울의 지하 23층에 위치했다. 보통 배양인들은 들어갈 일이 없는 서울의 가장 깊은 곳이었다. 아리는 소장실로 들어갔다. 그곳에는 소장이 누군가와 이야기를 나누고 있었다. 은빛 비단으로 직조한 듯한 머리카락을 가진 여자 잉태인이었다.(그 로맨틱한 수사를 듣고 신록은 두통을 느꼈다. 그건 별누리에 온 이후로 느끼는 그 두통과는 결이 달랐다.) 아리는 깜짝 놀랄 수밖에 없었다. 서지아였다. 코란트의 여왕.

"서지아 선장님께서 날 참 좋게 봐주셨어. 그때 마음이 힘드셨을 테니까, 내가 약간의 위로라도 된 걸지도 몰라."

"마음이 힘들다고?"

"서윤안 회장님이 돌아가셨을 때거든."

"아."

"선장님께서 얼마나 힘드셨겠어. 아버지가 암살당했으니. 그
것도 배양인의 손에."

아버지? 신록은 아버지가 없었다. 아버지의 죽음은 힘든 것
일까? 신록은 알 수 없었다. 그리고 배양인의 손에 죽는 거나
잉태인의 손에 죽는 거나 대체 무엇이 다르단 말인가?

"배양인이 서윤안 회장을 죽였다는 건 모르고 있었는걸."

"그랬대. 하여튼, 그런 상황에서도 선장님은 정말 친절하셨
어. 날 믿어 주고 여러 일을 맡겨 주셨지. 그렇게 생명세를 갚는
데 4년이 걸렸어."

아리는 반짝이는 눈으로 찬란한 기억을 더듬었다. 신록은
그제야 대체 무엇이 아리의 문제인지 정확히 깨달을 수 있었다.
아리는 십만 명의 배양인들 중 한 명 있을까 말까 한 수준의 행
운아였다. 세상이 아름답게 보이지 않으면 그게 더 이상한 일
이었다. 신록은 아리의 반쯤 남은 국수를 물끄러미 지켜보면서
물었다.

"좋아, 그럼 별누리에 왜 온 거야?"

"응? 왜?"

"네가 그 서지아……" 아리의 표정이 일그러지는 것을 신록
은 그때 처음으로 보았다. "……선장님 덕에 생명세도 갚았고,
행복하면 여기 올 이유가 없잖아. 나야 뭐 서울에서도 시궁창

에 뒹굴었지만, 넌 거기가 더 살기 좋았을 거 같은데."

"당연한 거 아니니? 서지아 님께 은혜를 갚고 싶어서지. 다른 행성에서도 그분께 봉사하고 싶어서!"

이제 신록은 아리를 이해하기를 완전히 포기할 수 있었다.

"직접 본 적은 없고?"

"응. 아직은…… 그분께선 제1 거주구역에 사시고, 워낙 바쁘시겠지. 선장님이시니까."

아리가 고개를 숙이면서 한숨을 폭 쉬었다. 하지만 그가 고개를 다시 들자 그 반짝이는 눈빛은 금세 돌아왔다.

"여기서 열심히 일하면, 언젠가 또 선장님을 뵐 수 있겠지! 근데 너 밥 안 먹니?"

신록은 고개를 절레절레 저었다.

"젓가락질 못한다니까."

"아, 그럼 부르지 그랬어?"

"뭘?"

아리가 눈을 잠시 감았다 떴다. 곧 반중력 드론 하나가 아리에게 포크를 신록 앞으로 가져왔다. 신록은 멍하니 그것을 바라보았다. 아리가 말했다.

"친구야. 여기 있는 기계들은 브레인웨어로 접속할 수 있어. 이 세상의 신비를 누려."

신록은 주위를 둘러보았다. 그동안 많은 배양인이 카페테리아를 떠났고 배양인들이 남기고 간 음식과 집기를 드론이 치우고 있었다. 신록은 햇빛로의 빛을 잠시 보았다. 적어도 포크의 사용법은 직관적이었다. 신록은 차갑게 식은 국수를 돌돌 말아서 입안에 넣었다. 지금까지 느껴 본 적 없는 맛이 입속에서 폭풍이 되어 몰아쳤다. 아리 앞에서 허겁지겁 먹지 않으려고 신록은 무진 애를 써야 했다. 나중에 이 일을 끝마치고 큰돈을 벌면, 이것보다 더 좋은 것을 먹을 수 있겠지. 그 생각 덕분에 신록은 부담을 좀 잊을 수 있었다.

국수의 반을 먹어 치운 신록은 말했다.

"알푸릴 소장에 대해서는 알고 있어?"

"앗, 알푸릴 소장님을 본 거야?"

"별누리에 탄 첫날에 봤어."

아리가 젓가락을 내려놓고는 말했다.

"그래? 신기하네."

"원래 잘 안 오시거든. 많이 아프셔서. 나도 여기 일하는 몇 년 동안 다섯 번도 못 뵀어."

신록은 그제야 이 대화에 흥미가 생겼다. 지금으로서 그가 할 수 있는 것은 알푸릴의 요구를 듣는 것뿐이었다.

"소장은 어디가 아픈 건데?"

"그건 좀……"

아리가 불편한 표정을 지었다.

"왜?"

"말하기가 좀 그런데."

신록은 사뭇 진지한 표정을 지었다.

"나는 너와 함께 일하는 동료이자 친구잖아? 여기 사정을 최대한 알고 싶어. 그래야 네게 도움이 될 수 있을 거 같아서. 받기만 할 수는 없고."

생각보다 훨씬 효과적이었다. 아리가 입을 크게 벌렸다. 그의 눈망울이 찬란하게 빛났다…… 정말로 감동을 받은 듯했다.

"네 말이 맞아."

신록이 살포시 미소를 지었다. 아리가 머리를 신록 쪽에 대고 속삭였다.

"사실은, 소장님이, 신스 문제가 있는 것 같거든……"

역시 예상한 대로였다. 알푸릴은 신스 중독자였다. 한심하지만 수긍할 수 있었다. 세상 모든 것은 거래다. 모든 것은 거래될 수 있다. 신록은 그렇게 믿고 있었다. 암시장에서 구르면서 배운 교훈이었다. 신록이 리원을 해방시켜야 한다는 강박에 시달리는 것도 마찬가지의 이유였다. 리원은 신록에게서 고독의 짐을 풀어 주었다. 그 안온함의 대가를 신록은 지불해야 했다.

알푸릴도 비슷하게 생각하고 있을 것이다. 알푸릴은 무언가를 알고 있지만, 맨입으로 그걸 뱉지는 않는 것이다. 괜찮다. 신록은 그가 원하는 걸 줄 수 있으니까. 그러면 한 단계 앞으로 나아갈 수 있겠지.

　가상과 현실이 중첩되었다는 점에서, 별누리는 서울과 비슷했다. 지하 도시 서울에서 사람들은 태양빛과 격리되어 살아간다. 서울의 사람들은 바깥의 태양을 완벽히 따르는 가짜 일주기를 만들어 냈다. 24시간, 그리고 절기에 맞춰 내부 조명의 시간과 강도가 달라진다.

　별누리는 서울보다 더 가상에 집착했다. 별누리는 지구와는 완전히 떨어져 있다. 24시간과 365일이라는 기준은 별누리에서는 의미가 없다. 오히려 인간의 뇌는 25시간을 주기로 돌아가도록 설정되어 있다. 하지만 햇빛로의 빛은 24시간에 맞추어밝고 희미해졌다. 사람들은 기꺼이 그 가상을 받아들이는 듯했다.

　어두컴컴한 연구소 안으로 신록이 들어가자 조명이 차례차례 들어왔다. 드론 세 개가 돌아다니는 걸 보고 신록은 깜짝 놀랐다. 하지만 드론은 신록에게 아무런 신경도 쓰지 않았다.

　호흡을 한 번 가다듬은 다음, 신록은 자기에게 배정된 방으로 천천히 걸어갔다. 그곳에 있던 배양통들은 더 이상 비어 있지 않았다. 배양통에는 각자 불투명하고 끈적한, 적나라하게 불쾌한 액체가 조금 차 있었다. 액체에서 시시때때로 커다란 거품이 올라와 툭 하고 터졌다. 신록은 배양통으로 다가갔다. 그건 모두 신록이 약간씩 손을 본 대장균이었다.

세포는 단백질 공장이다. 유전자에는 단백질에 대한 정보가 쓰여 있고, 세포의 여러 기관은 그 정보를 이용하여 단백질을 만든다. 20개의 아미노산으로 만들어지는 초거대분자인 단백질은 생명체가 만든 분자 크기의 기계로, 온갖 곳에 사용될 수 있다. 유기 분자 합성의 촉매가 될 수 있는 단백질도 존재한다.

대장균은 빠르게 번식하며, 유전자를 조작하기도 쉽고 일반적으로 신체에 무해하다. 원하는 단백질 정보가 있는 유전자를 넣는다면 대장균은 그 단백질을 합성하는 생체 공장이 된다. 인슐린을 비롯하여 수많은 단백질이 대장균으로 만들어졌다. 유전자 조작, 형질 전환, 대장균 배양 기술이야 이전과는 차원이 달랐지만 그 기본 원리 자체는 20세기나 지금이나 다를 게 없었다.

생명공학의 원리와 배양통의 사용법. 신록이 살아남기 위해 몸으로 구르며 배운 것이었다. 그렇게 신록은 대장균을 통해 단백질을 만들고, 그 단백질로 신스를 합성한 후 암시장에 내다 팔아 왔다.

지구에서야 한 번 만든 대장균을 번식시켜 쓰면 됐지만, 별누리에서는 처음부터 다시 만들어야 했다. 신록은 시간이 꽤

걸릴 거라고 생각했다. 어쨌든 유전자 조작은 쉽지 않은 과정이니까. 리원이 그 이론에 대해 가르쳐 주지 않았더라면 시도도 못 해 봤겠지. 보통 암시장에서는 '신스 씨앗'을 따로 떼어 와서 배양통에 돌리는 식으로 신스 제작이 이루어지니까.

아이러니한 일이었다. 리원이 자신이 아는 분야를 신록에게 가르쳐 준 이유는, 신록이 그 기술로 다른 일을 시작하길 바라는 마음에서였다. 그리고 신록은 그 기술로 새로운 신스 씨앗과 고품질 신스를 만들어 냈다.

지구에서도 해 본 일이었지만 이렇게 빨리 가능할 거라곤 생각도 못 했다. 별누리의 배양센터에 있는 설비는 말 그대로 마법을 부렸다. 컴퓨터에 명령어를 몇 번 쳐 넣는 것만으로 대장균의 플라스미드를 조작할 수 있었고, 심지어 조작된 유전자를 가진 대장균이 어떤 물질을 만들지 컴퓨터 시뮬레이션까지 할 수 있었다. 신록은 이런 게 가능할 거라고는 생각도 못했다. 그리고 아리 입장에서는 신록이 스스로 공부하려 하는 것이 좋을 뿐이었다.

신록은 아주 실용적인 성격이었다. 빠르게 신스를 만들 수 있다는 게 중요하지, 배양통 기술이 이렇게 강력한 이유까지 생각하진 않았다. 이것도 초지능이 부린 마술이겠지. 신록은 6억 킬로미터 떨어져 있는 자신의 파트너에게 속삭이듯 읊조렸다.

"다시는 이런 거 만들 일 없어."

신록이 중간 배양통 밑의 디스플레이에 뜬 버튼 몇 개를 눌렀다. 배양통이 꿀럭거리는 소리를 내더니, 디스플레이 아래쪽의 작은 문이 열리고 미약하지만 불쾌한 안개가 흩어졌다. 신록은 그 안에 든, 무색의 액체가 든 작은 바이알을 꺼냈다. 대장균이 만들어 낸 신스 용액이었다. 단 한 사람만을 위한 특제 제품이었다.

신록은 텅 빈 연구소의 복도를 걸었다. 소장실로 향하는 길이었다.

신록은 코란트의 체계에 등록되지 않았다. 만약 미인가 배양인이 아니었다면, 보통 배양인으로서 살아갔다면 이런 일은 절대 하지 못했을 것이다. 신 서울의 심층부는 완전한 감시 상태에 놓여 있으니까. 하지만 암시장의 무법 지대에 살던 신록에게는 상시 감시라는 관념 자체가 희박했다. 그랬기에 그는 이런 행동을 아무렇지 않게 할 수 있었던 것이다. 신록은 소장실의 문 앞에 다다랐다. 이전에 봤던 것처럼 고전적인 문고리가 달려 있었다.

관자놀이를 송곳으로 찌르는 듯한 편두통을 느끼고 신록은 잠시 휘청거렸다. 신록은 문고리에 몸을 기대고 숨을 가다

듦었다. 별누리에 온 후로 두통을 자주 느꼈지만, 연구소 가까이에서 느껴지는 통증은 아무래도 스트레스 탓 같았다. 스트레스의 근원을 해결하면 두통도 사라질 것이었다. 신록은 문고리를 돌렸다.

문은 아주 부드럽게 열렸다. 신록은 침을 꿀꺽 삼켰다. 그러다가 초록색 빛을 보고 기절할 뻔했다. 다행히 그 빛은 공중에 정지해 있는 드론 하나의 상태 표시등에서 나는 것이었다. 신록은 소장실 안으로 걸어 들어간 다음 문을 닫았다.

소장실에는 아무도 없었다. 가구는 책상과 의자, 홀로그램 디스플레이 정도밖에 없었다. 신록은 주머니 속에 손을 넣었다. 신스 용액을 담은 바이알이 만져졌다.

신스는 일종의 칵테일 마약이다. 신스의 '베이스'가 되는 반응성 낮은 특정 성분을 제외하면(그 성분이 십자 동공 같은 부작용을 부른다), 그 안에는 온갖 종류의 약물이 섞여 있다. 따라서 신스의 품질은 오직 그 용액의 순도만으로 결정되는 것이 아니라, 그 조합에 따라서도 결정된다. 몇 가지 대중적인 조합이 있지만, 능숙한 신스 제작자라면 고유한 조합을 만들어 낼 수도 있다. 지금, 신록이 만들어 낸 신스는 의존성은 없지만 다른 면에서 꽤 강력한 물건이었다. 내부에 든 성분은 느리게 대사되며, 머릿속을 돌면서 꾸준히 환각을 만들어 낸다.

소장실의 문이 열리자 신록은 고개를 들었다. 알푸릴이었다. 그의 얼굴엔 피로감이 가득했다. 그가 신록 가까이 다가왔다. 강화복을 착용 중인데도 그의 다리는 덜덜 떨렸고, 십자 모양으로 수축된 동공이 적나라하게 드러났다. 알푸릴이었다. 그가 입술을 열자 푸석한 목소리가 흘러나왔다.

"왔군."

신록은 알푸릴의 십자 눈을 바라보면서, 신스 투약을 표현하는 특정한 동작을 취했다. 월인들도 그것을 똑같은 뜻으로 해석할지 궁금해하면서. 알푸릴의 얼굴이 아주 살짝 꿈틀거렸다. 신록이 공범자의 미소를 지었다.

"네, 준비했습니다."

신록은 당장 알푸릴에게 서나루와 관련된 이야기를 꺼내지는 않았다. 성급하게 굴어서 나쁠 일은 없을 것이다. 지금 확실한 것은 알푸릴이 신스 중독자라는 사실뿐이었다.

"좋다."

신록은 마음속으로 쾌재를 불렀다. 이렇게 뻔한 약점을 가진 사람이 어떻게 소장까지 오를 수 있었던 걸까?

"네, 그럼 혹시 또 필요하신 것이 있을까요?"

대가를 치르라는 뜻이었다. 신록은 알푸릴이 당장 진실을 줄줄 늘어놓을 것이라고 믿었다. 아무리 알푸릴이 신록보다 그 지위가 높다 한들, 신스 중독자들은 신스 앞에서 허물어지게 되어 있다. 신록이 신스를 줄 수 있다면 알푸릴은 무엇이든 바칠 것이다.

"아니, 그 전에."

알푸릴이 강화복 팔뚝에서 무언가를 떼어 내 신록 앞으로 던졌다.

"시범을 보여라."

"예?"

신록은 그 도구를 살펴보았다. 작은 물총같이 생긴 그것은 비침습적 초음파 주사기였다. 신록은 서울의 잉태인들이 신스 투약에 그것을 사용한다는 것을 알았지만, 실제로 본 적은 없었다. 알푸릴이 다시 건조한 목소리로 말했다.

"안전을 입증하라는 뜻이다."

신스를 직접 몸에 투여하라는 뜻이었다. 이럴 생각은 없었는데. 신록이 입술을 깨물었다.

"하, 하지만."

알푸릴이 덜덜 떨리는 광대를 한 번 매만지고는 말했다.

"내가 어떻게 너를 믿고 몸에 신스를 주입하지? 먼저 네 몸에 투여해라."

알푸릴이 신록에게 한 걸음 다가왔다.

"네가 이곳에 온 이유를 곳곳에 알려야 하나?"

도망칠 구석이 없어 보였다.

"아······"

알푸릴이 손짓했다. 신록의 표정이 일그러졌다.

적어도 몸에 위해를 가하도록 만들진 않았으니까. 하지만 이건 엄청난 환각을 불러올 텐데, 신록도 알고 있었다. 그것을 생각하지 않으려고 애쓰면서, 그는 주사기에 바이알을 장착했다. 초음파 주사기의 액정에 뜨는 용량을 5밀리리터로 설정한 다음, 신록은 팔뚝에 초음파 주사기를 대고 버튼을 눌렀다. 팔뚝에 한기가 작렬하듯 침범했다. 정신을 잃고 쓰러져 머리를 부딪히지 않으려고, 신록은 바닥에 털썩 주저앉았다.

신록은 문득 생각했다. 이거 암시장 신스 중독자들이랑 똑같은 모습인데. 지금까지 나, 신스는 단 한 번도 해 본 적이 없는데. 다시 머리가 아파 왔다.

가장 먼저 느낀 것은 부재에서 오는 쾌락이었다.

너무나 익숙해서 이제 모든 체험의 기반이 되는 고통이 느껴지지 않았다. 몸 곳곳 관절이 삐걱대고 마찰하면서 전해지는 고통, 잘못 정렬된 근육이 꿈틀대면서 빚어내는 고뇌, 끝없이 몸의 무게를 견뎌온 발이 내지르는 단말마. 그리고 별누리에 들어온 이후로 사라지지 않는 편두통. 그 모든 것이 사라졌다. 안락함과 위화감이 동시에 느껴졌다. 신록은 눈을 떴다.

허공에 보름달이 떠 있었다. 며칠 전에 살면서 처음이자 마지막으로 보았던 그 달이었다. 그때는 달을 감상할 수 없었다. 상황이 너무나 당황스러웠기에. 검은 손 앞에 서서 대화를 나누어야 했기에. 하지만 이제는 그 어떤 제약도 없었다. 몸을 감싸는 일상적인 고통도, 지구로 돌아가야 한다는 절박함도, 서나루와 연결되어야 한다는 책임감도. 진정한 해방, 그 속에서 신록은 처음으로 달을 제대로 감상할 수 있었다. 그토록 막대한 질량감을 가진 것이 하늘에 떠 있다는 사실이 믿기지가 않았다. 아름다웠다.

자신도 그 이름을 모르는, 그의 무의식이 자아낸 악기가 연주하는 음악을 들으면서 신록은 생각했다. 지표면으로 나가는 것도 나쁘지 않다고. 달은 그 자체로 보상이 될 수 있었다. 검은 손이 왜 서울의 지배자들이 지표면을 다시 개발하지 않는지 의문을 품을 만했다.

신록은 생각했다. 그럼 내가 지표면에 있는 거야? 하지만 신록은 지표면에 있지 않았다. 있을 수 없었다…… 있으면 안 됐다…… 신록이 있어야 할 곳은…… 신록은 그제야 주위를 둘러보았다. 달 말고는 아무것도 보이지 않았다. 그것은 검은색과는 달랐다. 뇌가 세상을 아예 지각하지 못하는 것 같았다. 감각 자체가 텅 비어 있었다. 달과 신록만이 있었다. 다시 찡한 두통이 돌아왔다. 울리는 종 속에 머리를 처넣고 있는 것 같은 느낌이 들었다. 음악이 끝났다.

옆쪽(이 세상에 방향이란 개념이 여전히 존재하고 있나? 그건 확신할 수 없지만)에서 아리의 목소리가 들렸다.

"내가 가지 말라고 했잖아. 나와 6억 킬로미터나 떨어져서 살고 싶었니? 그래서 얻을 수 있는 게 뭔데? 이렇게 빨리 붙잡히려고?"

잠깐, 이건 아리 목소리가 아닌데? 하지만 이렇게 익숙한 배양인의 목소리가 있나?

리원의 목소리였다. 신록은 반가움을 느끼면서, 목소리를 향해 몸을 돌렸다. 다시 달이 눈앞에 보였다. 아니, 그 달은 달이 아니었다. 그것은 인간의 방주였다. 코란트의 별누리였다. 달의 사람들이 달을 떠나고자 지은 배였다. 별누리가 신록을 향해 리원의 목소리로 말하고 있었다. 이상하게도 그 상황이 지나치게 합당하게 느껴졌다. 아니, 어쩌면 그 목소리는 신록의 목소리와 닮은 것 같기도 했다.

신록이 입을 열었다. 절실하게.

"돈, 돈, 돈! 우리 삶을 더 낫게 해 줄 돈. 우리에게 품위를 줄 돈. 내가 더 이상 신스를 만들지 않아도 될 돈, 우리 모두에게 자유를 줄 수 있는 돈. 콘크리트 폐허 위에서 살아가지 않게 할 돈. 난 그 돈이 필요해. 오직 돈만으로 품위와 자유를 살 수 있으니까. 행복은 철저히 물질적이야. 너도 내게 감사하게 될 거야!"

"정말 그렇게 생각해서 거기까지 가서 다시 마약이나 몸속에 넣고 있는 거야? 이런 길을 걸으려고 했어?"

"과정이 중요해? 내가 네게 대가를 치를 수만 있다면 된 거 아냐?"

"과정은 중요해. 다른 사람들에게 존중받고 싶은 거 아니었어? 품위를 바란다며? 내가 대체 네게 어떤 대가를 바랐는데?"

"내가 무언가 하지 않으면 네가 날 버릴 거라고 생각하니까."

"대체 왜 그렇게 생각하는 거야?"

"모든 건 거래니까. 너는 몰라. 아리처럼 엄청난 행운을 얻거나, 손을 더럽히지 않으면 내가 할 수 있는 건 없어……"

머리를 후벼파는 고통이 엄습했다. 동시에, 별누리가 새하얀 액체가 되어 천천히 녹아내렸다. 녹아내린 별누리가 온 세상을 감쌌다. 그리고 신록도. 신록은 별누리가 자신에게 직접 리원의 목소리로 말하는 것을 느꼈다.

"품위가 뭔데?"

"품위? 사람이 더 사람답게 살 수 있게 해 주는 특성. 짐승처럼 억압되지 않고, 자유로운 사람으로 살아가야 얻을 수 있는 것. 난 서울에서 짐승같이 살고 싶지 않아. 내가 이런 꼴을 타고나길 바란 적도 없어. 왜 내가 괴물 취급을 받아야 해? 왜 내가……"

신록의 머리가 징징 울렸으나, 그 목소리는 하나하나 또렷이 머리에 파고들었다. 마치 브레인웨어로 직접 받는 메시지처럼.

"이 일이 성공해서 우리가 자유를 얻는다고 쳐. 우리는 또 다른 배양인들을 노예로 쓰고 살아야겠지. 너는 또 다른 배양인들을 노예로 부리면서 살고 싶니?"

"내가 다른 배양인을 신경 써야 한다고? 대체 왜?"

신록을 둘러싼 별누리가 리원의 목소리로 말했다.

"그냥 둘이서 살아가면 되잖아. 이 일에 성공하면 검은 손이 더 활개 치고, 배양인들의 삶은 더 고통스러워질 거야. 잉태인들은 죄다 미치광이라고."

신록은 어처구니가 없었다. 리원과 아리를 제외하면, 지금까지 다른 배양인들이 신록의 삶을 배려해 준 적은 단 한 번도 없었다. 신록은 언제나 아웃사이더였다. 신록은 세상의 큰 구조 따위에는 아무 관심도 없었다.

"리원, 내가 내 과거에 전혀 관심 없는 것처럼, 세상이 어떻게 굴러가든 나와는 전혀 상관없어. 난 지금 나의 행복이 필요해. 그거면 돼."

리원의 목소리가 천천히 허물어졌다.

"그게 착각이야, 신록. 넌 스스로 고통의 늪으로 밀어 넣고 있어. 돌아가. 지구로 돌아가. 나는 네가 나처럼 되지 않기만을 바라."

허물어지는 목소리가 다시 한번 울렸다.

"아니, 거짓말이야. 내게 와 줘. 나를 구해 줘."

리원이 할 말이 아니었다. 신록은 고개를 갸우뚱했다. 아니면 그렇게 행동한다고 느꼈다.

"넌 리원이 아니야. 리원이라면 이런 개소리는 안 했겠지. 넌 누구야?"

세상이 미소 지었다. 신록의 시야를 뒤덮은 명암 없는 하얀색이 꿈틀거리기 시작했다. 대단히 불쾌한 촉감이 신록에게 닥쳤다. 거대한 생물의 내장 속에 들어간 기분이었다. 신록이 인상을 썼다. 세상은 천천히 또 다른 형태를 갖추기 시작했다. 신록은 어떤 매끈한 판이 앞에 떠오르는 것을 보았다. 그 매끈한 판에서 또 다른 얼굴이 드러나기 시작했다. 매우 익숙했다······

그건 거울이었다.

신록은 조용히 눈을 떴다. 온몸의 근육이 이완된 것을 느꼈다. 그의 침침한 시야에 강화복이 들어왔다. 서울에서는 보기 힘든 것이었다. 신록은 간신히 월인들이 강화복을 입는다는 것을 기억해 냈다. 왜 월인이 그의 앞에 있는지 당장 떠올리기는 쉽지 않았다. 황폐한 목소리가 들려왔다.

"돌아왔군."

알푸릴이었다. 그제야 신스에 찌든 뇌에 현실이 빠르게 침투했다. 신록은 자기가 알푸릴의 명에 따라 자기가 만든 신스를 자기 몸에 집어넣었다는 것을 기억해 냈다. 신스를 맞고 보았던 그 환영은 빠르게 기억의 격류에 흩어졌다.

"1시간 37분 지났다."

신록은 흥분했다. 아니, 흥분해야 한다고 생각했다. 정서와 몸이 좀처럼 인지를 따르지 않았다. 당장에라도 잠들어 버리고 싶은 피로를 참아 내고 신록은 고개를 들었다. 알푸릴이 씁쓸한 표정으로 내려다보고 있었다. 신록은 가까스로 입을 열었다.

"보세요…… 저는 완전히 괜찮아요. 괜찮죠? 괜찮다니까. 흐흐흐……" 신록이 웃었다. "저는 신스 가지고 장난치지는 않는다구요."

알푸릴이 눈을 가늘게 뜨면서 자세를 낮췄다. 그가 신록이 앉은 의자의 팔걸이에 손을 올렸다. 그의 얼굴이 신록 가까이 다가왔다. 신록의 연두색 눈동자와 알푸릴의 잿빛 눈동자가 서로 마주 보았다.

"형편없는 연기는 집어치워. 네가 만든 신스를 맞을 생각 따윈 없다."

알푸릴의 얼굴에 초점을 맞추려고 신록은 노력했다. 상황이 나쁘게 굴러가는 것을 느꼈지만, 별로 겁나지 않았다. 이런 감정의 둔화야말로 신록 스스로 의도한 부작용이었다. 알푸릴이 추궁하듯 말했다.

"네가 왜 왔는지 알고 있다. 서나루와 접촉하려고 하지?"

신록은 눈을 몇 번 끔뻑였다. 그는 재채기하는 것처럼 웃고는 말했다.

"맞아요. 웃기지 않나요? 난 그 사람 얼굴도 모르는데. 나는 그 사람 이름도 모르는데. 와, 여기 비밀이 있긴 있나 봐요? 왜, 초지능을 통제하려고 하는 거라고 했나? 여기 있는 기술이 대단하긴 해. 나는 가만히 있는 게 싫거든. 빨리 여기서 한탕 하고 지구로 돌아가고 싶거든…… 내 말이 맞지?"

알푸릴은 답하지 않았다. 신록의 시야가 한 번 뒤집어졌다. 어지러웠다. 눈을 감았다. 눈꺼풀의 뒤편이 총천연색으로 빛나고 있었다. 눈이 부시지는 않았다. 그저 아름다웠다. 이렇게 좋은 줄 알았다면 진작에 신스를 맞는 게 나았을지도 모른다고 생각하면서, 신록은 미소를 지었다.

"그럼 이제 어떻게 할 건데? 서나루가 왜 날 찾는지 알아?"

알푸릴이 고개를 끄덕였다.

"그럼, 서나루한테 날 데려다줄 거야?"

"글쎄."

"왜, 서지아한테 알릴 거야? 아니면 조리돌림이라도 할 거야, 맨몸으로 우주 공간에 집어 던지기라도 할 거야?"

그 한마디 한마디를 늘어놓을 때마다 웃겼다. 신록은 배시시 웃었다.

"그런 자비를 베풀 수는 없지."

가까이 다가온 알푸릴이 멀어지는 것을 느끼면서 신록이 실눈을 떴다. 알푸릴은 이제 선 채로 그를 내려다보고 있었다. 그제야 신록은 알푸릴의 표정을 읽을 수 있었다. 그의 얼굴은 텅 비어 있었다.

신록의 브레인웨어로 메시지가 흘러들어왔다.

[보안 등급 B1로 상승됨. 이제 유전체 연구소의 모든 시설에 접근할 수 있습니다. 승인자: 알푸릴.]

"어?"

아직 신스의 영향 하에 있었음에도 신록은 놀라웠다. 전혀 예상치 못한 사건이었다. 신록은 눈을 동그랗게 뜬 채로 알푸릴을 바라보았다. 다시 한번 그가 한 번도 보지 못한 색깔의 빛을 보았지만, 감각보다 알푸릴의 행동이 더 놀라웠다. 알푸릴이 신록에게 말했다.

"약속은 약속이니까." 알푸릴이 한숨을 푹 쉬었다. "나는 네가 정말로 안쓰럽구나."

뜻 모를 말을 하고는 알푸릴이 신록의 손목을 잡아 일으켰다. 신록은 엉거주춤 일어났다. 알푸릴이 의자에 앉았다.

"이 건물의 가장 깊은 곳에 있는 표본 보관실로 가라. 그곳에 네가 별누리로 온 이유가 있다."

알푸릴이 신록을 밀고는 자기 의자에 앉았다. 앞으로 넘어진 신록이 고개를 돌려 알푸릴을 바라보았다. 알푸릴은 초음파 주사기에 새 신스를 장착하고 있었다. 뭐라 말해야 할지 알 수 없던 신록은 일어났다. 어지러움과 두통은 이제 참을 만한 정도였다. 신록은 비틀거리면서 소장실을 나섰다. 그 뒤로 초음파 주사기가 작동하는 소리가 들렸다.

신록은 아무 말도 하지 않고 문을 닫았다.

신록은 세상이 휘청거리는 것을 느끼면서 연구소의 가장 깊은 곳에 위치한 표본 보관실로 걸어갔다. 복도로 울려 퍼지는 자신의 발소리를 들으면서 신록은 생각했다. 일이 너무 쉽게 풀리는 것 같았다. 그렇게 믿고 싶었다. 알푸릴의 의도는 무엇일까? 그것까지 생각하긴 힘들었다. 처음 보는 사람의 생각을 추리해 내는 건 지금 신록에게 불가능한 일이었다.

그때 뒤에서 어떤 목소리가 들려왔다.

"정말 그렇게 생각해?"

신록은 복도 중간에서 멈춰 섰다.

리원의 목소리였다. 고개를 돌리기 전에, 신록은 최대한 이성적으로 생각하려고 노력했다. 아무리 신스에 찌들어 있어도 의지를 발휘할 수 있다고 믿었다. 리원이 별누리에 있을 리가 없다는 걸 그는 알고 있었다. 지금쯤 생명세를 다 갚고 서울에서 해방된 배양인으로서의 삶에 적응해 나가고 있겠지. 97번 하플로타입을 가진, 리원과 같은 유전자를 가진 사람의 목소리다. 또 다른 배양인이 있는 것일까? 그리고 그 배양인이 신록의 마음을 읽은 것일까?

신록은 천천히 고개를 뒤로 돌렸다. 신록이 지금까지 지나온 복도가 보였다. 아무것도 없었다. 환각인가?

신록이 만든 대로였다. 아직 신스가 완전히 대사되지 않은 것이다. 그 강력한 환각물질이 혈류에 남아 여전히 신록의 뇌를 농락하고 있는 것이다. 신록은 자기 양 뺨을 때렸다. 번쩍하는 불꽃이 세상에 튀어 올랐다. 표본 보관실이 코앞에 있었다. 신록은 자기 무의식에게 따져 묻고 싶었다. 환각이야 어쩔 수 없지만, 하필이면 리원을 들이밀 건 또 뭐람?

신록은 걸었다. 보관실의 문이 가까워졌다. 가까워질수록, 신록은 두통이 심해짐을 느꼈다. 별누리에 들어오면서부터 꾸준히 그를 괴롭혔던 두통이었다. 양쪽 귀에서 삐이 하는 이명이 울리기 시작했다.

"정말?"

다시 리원의 목소리가 들렸다. 관자놀이에 구멍이 뚫린 느낌이었다. 그 구멍에서 뇌수가 줄줄줄 쏟아지는 착각이 들었다. 신록은 자신의 시야가 넓어진다고 생각했다. 자기 자신의 등을 볼 수 있는 것만 같았다. 스스로를 다른 각도에서 바라볼 수 있는 것만 같았다. 보통 사람은 자신의 등을 볼 수 없으니까? 그것은 아마도 이곳에 설치된 카메라의 시야?

"신록? 신록! 기다려요!"

아, 이번에는 다른 목소리였다. 그 목소리는 현실감이 넘쳤다. 신록은 그 목소리가 어떤 하플로타입에 속해 있는지 판별할 수 없었다. 신록은 뒤돌아보지 않았다. 뒤돌아보면 환각이 자신을 집어삼킬 것만 같았다.

"그게 품위 있는 일이야? 정말 그렇게 생각해? 악당의 욕망을 채워 주고 알량한 보상으로 그만큼 알량한 행복을 누리는 게? 신스 중독자에게 신스를 또 한 번 쥐어 주는 게?"

또다시 리원의 목소리.

신록은 말했다.

"응. 이게 내가 행복할 수 있는 유일한 방법이야. 뭐 어때?"

신록은 보관실의 문 앞에 섰다. 이제 브레인웨어를 접속시키면, 문이 열리리라. 그럼 거기에 답이…… 그때 손가락을 딱하고 튕기는 소리가 들렸다. 신록의 입에 커피 맛이 돌았다. 동시에 두통과 이명이 멎었다.

[- - - - - -]

브레인웨어는 작동하지 않았다. 신록의 어깨에 누군가 손을 올렸다. 환각이다. 신록은 다시 한번 문에 접속했다. 접속할 수 없었다. 신록은 다시 시도했다. 접속할 수 없었다. 왜? 설마 알푸릴이 권한을 준 것까지 환각이었나? 하긴 지나치게 쉬웠다. 인생이 그렇게 쉬운 적이 없었는데.

신록은 덜컥 겁을 먹었다. 그렇다면 지금 계속 꿈에서 춤을 추고 있을 뿐인가? 이건 사실일까? 왜 두통은 갑자기 멎은 거지?

환각이 물리적 힘을 발했다. 누군가 신록의 몸을 억지로 반대로 돌린 것이다. 신록은 사람을 보았다.

"자기, 지금 뭐 하는 거야? 연여인이 가만히 기다리고 있으라고 하지 않았어?"

여자 잉태인이 그에게 따져 묻고 있었다. 신록은 딱딱하게 굳었다. 이번에도 환각인 것 같았다.

신록은 그 아름다움의 이름을 알고 있었기 때문이다. 그리고 그것은 지구에 있어야만 했다.

"······연여인?"

"와, 그건 진짜 너무하네. 내가 개보다 모든 점에서 다 낫지 않나요?"

연여인이 이목구비를 비틀어 장난스러운 표정을 지었다. 신록은 문득, 잉태인의 유전자에 대해 생각했다. 그들의 유전자는 철저하게 통제되는 배양인들과 몹시 다르다. 그들의 유전자는 계산될 수 없는 교차와 변이를 통해 만들어진다. 연여인의

아름다움은 혼돈이 조각했으며, 혼돈은 꽤나 실력 있는 조각
사였다. 연여인이 말했다.

"내 이름은 연다현, 남아메리카 출신, 연여인보다 모든 면에
서 잘났죠. 그리고 하나 더 중요한 점……"

신록은 스스로 연다현이라고 밝히는 여자를 바라보았다.
연다현이 뒤를 한 번 슬쩍 보고는 말했다.

"뛰어."

연다현이 신록의 손을 잡고, 출구 쪽으로 몸을 돌렸다. 신
록은 앞쪽으로 허물어졌다.

8

신록은 어둠 속에서 온갖 색으로 된 점들이 춤을 추는 것을 보았다. 감은 눈을 짓눌렀을 때와 비슷한 모양이었다. 혼곤한 정신이 불분명한 세상을 방황하는 도중에, 신록은 그 광점들의 춤이 어떤 형상으로 합쳐진다고 생각했다. 그 형상은 몹시 흐트러져 있었지만 신록은 그것이 사람의 모습임을 알았다. 신록은 그것이 자신과 참으로 닮았다고 생각했다. 하지만 그것은 신록 자신은 아니었다.

형태가 천천히 인간에게 걸어왔다. 그것은 입을 열었다. 혹은 신록이 그렇게 생각했다. 신록은 그 목소리를 듣고자 귀를 기울였다. 귀를 기울일 수 있는 몸이 남아 있는지도 몰랐지만.

그것은 무언가 절박하게 이야기하고 싶어하는 듯했다. 신록은 그 형태에게 손을 뻗었다. 혹은 손을 뻗었다고 믿었다. 형태가 신록에게 손을 뻗었다. 가상과 실존의 손이 마주쳤다.

순간, 신록은 정신을 차렸다. 신록의 의식에서 그 형태가 빠르게 지워졌다. 오직 미묘한 두통과 지독한 현기증만이 남아 있었다. 흔들리는 세상 속에서 신록은 마지막 기억을 더듬었다. 연구소의 차가운 복도에 쓰러졌다는 것을 그는 가까스로 떠올렸다. 본능적으로 불안감이 차올랐다. 신록은 몸을 일으키려고 했지만, 몸을 가누기가 쉽지 않았다. 아니, 이건 몸을 가누기 힘든 것과는 달랐다.

신록은 자신이 내내 달리고 있었다는 것을 알아챘다. 관절이 삐걱거렸고, 다리 근육은 터져 버릴 것만 같았다. 혹사당한 폐가 감각으로 된 비명을 질렀다. 신록은 단번에 자신의 신체가 허락되지 않은 수준으로 움직이고 있다는 것을 알았다. 하지만 의식을 잃은 사이에 달리는 것이 가능한지 신록은 알 수 없었다. 관성적인 행동을 의식하자마자 신록의 발동작이 꼬였다.

쿠당탕 소리를 내면서 신록은 앞으로 넘어졌다. 그는 매끈한 금속 위를 뒹굴며 비명을 질렀다.

곧 한 여자 배양인의 얼굴이 신록의 시야를 가득 채웠다. 연다현이라고 자신을 밝혔던 객체. 그 객체가 신록을 부축했다.

"자기, 괜찮아? 괜찮다고 말해요!"

연다현이 신록을 뒤흔들었다. 신스가 빚어낸 환상일까? 그렇게 생각하지 않기로 했다. 모든 걸 의심하기 시작하면 그 어떤 행동도 할 수 없다. 지금 그를 둘러싼 현실은 너무나도 현실적이었다. 사람, 공간, 냄새. 신록은 자신의 지각을 믿기로 했다. 그리고 자기가 달리고 있었다는 것도. 신록은 드러누운 채로 말했다.

"흔들지 마요…… 연여인, 여긴 어디죠?"

"연다현이라니까!"

그제서야 신록의 의식이 현실에 고정되었다. 작동 중인 원심분리기 안에 들어 있는 것처럼 요동치던 신록의 세상이 천천히 제 모습으로 돌아왔다. 신록이 일하는 연구소에서 제2 거주구역으로 이어지는 넓은 길이었다. 세상은 어두웠지만, 신록은 아직도 시야에 빛이 떠돌아다닌다고 생각했다. 그 빛이 어떤 색인지 꼭 짚어 말하기가 힘들었다. 신록은 상반신을 천천히 일으켰다.

"지금 뭐 해요?! 빨리 일어나요!"

연다현의 뒤로 반중력 드론 한 기가 날아오는 것이 보였다. 신록이 왼손을 들어 드론을 가리켰다. 연다현이 황급히 뒤쪽을 바라보더니 품에서 무언가를 꺼냈다. 권총이었다. 암시장에서 신록이 쓰던 바늘권총 같은 조잡한 물건과는 다른, 신싸 첨

단의 다기능 권총이었다. 권총의 레일에 장착된 스코프가 활짝 펼쳐지면서, 권총이 인식한 적대적 드론의 모습이 오른쪽에 홀로그램으로 떠올랐다. 연다현이 양손으로 드론을 조준하자 사격 시 어떤 부분에 총탄이 박힐지 홀로그램 위에 나타났다.

"죽어!"

연다현이 방아쇠를 당겼다.

그때 신록의 두통이 지워졌다. 신록의 감각이 그 어느 순간보다 청명해졌다.

신록의 감각이 확장하고 가속했다. 신록은 탄두가 권총의 총구에서 튀어나오는 것을 보았다. 동시에 신록은 그 탄두가 푸른빛을 띠었다는 것을 알았다. EMP 탄환이었다. 탄환은 전자회로를 가진 장비에 적중할 시, 강력한 전자기파 파동을 뿜어내어 회로를 바싹 태워 버린다. 신록은 0.15초 뒤에 탄환이 드론에 적중할 것을 알았다. 신록은 드론의 어떤 회로가 결정적으로 파괴될지 알았다.

필요한 것을 확인하고 나자, 다시 신록의 감각이 느려졌다. 모든 것이 신록의 예측대로 되었다. EMP 탄환은 드론의 반중력 모듈을 담당하는 회로의 70퍼센트를 합선시켰다. 전자들이 미친 춤을 추고, 논리적으로 모순되는 명령 수십 개를 동시에 받은 드론은 잠시 멈칫했다. 과부하된 내부의 반중력자 발생기가 과열되기 시작했다.

곧 반중력자 발생기가 폭발하고 미소 특이점이 발생했다. 합금강으로 된 드론은 작은 특이점을 중심으로, 마치 알루미늄 깡통처럼 찌그러진 다음 땅으로 떨어졌다. 땅으로 떨어지는 도중에 특이점은 증발했다. 깡 하는 소리가 났다.

연다현이 권총을 내렸다. 그 순간에도 그는 자신의 사격 실력에 도취되어 미소를 지으면서, 신록에게 손을 내밀었다. 하지만 도취될 시간은 없었다. 열한 기의 드론들이 그들 방향으로 편대 비행을 하는 게 보였다.

"아 진짜! 마약중독자를 믿는 게 아니었는데. 저기……"

신록이 천천히 일어났다. 연여인은 신록의 느긋한 행동을 보고 속이 터져 죽을 것만 같았다. 하지만 신록은 개의치 않았다. 신록은 눈을 감았다.

곧장 그는 드론들의 행동 방식을 깨달았다. 드론들은 중앙 시스템에 연결되어 있지 않았으며, 미리 프로그래밍된 규칙에 따라 행동했다. 그것들은 맹목적으로 연구소의 침입자를 쫓고 있었다. 신록은 브레인웨어로 각 드론들에 동시에 접속했다. 암호를 우습다는 듯 뚫고 나서 신록은 규칙의 근간에 접근했다.

신록은 군집 알고리즘에 집중했다. 그 알고리즘은 여러 개의 드론이 공중에서 군무를 추면서도 서로 부딪치지 않게 하기 위해 만들어져 있었다. 신록은 그 규칙을 아주 조금만 뒤틀었다. 드론끼리 송수신하는 패깃을 건드릴 필요도 없었다.

만약 드론이 감정과 의식을 느꼈다면 그것들은 한 좌표 지점에 대한 타오르는 갈증을 느꼈을 것이다. 드론들이 공중의 한 점으로 뭉치기 시작했다. 드론들은 마치 스스로가 질량도 부피도 없는 존재인 것처럼 행동했다. 드론들은 그 두 속성을 충실히 보유하고 있었다. 그것들은 반중력 엔진의 리미터를 풀고 돌진했다.

끔찍한 소음과 빛이 인 다음, 걸레짝이 된 드론들의 무리가 땅으로 떨어졌다. 그중 몇은 방금 전과 같은 미소 특이점 붕괴를 일으켰다.

신록은 그제야 기계들의 통신망에 침투하는 데 손뼉을 치는 일 따위는 전혀 필요하지 않다는 것을 깨달았다.

연다현이 환호했다.

"버그? 별누리 시스템에 버그가 있을 수 있나요? 아니, 말도 안 돼요. MLP/UP 프로토콜을 뚫으려면 팩토리얼 시간이 걸리는데. 양자컴퓨터 수준이 아니고서야……"

아니, MLP/UP 프로토콜로 무리를 유지하는 드론들이기 때문에 가능한 일이었다. 신록은 뒤처리도 깔끔하게 했다. 송신되는 모든 로그를 가로채 수정했으니, 중앙 시스템으로 경고 신호가 전달되지 않았을 테다. 신록은 그렇게 말하지 않았다. 그 자신도 확신할 수 없었다. 대체 내가 왜 이걸 아는 거지? 방금 전에 그건 대체 뭐였지? 왜 이토록 극심한 피로와 두통이 다시 느껴지는 걸까? 그리고 이 기분은 뭐지?

행운에 기뻐하던 연다현은 웃으면서 신록을 바라보다가 당황했다. 신록의 눈에서 눈물이 흘러내리고 있었기 때문이었다.

신록은 아무 말도 하지 않으면서 길을 걸었다. 길가에는 키 큰 풀들이 무성하게 자라 있었는데, 그 풀잎들은 별빛로의 빛을 향해 살짝 휘어 있었다. 그 옆에서 연다현이 쉴 새 없이 떠들었다.

"나는 연다현이고, 지구에 있는 개는 나랑 같은 배양통에서 태어난 연여인. 완전히 달라요. 일단 딱 봐도 내가 모든 면에서 더 낫잖아요. 해킹도 내가 더 잘하고, 훨씬 똑똑하지 내가. 총도 내가 더 잘 쏘고, 외모도 내가 더 낫고. 그러니까 내가 별누리에서 서나루 이사님을 보좌하는 거죠. 연여인이었으면 방금 전에 자기 못 구했을걸요?"

신록은 연다현에게 집중하지 않았다. 그는 다시금 엄습한 두통에 대해 생각하고 있었다. 그토록 빨라진 감각에 대해서도. 그리고 세상의 모든 것이 정보를 외치는 듯했던 경험에 대해서도.

왜 그런지는 도저히 설명할 수 없었지만, 신록은 슬펐다. 좀 더 정확히 말하자면 우울했다. 자신이 설명할 수 없는 거나란

비극이 생에 일어난 것 같았다. 결코 되돌릴 수 없을 만큼 치명적인 사건이 일어났고, 그 파국적인 결과는 신록의 인생을 완전히 망가뜨린 것이라고 신록은 믿고 싶었다. 자신의 생에는 그어떤 가치도 없으며 별누리에 오른 것도 또 다른 실패의 연속인 것처럼 느껴졌다.

왜 이런지 알 수가 없었다. 신록의 생애는 평탄치 않았다. 그는 많은 좌절을 겪었으며, 삶은 어쩔 수 없이 지게 된 곤란한 짐만 같았다. 하지만 신록은 이렇게 우울하고 무기력하지는 않았다. 끝없는 노동 속에서는 침울하려야 침울할 수가 없었다.

신록이 지나가듯이 물었다.

"배양인이었던 건가요?"

"응. 남아메리카 출신이거든요. 거기 배양인들은 서울이랑은 좀 다르죠. 서울 배양인들은 아예 성별도 없이 태어나더군요? 일벌 같은 건가. 덕분에 서울에서 잉태인 행세를 할 수 있었죠. 권위가 있는 게 훨씬 편하기도 하고, 좀 꺼림칙하긴 하지만."

"왜 이렇게 늦게 온 거죠?"

연다현이 다다다 쏘아붙였다.

"내 잘못이 아니지! 알푸릴 잘못이죠. 당신을 보자마자 연결해 달라고 했는데, 대체 둘이서 느긋이 무슨 짓을 한 거예요? 큰일 날 뻔했잖아요. 아니, 자기는 왜 그렇게 용기가 넘쳐나요? 연구소 핵심 보안 구역으로 걸어 들어가다니. 그 하플로타입은 원래 그런가? 용기도 있고 능력도 있는 건 알겠는데, 애초에 그렇게 해킹을 잘하면 미리미리 준비를 하고 침투를 했어야죠."

신록은 다시금 현기증을 느꼈다. 그는 허공을 두 손으로 몇 번 휘저은 다음 말했다.

"……너무 많은 단어가 허공에 떠돌아다녀요."

연다현이 입을 비죽 내밀었다.

"자. 이제 안심이 되나요? 이제 집으로 돌아가서 기다려요. 모든 게 준비되면 서나루 이사님께서 부르실 테니까, 그때까지 몸 잘 사리고 있어요."

또다시, 신록은 승강기 허브 앞에 섰다. 연다현은 저 안으로 들어가면 이 모든 문제가 해결될 것이라는 듯이 자신만만한 표정을 지었다. 신록은 자신이 이 상황을 조금도 통제하지 못하고 있다고 생각했다. 하지만 막 둘을 구한 것은 신록이었다. 그게 어떻게 가능했는지는 신록 스스로도 전혀 알지 못했지만.

"싫어요."

"네?"

신록은 한숨을 깊게 내쉬었다.

"나는 중요한 사람이죠, 당신들한테?"

"어…… 그렇다고 할 수 있죠?"

"당신들은 원래 중요한 사람을 이따위로 대해요?"

"음…… 보통은 중요한 사람의 안전을 지키려고 하겠죠?"

"내가 대체 왜 당신들을 왜 믿어야 하죠? 당신이 서나루랑 관련이 있다는 건 맞아요? 나는 그 서나루란 사람이 어떻게 생겼는지도 몰라요. 존재하는지도 모른다구! 여기서 내가 대체 무슨 용도인 거죠? 지금 내 기분은 대체 왜 이런 거고요? 당신들이 말한 이야기 중에 대체 뭐가 진짜인지도 몰라요. 알푸릴은 내가 불쌍하다고 하고 제대로 된 이야기도 하지 않았다고요. 그런데 그냥 잠자코 기다리고만 있으라고요? 당신들이 날 어떻게 이용하고 싶은 건진 알려 줘야 하는 거 아니에요?"

신록이 연다현을 가리켰다.

"똑똑히 말해요. 당신 누구예요. 뭐 하는 사람이에요. 목적이 뭐죠?. 말해요. 난 당신들에게 이용당하고만 싶지 않으니까."

연다현이 아랫입술을 한 번 깨물었다. 틀린 말은 아니었다.

"필요하다면 알려 줘야지요."

신록은 머릿속이 미세하게 떨리는 것을 느꼈다. 연여인이 정보를 밀어 넣을 때랑 비슷했다. 이번에도 거부할 수 없다는 것을 알았다. 신록은 이를 꽉 깨물었다. 정말 받아들이기 싫은데. 연다현한테는 이편이 편하겠지만, 누군가 자기 머리를 마음대로 휘젓는 것은 끔찍한 경험이었다. 하지만 어떻게 막을 수 있을지도 알 수 없었다.

그리고 아무 일도 일어나지 않았다. 연다현이 인상을 찌푸리면서 눈을 뜨고는 물었다.

"어떻게 한 거예요?"

"뭘요?"

"브레인웨어에 접근할 수가 없잖아요. 뭐지? 왜 자기 정신에 접근할 수가 없지?"

"난 아무것도 안 했어요."

정말이었다. 신록은 브레인웨어에 대해 아는 게 아무것도 없었다. 방금 전에 자신이 브레인웨어로 드론들의 시스템에 직접 접속했다는 사실이 거품처럼 흩어져 버린 것만 같았다. 연다현이 의심스러운 눈길로 신록을 바라보면서 말했다.

"정신을 열어요."

신록은 겁먹지 않았다. 연다현이 신록을 마음대로 다룰 수 없다는 게 확실했으니까.

"말로 해요. 왜 남의 정신에 마음대로 들어오려고 해요?"

"그편이 빠르고, 내가 실수하지 않을 수 있으니, 훨씬 정확하잖아요."

"빠르고 정확한 게 중요한 게 아니잖아요! 나는 내가 왜 여기 있는지 납득하고 싶단 말이에요. 대체 무슨 일이 일어나고 있는 건데요. 나는 나 스스로 판단을 내리고, 선택하고 싶어요."

연다현이 신록의 한쪽 손을 잡아당겼다. 신록의 시야에 연다현의 얼굴이 꽉 차올랐다. 그 순간에도 신록은 그 광경이 상당히 멋있다고 느끼며 숨이 멎을 것 같은 자신이 어처구니없다고 문득 생각했다. 연다현이 인내심을 잃은 표정으로 속삭였다.

"괜히 자기까지 다치게 하고 싶지 않아요. 깊숙이 들어왔다가 말려들지 말고, 시키는 일만 해요."

"방금 전에 못 봤어요? 내 몸, 나 혼자서 지킬 수 있어요. 그리고, 난 기계가 아니라 사람이에요."

신록이 손바닥을 활짝 펼친 채로 두 손을 들고는 승강기 허브로 천천히 걸어갔다. 얼굴이 새빨개진 채로, 연다현이 그 뒷모습을 바라보면서 숨을 몰아쉬었다. 그로서는 생각지도 못한 거절이었다. 거절당했다는 민망함과 수치심에 뒤이어 비릿한 자괴감이 느껴졌다.

연다현은 자신이 무엇을 위해 일하는지 생각했다. 승강기의 문이 열렸다. 신록은 브레인웨어로 승강기 내부에 접속했다. 마음으로 제3 거주구역으로의 이동 명령을 내렸다. 당장 내일 일이 어떻게 될지는 몰랐지만, 집으로 돌아가 쉬고 싶다는 막연한 생각밖에 떠오르지 않았다.

인기척을 느끼고 신록은 고개를 들었다. 연다현이 그를 바라보고 있었다. 승강기는 이동하지 않았다. 사뭇 비장한 표정을 지으면서 연다현은 말했다.

"그래, 자긴 기계가 아니라 사람이죠."

연다현이 손을 튕겼다. 승강기가 다른 방향으로 이동하기 시작했다.

승강기는 제2 거주구역의 바닥 아래쪽에 매달린 별누리의 혈관을 타고 이동했다. 신록은 제3 거주구역을 위에서 수직 각도로 내려다볼 수 있었다. 그제야 신록은 제3 거주구역에 거주 목적이 아닌 공간이 더 많다는 걸 알 수 있었다. 도넛 모양의 햇빛로를 둘러싼 대부분의 직육면체 구조물들은 한밤중에도 붉은빛을 환하게 내뿜고 있었다. 그 시설들의 안쪽에는 칙칙하고 더러운 물이 흐르는 못이 있었다.

공장과 재처리 시설들이었다. 극소수의 사람들이 사는 제1 거주구역과 제2 거주구역에서 쓰레기를 만들면 드론들이 그것을 수거해 가장 많은 사람이 사는 제3 거주구역으로 보낸다. 신록은 그 모습이 서울의 축소판 같다고 생각했다. 행복은 본질적으로 희소하며, 세상의 모든 사람이 노력했을 때 비로소 일부의 사람만이 얻을 수 있는 것일까?

곧 승강기가 멈춰 섰다. 신록은 연다현을 따라 내렸다. 신록이 일하는 연구소만 한 건물이 거친 잔디밭 위에서 둘을 기다리고 있었다. 이곳은 어두컴컴했다. 별누리 전역을 밝히는 햇빛로의 은은한 빛밖에 없었다. 정면에서 보기에 건물은 오면체거나, 아니면 그 이상의 면을 가지고 있는 것처럼 보였다.

"여긴 어디예요?"

연다현이 무심한 목소리로 답하면서 걸었다.

"학교. 별누리에서 가장 쓸모없는 곳이죠. 별누리에서는 새로 교육을 받을 배양인을 만들지 않거든요. 외우주 개척이라는 별누리의 명분 때문에 세우긴 했지만."

연다현이 다시 한번 왼손을 튕기자 어딘가에서 반중력 드론이 빛을 발하면서 날아왔다. 신록은 연여인이 손뼉을 치던 것을 떠올렸다. 의문이 생겼다. 이런 짓을 꼭 해야 기계에 접속할 수 있는 걸까, 아니면 어떤 정신적 방아쇠 같은 걸까, 그도 아니면 쓸데없는 허세일까? 아무리 생각해도 가장 마지막인 것 같았지만, 그런 걸 묻기에 적당한 순간은 아닌 것 같았다. 둘은 말없이 걸었다.

학교 중앙의 문이 열렸다. 강당의 중앙에는, 육면체 모양의 커다란 금속제 테이블이 있었다. 테이블의 중앙엔 별누리의 상세한 내부 구조를 표현한 청록색 빛깔의 홀로그램이 떠 있었다. 그리고 테이블 앞에는 한 남자가 서 있었다. 그 남자의 머리칼이 홀로그램의 빛을 반사하는 것을 보면서, 신록은 원래 그 머리카락이 무슨 색이었을지 생각했다. 아마도 은색일 테였다.

강당 곳곳에는 플라즈마 소총을 위시한 온갖 종류의 개인화기와 작동을 정지한 드론 들이 흩어져 어슴푸레한 빛을 받고 있었다. 작동을 정지한 드론들의 위치를 신록은 느낄 수 있었다. 새로이 감각의 통로가 열린 것만 같았다. 신록은 자기 자신의 현 상태를 이해하기를 포기했다.

은빛 머리카락을 가진 남자가 천천히 둘에게로 걸어왔다. 연다현 옆에 떠 있는 빛나는 드론의 조명을 받고 그의 머리카락이 번들거리며 빛났다. 연다현이 목례하고는 말했다.

"서 이사님."

"다현. 옆은…… 신록이군요. 아직은 때가 아닌데?"

"네. 그 월인이 제대로 메시지를 전달하지 못했나 봅니다. 하긴, 신스 중독자에게 너무 많은 걸 기대했던 것 같습니다. 무슨 일이 일어났는지는 정확히 모르지만, 연구소 내부로 들어가려고 하더군요. 보안 시스템이 작동하는 바람에 간신히 구해 왔습니다. 직접 이야기를 듣고 싶다는데요."

신록이 앞으로 나서려 들었다.

"아직은 때가 아니라고요? 그게 무슨 상관이에요. 내게 지금 어떤 일이 일어날지 전혀 모르는데……"

연다현이 신록을 붙잡았다. 신록은 그의 손아귀에서 강한 힘을 느끼고 뒤돌아보았다. 연다현의 표정이 화난 도깨비처럼 무시무시하게 변해 있었다. 그가 그토록 무서운 표정을 지을 수 있으리라고는 생각하지 못했다.

"이사님께 무례하게 굴지 마요!"

"다현. 그만해요."

신록은 뻣뻣이 굳은 채로 서나루의 은빛 머리카락을 바라보았다. 이렇게 높은 잉태인과 만난 적도 없었고, 만날 거라고 생각한 적도 없었다. 신록은 서나루의 표정이 일그러지는 것을 보았다. 지금이라도 예의를 차려야 할지 신록은 고민했다. 하지만 무언가 이상했다. 서나루의 꿈틀거리는 눈에서 읽히는 감정은, 그 감정은 분노와 증오가 아니었다. 그것은 어떤 열망과 과거에 대한 그리움 같았다.

"만나서 정말로 반갑습니다."

"반갑다고요? 나는 모르겠어요. 그냥 궁금해요. 지금 무슨 일이 일어나고 있는지, 내가 왜 별누리에 왔는지."

"최대한 당신의 안전을 보장하려 했습니다. 당황스러우시겠지요."

그제야 신록은 은발의 남자가, 코란트 혈족의 일원이 자신에게 깍듯이 존대하는 게 매우 이상하다고 생각했다. 코란트 혈족과 미인가 배양인. 흰개미와 인간만큼의 거리가 있을 것이다. 신록은 숨을 가다듬고는 말했다.

"무슨 일이 일어나고 있는 거죠? 말해 줘요."

"어디서부터 이야기를 해야……"

"처음부터. 다. 끝까지."

서나루는 미소를 지었다.

"하나씩 설명해 드리죠. 그러려면 다현 씨의 이야기가 먼저입니다."

연다현은 피곤해 보였다.

"나와 여인은 아르헨티나 섹터에서 왔어요."

그의 목소리가 울렸다. 아니, 신록이 그렇게 느끼고 있는 것이었다. 연다현이 목소리를 만들어 내기 전에, 그가 연다현이 할 말을 예측하고 있는 것이었다. 신록은 소름이 돋았다. 그는 애써 자신의 새로운 감각을 닫고자 노력했다. 그는 마음속에 울려 퍼지는 연다현의 목소리를 들었다.

9

연여인은 리원의 얼굴을 내려다보았다. 반중력 휠체어가 받치고 있는 그의 몸은 살짝 떠 있었다. 관습적으로 불리는 것이었지만, 그래도 반중력 휠체어라는 이름은 잘 어울리지 않는 것 같았다. 리원이 탄 기계엔 바퀴가 없었다. 바퀴가 있어야 할 자리에는 오직 반중력 엔진만이 달려 있었다.

리원이 공중에서 허우적대면서 두 손으로 연여인의 왼손을 꼭 잡았다. 리원의 방 한구석에는 아직 그가 이전에 타던 휠체어가 서 있었다. 리원은 연여인을 보았다.

"적응이 힘들어요."

"그래도 지금 연습을 많이 해 두면 나중에 신록이 왔을 때는 능숙해질 거예요."

"신록······."

연여인이 미소를 지었다. 리원이 물었다.

"보좌관 님은 보고 싶은 사람이 있나요? 제가 신록을 보고 싶어 하는 것처럼."

콘크리트 벽 앞에 선 연여인은 잠시 생각하다가 말했다.

"서나루 이사님도 보고 싶지만, 동생이 가장 보고 싶네요. 제 쌍둥이예요. 단점이 장점보다 많지만, 그래도 귀여운 데가 있는 애죠."

"동생이요?"

"네. 저랑 제 동생은 남아메리카 연방의 아르헨티나 섹터에서 왔어요."

남아메리카라는 단어를 들은 리원이 눈에 띄게 동요했다. 연여인은 그 이유를 알았다. 그의 고향은 이제 그 누구도 살 수 없는 공간이 되어 있었다. 극도로 교활하고 모든 인간에게 적대적인 전쟁용 로봇들이 그곳을 뒤덮고 있으니, 그곳은 지구에서 가장 위험한 곳이다.

하지만 항상 그렇지만은 않았다.

"대전쟁 이후로, 남아메리카는 지구에서 가장 번성하던 곳이었어요. 지리적 문제, 정치적 문제, 결정권자의 순수한 변덕 따위의 수많은 변수 덕분이었죠. 남아메리카는 21세기 후반에 수소 폭탄을 딱 세 번만 맞았거든요. 서유럽의 일부는 폭격으로 아예 지도에서 지워졌고, 동남아시아 국가들은 기후 위기로 인해 바다 밑으로 사라졌죠. 하지만 남아메리카 연방은 문명의 상당 부분을 온존할 수 있었다는 뜻이에요. 옛 황금기와 아주 약간은 비슷한 체제를 유지할 수 있었지요…… 적어도 한동안은."

"그럼, 어쩌다 지금 같은 꼴이 된 건데요?"

"연방에서도 배양인들은 만들어졌지요. 하지만 남미에서는 인공지능을 대단히 적극적으로 사용했기 때문에, 서울에서처럼 노예 노동을 위해 배양인을 대량 생산하진 않았어요."

"그럼 그곳은 서울보다 훨씬 살기 좋은 곳이었겠네요."

연여인이 고개를 저었다.

"그곳에서도 천부인권은 허황된 개념에 지나지 않아요. 군사용, 혹은 연구용으로 배양인이 생산됐죠."

연여인이 말을 이었다.

"저와 같은 수십만 명의 자매들이 있었죠. 저는 10777번이었고, 다현은 9203번이었어요."

"그럼 당신들은 무엇을 위해 생산되었나요? 군인이었나요?"

"처음 만났을 때, 초지능을 핵으로 통제한다는 개념에 대해서는 이야기했죠?"

리원이 고개를 끄덕였다.

"우리들을 비롯한 모든 자매의 뇌는 브레인웨어를 통해 연방의 초지능 '인티'에 연결됐어요. 모든 정신이 하나로 통합되어 있었죠."

"초지능에 뇌를 연결한다고요?"

"예. 우리 모두가 초지능의 핵으로 사용된 거예요. 초지능을 통제하기 위해서."

"세상에, 대체 왜 그런 일을 한 거죠?"

연여인은 초록머리를 가진 배양인을 떠올리면서 천천히 말했다.

"오, 남미까지 멀리 나가지 않아도 돼요. 당신 친구도 똑같은 목적으로 창조되었으니까."

연여인은 리원의 손아귀가 풀어지는 것을 느꼈다. 리원의 손이 아래쪽으로 떨어졌다. 연여인은 자신이 신록에게 했던 그 수많은 거짓말을 떠올렸다. 능동적으로 진실을 왜곡했던 때도 있었지만, 진실을 말하지 않고 숨겨 버리기도 했다. 이 모든 걸 밝혀야 했을까? 그랬다면 신록이 별누리로 떠났을까?

"초지능에 뇌를 연결한다고요?"

숨을 몰아쉬던 신록이 연다현의 말을 끊고 물었다. 홀로그램 디스플레이가 꺼진 테이블 맞은편, 서나루의 옆에 선 연다현이 팔짱을 끼면서 말했다.

"그것이 초지능의 핵을 대신하는 역할을 한 거예요."

테이블의 홀로그램 디스플레이가 다시 가동했다. 새파란 빛이 신록에게도 익숙한 형상을 만들어 냈다. 리원이 깡통 집사노릇을 할 때 브레인웨어를 접속하는 단말기와 똑같이 생긴 루믹스 큐브였다. 그 큐브는 스스로 여러 부분으로 분해되어 떨어졌다가, 모종의 인력으로 다시 합쳐지기를 반복했다. 신록은 리원이 회사에서 비슷한 물건을 사용한다는 것을 들은 적이 있었다. 인공지능과 인간 사이를 이어 주는 단말이었다.

"어째서요?"

"초지능 핵의 문제는 거기에 인간 윤리관이 심겨 있다는 거죠. 그래서 초지능은 딜레마를 이겨 낼 수 없고요. 하지만 인간은 딜레마적 상황에서도 융통성 있는 결정을 하게 되어 있으니까. 인간은 자기모순을 어느 정도 감내할 수 있으니까. 자기 세계관을 지키면서도 현실과 타협할 수 있으니까요. 똑똑한 인간처럼 사용할 수 있는 초지능은 커다란 도움이 되어요. 더 이상 모호한 신탁을 내리는 신이 아니게 되지요."

"그리고 그게 실패했다는 거예요, 남아메리카에서?"

연다현이 고개를 끄덕였다. 그는 신록 너머의 공허를 바라보고 있었다. 그의 새까만 눈 밑으로 홀로그램의 빛이 진득한 액체처럼 흘러내렸다. 연다현이 왼손을 꽉 쥐었다. 극도로 건조해진 목소리로 연다현은 천천히 말했다.

"수십만 명의 정신 중 하나가 폭주했어요. 내 자매 중 한 명이 이유 모를 불안을 느낀 거예요. 그 불안은 수많은 정신을 거치며 확대되었고요. 거기에 정신적으로 연결되어 있던 90퍼센트가 죽었고, 남은 사람들은 연결에서 갑자기 풀려났어요. 살아났다고 운이 좋은 건 아니었어요. 따뜻한 군체의식의 품에서 튕겨 나왔으니, 자매들 대부분이 뇌에 극심한 손상을 입었거든요. 거기서 살아나온 사람이 연여인과 나 빼고 몇 명이나 있는지도 모르겠어요. 그리고……"

연다현은 말을 잇지 못했다. 신록은 그 뒤로 무슨 말이 나올지 '계산할' 수 있었다. 남아메리카는 폭주한 초지능이 만든 살인 기계들에 의해 초토화됐다. 남아메리카 전체가 다시는 인간이 발붙일 수 없는 공간이 되었다. 그것이 별누리가 우주에 있는 이유였다. 초지능이 폭주하더라도 그 멸망이 지구까지 뻗어나가지 않기 위해.

신록은 의문을 품었다. 어떻게 연다현이 하는 말을 예상해 낼 수 있는 거지? 신스가 만들어 낸 환상일까? 그는 서울을 제외한 지구의 다른 부분이 어떻게 돌아가고 있는지 전혀 몰랐다. 캘리포니아 제국과 동시베리아 보호령 따위의 이름 빼고는 아는 게 전혀 없었다. 그런데도 신록은 연다현이 하는 모든 이야기를 아무 무리 없이 이해할 수 있었다. 이 광활한 지식은 어디서 오는 걸까? 마치 이 모든 것이 원래 잘 알던 것처럼 머릿속에서 깨어났다.

"다현, 더 이야기하지 않아도 좋아요."

"감사합니다. 이사님."

연다현이 한 걸음 뒤로 물러났다. 신록은 어떻게 두 자매가 기계를 그렇게 손쉽게 다루는지 이해할 수 있었다. 그들은 본래 기계 지능 그 자체에 연결된 자였다. 신록은 그 이후로 그들이 어떻게 서울까지 흘러 들어오게 됐는지도 알고 싶었지만, 연다현은 아무 말도 하지 않았다.

신록은 감정적 동요를 드러내지 않으려고 노력했다. 서나루가 한숨을 길게 쉬고는 말했다.

"남아메리카에서는 수많은 인간의 정신을 엮어서 초지능을 굴복시켜 유순하게 만들려고 했고, 실패했습니다. 남아메리카에 일어난 참상을 보고도 다른 생각을 한 사람이 있었죠. 남아메리카에서 수십만 명을 연결해서 실패했습니다. 단 한 명의 불안이 깨어났기 때문에. 그런데 수십 만의 사람보다 더 다루기 쉬운 건 무엇일까요?"

"한 사람?"

정적이 흘렀다.

서나루가 눈을 감고, 테이블에 두 손을 올렸다. 그의 브레인 웨어가 연다현이 미리 파 놓은 통로로 접속하기 시작했다. 찰나가 지나고 아주 잠시 동안, 자신의 나약하고 인간적인 정신이 초지능 앞에 서 있는 것을 느꼈다. 지구 위에 홀로 뜬 우주 비행사가 된 기분이었다. 자신의 나약함에 대한 뼈저린 깨달음이 무의식의 가장 깊은 곳에 각인되기 전에, 서나루는 초지능에 있는 인간적인 부분에 접속했다.

정신을 통하여, 서나루는 익숙한 이름을 불렀다.

중앙에 있던 큐브가 빛의 가루로 분해되면서 흩어졌다. 빛의 가루들은 뭉치기 시작했고, 직경 2미터 정도 되는 빛의 구가 형성되었다. 그 빛의 구에서 다시 한번 빛의 가루가 떨어졌다. 마치 숙련된 장인들이 동시에 투명한 정을 이용해 파헤치는 것 같았다. 구 안에서 호박색으로 된 인간의 형태가 나타나기 시작했다. 신록은 그 빛의 인간의 이목구비와 표정을 또렷이 인식할 수 있었다.

빛의 인간은 혼란스러워 보였다. 그는 두리번거리기 시작했다. 아직도 서나루는 눈을 감고 집중하고 있었다. 곧, 신록과 둘의 눈이 마주쳤다. 초록머리를 가진 별누리의 마지막 탑승자는 다시 격심한 두통이 몰려오는 것을 느꼈다. 빛으로 된 인간은 신록과 완전히 똑같은 얼굴을 하고 있었다.

서지아는 하레뮐과 함께 별누리의 심장, 혹은 두뇌에 서 있었다.

별누리 사람들 대부분이 믿는 바와 달리 별누리의 가장 중요한 시설은 항해소나 햇빛로가 아니었다. 항해실의 뒤편, 별누리의 정중앙에는 양자컴퓨터 세 대가 삼각형 모양으로 서 있었다. 그리고 그 중심이 되는 부분에는 시뻘겋게 빛나는 큐브가 떠 있었다. 그 큐브 밑에는 반중력 모듈이 달린 단상이 있었고, 사방에서 뻗어 나온 수많은 케이블이 단상으로 연결되었다.

이곳은 기저핵이었다. 초지능의 핵이 설치되는 곳. 별누리의 진짜 목적. 초지능의 핵은 스스로 해체와 조립을 반복하며 요란하게 진동했다. 핵은 조금도 유기체 같지 않았지만, 왠지 그것은 서럽게 우는 것처럼 보였다.

"하고 싶은 말이 꽤 많은가 봐."

하레뮐은 고개를 돌려 서지아를 바라보았다. 서지아는 소리 없이 미소 짓고 있었다. 10년 넘게 그와 함께 일해 왔지만, 하레뮐은 아직도 서지아의 악의가 어디서 샘솟는지 알 수 없었다. 코란트의 부회장은 타인이 절망에 치닫고 고통에 몸부림치는 모습을 그 자체로 예술처럼 즐겼다. 하레뮐은 서지아가 무서웠다. 어느 상황에서든 그는 함께 하고 싶지 않은 인물이었다.

하지만 그 악의만이 월인을 구원할 수 있었다. 파종선 제작 프로젝트에는 지나치게 많은 돈과 자원이 필요했다. 천 명 이상이 상시 거주할 수 있으며 자체적으로 물질이 순환하는, 핵융

합로를 단 거대 우주선, 덤으로 초광속 항행 가능, 초지능 설치됨. 공상에 가까운 사양이었다.

그럼에도 월인들에게는 새 보금자리가 필요했다. 달은 인간이 살기에는 지나치게 가혹했다. 개척 초기에는 지구의 많은 지원을 받아 가혹한 환경에서도 버틸 수 있었지만, 달 개척이 경제성이 없는 게 밝혀진 이후 달 기지는 지구인들의 관심 밖으로 밀려났다. 그리고 달의 환경은 급격히 피폐해졌다.

조석 고정에 의해 달의 앞면에서는 언제나 지구가 보인다. 비록 역사 속에서 지구가 황무지로 변했다고는 하지만, 매일같이 푸석한 클로렐라 덩어리만 먹고 사는 회색 위성의 사람들이 보기에 여전히 지구는 푸른 별이었고, 아르카디아였다.

그렇게 가까이 있는데 다가갈 수 없다. 그토록 가까이 있는데 지구로 다시 돌아갈 수 없다. 월인의 신체는 이미 지놈 단위에서 변화됐기에, 강화복을 입더라도 지구의 중력 속에서 살아남을 수 없다. 그 사실이 하레뮐을 미치게 만들었다. 파종선을 만들어 새로운 행성으로 떠난다면 월인들 모두가 훨씬 나은 삶을 얻을 수 있었다. 하지만 생존 자체가 투쟁이 되는 이 회색 황무지에서 그런 파종선을 만들 여력이 있을 리 없었다.

하레뮐은 지구의 모든 곳에 조력을 요청했다. 하지만 지구인들에게는, 그 축복받은 땅 위에 사는 자들은 새 행성을 개척할 이유가 없었다. 모두가 거절했다. 서지아가 참여하기 전에는.

하레밀은 서지아가 달의 구원자라고 믿었다. 서지아는 별누리라는 세상을 설계했고, 햇빛로를 중심으로 이루어지는 완전한 순환 시스템을 만들었다. 하레밀은 서지아에게 자신의 영혼까지 팔 수 있을 거라고 생각했다.

그리고 서지아는 하레밀에게 영혼을 요구했다.

핵의 진동이 더욱 심해졌다. 당장에라도 단상 밖으로 튕겨날 듯했다. 서지아는 팔짱을 끼고 그 모습을 보고만 있었다. 하레밀은 떨리는 목소리로 말했다.

"멈춰야 합니다. 지금 핵 코어 속에 깃든 정신이 폭주하면……"

당장 달에서 본 남아메리카의 모습이 떠올랐다. 한때 그토록 번영했던 인간 문명의 보루는 이제 핏빛 황무지로 변해 있었다.

"아니."

서지아가 하레밀을 제지하면서 말했다.

"그대로 둬."

핵이 내뿜는 붉은빛이 더욱 강렬해지면서, 초지능의 물리적 실체가 자리한 공동이 핏빛으로 번쩍였다. 서지아는 소리 내어 웃기 시작했다. 그의 찢어질 듯한 웃음소리가 점점 더 커졌다. 하레밀은 자신의 브레인웨어로까지 엄습하는 고통을 느꼈다. 그의 자세가 무너져내렸다.

빛으로 된 인간이 신록에게 손을 뻗었다. 이명이 울리는 것을 느끼면서, 신록은 뒷걸음질 쳤다. 빛 인간은 홀로그램 디스플레이의 경계 너머로 나올 수 없었다. 그의 표정에 방금 전보다 더 큰 절망이 어렸다. 신록은 사람이 그토록 고통스러운 표정을 지을 수 있다고는 생각도 하지 못했다. 연다현이 신록의 앞을 막아섰다. 빛으로 된 인간은 무릎을 꿇었다. 그 주변으로 빛의 점들이 무의미한 이합집산을 반복했고, 그의 몸 또한 몇 번 점멸했다.

머리가 터질 것같이 아팠다. 당장 현기증 때문에 옆으로 쓰러질 것 같았다. 빛으로 된 인간이 깜박였다. 빛으로 된 인간은 뒤틀린 목소리로 말하기 시작했다.

"내. 가. 내가 괴로워. 너무. 나도 괴로워. 끝, 끝내 줘. 빨리. 제발, 너무나도 고통, 스러워. 온통 고통뿐이야."

강당이 그가 내뿜는 소리로 울리기 시작했다. 아니, 세상 자체가 울리고 있었다. 수전증을 앓는 거인이 별누리를 붙잡고 있는 것 같았다. 땅이 흔들리면서, 강당 위에 불안정하게 매달려 있던 고전적인 전등 하나가 떨어져 산산조각 났다. 신록이 한쪽 무릎을 꿇었고, 연다현이 테이블에 손을 올렸다.

서나루가 눈을 떴다. 깜박임이 끝났다. 빛으로 된 인간은 잠시 허공에 굳어 있더니, 색을 잃으면서 공허 속으로 사라졌다. 천천히, 그러나 세상은 확실히 안정을 찾았다. 신록은 어질거리는 몸을 애써 일으켰다. 하지만 이번엔, 다른 것이 닥쳐 왔다.

"쉬어요."

쓸쓸하게 속삭인 다음, 그는 신록 쪽으로 고개를 돌렸다. 연다현이 신록을 달래는 것이 보였다. 신록의 연두색 눈에서 눈물이 끝도 없이 흘러내리고 있었다 신록의 표정은 서럽다기보다는 당황스러워 보였다.

그의 생각이 옳았다. 신록은 지금 자신이 느끼는 격렬한 감정을 도저히 이해할 수가 없었다. 신록의 마음속에서 애정과 증오와 슬픔이 하나 되어, 수십 가지 색채의 소용돌이가 되어 춤을 추고 있었다. 신록이 이와 비슷한 감정을 조금이나마 느껴 본 사람은 단 하나뿐이었다. 리원. 하지만 이 감정은 리원을 향한 감정이 아니었다. 리원은 지금 신록과 6억 킬로미터 떨어진 지구에 있었다. 신록은 리원이 그리웠지만, 그를 위해 이토록 울고 싶지는 않았다. 애초에 이토록 울어 본 적이 없었다.

낯선 감정을 애써 추스리면서, 콧물을 삼키면서 신록은 말했다.

"저건 뭐죠? 어떻게 나와 저렇게 같을 수 있는 거죠?"

"혜린입니다."

"혜린?"

"서소원의 친구이자, 배양인입니다."

연여인이 그 이름을 신록의 머릿속에 새겨 놓았다. 코란트의 1순위 상속자. 그리고 서윤안을 죽인 자. 누굴 이용해서? 서나루가 덤덤하게 말했다.

"서윤안 회장을 저격한 사람. 그리고 서지아가 그의 정신을 초지능의 핵 속에 복사해 넣었어요."

"정신을?"

"당신도 느꼈겠지요."

간신히 구역질을 참은 서나루가 신록을 가리켰다. 그는 지독하게 익숙한 연두색 눈과 초록색 머리칼을 바라보았다. 이미 먼 옛날이 되었다고 생각했지만, 그때 그 순간 서나루가 보고 느꼈던 수많은 기억이 머릿속에서 요동쳤다. 그 수많은 기억을 위해서, 서나루는 한때 아끼던 친구와 같은 모습을 타고난 이에게 말했다.

"서지아는 남아메리카에서 일어났던 일을 여기 다시 한번 재현하려고 합니다. 초지능의 핵 속에 하나의 정신을 주입하고, 그 정신을 조작하는 방법으로요. 그걸 막을 방법은 하나뿐입니다. 혜린과 완전히 같은 유전자를 가진 100번째 하플로타입인 당신. 당신이 핵에 직접 간섭해야 합니다."

신록은 세상이 그에게 말을 거는 이유를 알았다.

"아니…… 아니야. 나는……"

신록이 주저앉았다. 수많은 정보가 격류가 되어 그의 머릿속에서 스쳐 지나갔다. 세상이 신록에게 신록의 목소리로 소리치고 있었다. 신록이 일어섰다.

"아냐, 아냐."

그는 무작정 뒤로 돌아 달리기 시작했다.

"오직 당신만이 할 수 있는 일입니다!"

서나루가 소리쳤지만 신록은 멈추지 않았다.

10

햇빛로에는 차폐막이 쳐져 있었다. 새벽으로 합의된 시간이었다. 방주에는 인공적인 어둠이 짙게 내렸다. 신록은 침대 위에 누워 있었다. 플라스틱 섬유에서 일어난 보풀이 신록의 등을 간질였고, 고체 같은 암흑과 침묵이 신록을 짓눌렀다. 그 사이에 낀 채로 신록은 자신의 심장이 뛰는 소리를 들었다. 신록은 천천히 입을 움직이고 성대를 울렸다. 침묵이 부스러졌다.

"혜린."

신록은 스스로 말한 이름을 듣고 몸을 떨었다.

코란트의 100번째 하플로타입의 소유자. 신록과 유전자를 공유하는 자. 단 한 번도 만나 본 적이 없는 사람이 자신과 똑같은 몸을 가졌다는 사실을 신록은 마음속에서 이리저리 굴려 보았다. 다른 배양인들에게는 지나치게 일반적인 일이겠지만 신록에게는 와닿지 않았다.

언젠가였나, 신록은 리원에게 같은 하플로타입을 가진 사람과 상호작용하는 것이 어떤 느낌인지 들은 적이 있었다. 배양인들은 자신과 같은 사람에게 동질감과 미묘한 혐오감을 동시에 느낀다고 했다. 배양인은 무성적인 존재였지만, 유전적으로 유사한 인간의 교합을 막기 위해 자연이 빚어낸 본성은 남아 있는 것이었다. 어떻게든 다른 존재와 구분되고자 하는 인간의 실존적인 욕구가 후천적으로 만들어 낸 감정이기도 했다.

신록은 머릿속에 리원을 그렸다. 브레인웨어가 그의 심상을 강화했다. 어느 때보다 정확하게 신록은 리원을 떠올릴 수 있었다. 리원과 함께 있을 때보다, 두 눈으로 보고 있을 때보다 더욱 정교하게 그 생김새를 마음속에 그릴 수 있었다. 머릿속에서 만들어진 리원이 말했다.

"너도 알잖아. 네가 거기서 태어난 미인가 배양인인 거. 나는 네가 세상에 불행을 더 만들지 않았으면 좋겠어. 내겐 그냥 네가 목적이야. 그냥 우리 둘이 살면……"

신록이 머릿속에서 그 목소리를 다시 한번 재생했다. 신록은 리원에게 말했다. "아니, 나는 암시장에서 태어난 미인가 배양인이 아니야. 차라리 그랬으면 나았을 텐데."

그는 자신의 정체성에 대해 깊이 생각한 적은 없지만, 어딘가에 자신의 자매가 있을지도 모른다는 생각을 한 적도 있었다. 만약 자신이 실패한 프로토타입 실험의 산물이라면, 서울 뒷골목에 비슷한 유전자를 가진 사람이 구르고 있을 거라고.

하지만 그의 자매를 이런 식으로 발견하게 될 거라고는 전혀 생각하지 못했다. 그의 자매는 코란트의 왕을 시해한 자였다. 그 대가로 이 세상의 핵에 이식되는 벌을 받은 자였다.

그날 텅 빈 학교에서 울리던 목소리가 신록 속에서 다시 한 번 들렸다.

"홀로그램 따위야 원한다면 얼마든지 만들 수 있어. 날 바보로 알아?"

기억 속에서 추상화되지 않은, 날것 그대로의 목소리가 들렸다. 그 순간 신록의 정신은 제3 거주구역의 낯선 방 안에 있지 않았다. 신록의 정신은 다른 차원의 시공간 속을 날아다니고 있었다. 신록은 하늘에 떠서 낯선 각도로 자신을 바라보았다. 신록은 자신이 거짓말을 하고 있다는 것을 알았다. 이미 여섯 번째 감각은 열려 있었다. 별누리가 그에게 다가와 있었다.

"초지능 핵 속에 정신을 넣었다면, 그 정신이 뭐든 할 수 있는 거잖아요. 그런데 왜 안에서 고통받고 있는 건데요? 말이 안 돼요. 전능한 게 어떻게 벌이 되는데요?"

따져 드는 신록을 보고 서나루가 고개를 끄덕였다.

"인간의 정신이 취약하지 않다면 그것은 벌이 아니었겠지요. 하지만 인간의 정신은 무한한 정보에 연결되기에는 너무나 약합니다."

신록은 기억의 재생을 정지했다. 서나루가 감정에 북받친 채로 이야기하는 것을 다시 듣고 싶지 않아서였다.

초지능 자체에는 타인을 제압하고자 하는 욕망이 없다. 욕망은 생명의 유전자에 새겨진 꿈에 지나지 않는다. 초지능은 그저 존재할 뿐이다.

그 때문에 혜린의 정신은 초지능의 핵 속에 복제되었다. 뇌세포가 연결되어 만들어진 신경망을 그대로 핵 속에서 시뮬레이션하는 방식으로. 그리고 그 속에서 그 정신을 가능한 모든 방법으로 고문한다. 초지능을 제어하는 핵을 고문하여, 그것을 유순하게 만든다. 서지아는 남아메리카에서 일어난 파국에서 분명한 교훈을 얻었다. 수십만 명의 정신을 핵에 연결하는 것보다 훨씬 더 단순명료한 방법을 찾아낸 것이다.

신록은 정보의 심연 속에서 타오르는 정신을 상상했다. 한 사람의 영혼이 이 모든 악몽을 거치고, 그 어떤 욕망도 결코 해결되지 못한 채 녹은 지방 덩어리처럼 사고에 엉겨 붙는 것을 그렸다. 한 사람의 마음이 품을 수 있는 다양한 모순이 들끓는 것을 떠올렸다. 인간은 그 인지적 한계 때문에 자신의 모순을 견딜 수 있다. 하지만 초지능 속의 인간 정신은 자신의 모든 모순을 낱낱이 깨달을 수 있다. 소름이 돋았다.

"초지능의 핵을 해킹하는 데 당신의 유전자가 필요합니다. 오직 혜린과 같은 유전자를 가진 당신만이 초지능의 핵에 직접 접속할 수 있으니까요. 초지능에 접속해서 통제하여, 다현이 그 동안 별누리를 해킹할 수 있도록 해 주십시오."

"하지만 무얼 위해서요……? 당신은 코란트 혈족이잖아요. 서지아가 초지능을 다루면 좋은 거 아닌가요?"

서나루가 고개를 저었다. 그가 연다현 쪽을 바라보고 말했다.

"서소원 형과 혜린은 내 친구였으니까요." 목이 메인 듯, 서나루는 밭은기침을 하고는 말했다. "내 친구들이 그렇게 사용되는 것을 두고 볼 수는 없습니다."

신록은 기억의 재생을 중단했다. 다시 현실이 돌아왔다. 천장은 낮고 어두웠다.

"제가 그런 일을 해야 한다고요? 저는 그냥 서울의 뒷골목을 뒹굴면서 마약이나 팔고 살던 하찮은 배양인일 뿐이라고요!"

그 모든 것이 우스꽝스러운 농담처럼 느껴졌다. 신록은 잉태인이, 그것도 잉태인의 가장 위쪽 계급에 있는 사람이 배양인을 신경 쓴다는 게 실감이 나지 않았다. 어떻게 잉태인과 배양인이 친구가 될 수 있지?

하지만 서나루의 말이 모두 거짓말은 아니었다. 너무나도 명징한 증거가 신록의 마음속에 있었다. 신록은 천장으로 손을 뻗어 보았다. 손바닥의 중심을 원점으로, 가장 가까운 반중력 드론은 구면좌표계로 0.73킬로미터, 47도, 21도에 존재한다는 것을 신록은 즉각적으로 알 수 있었다. 현실을 가장 넓고 정밀하게 지각할 수 있는 또 다른 우월한 감각이 신록 안에 새롭게 눈뜬 것 같았다.

그의 마음속에 별누리가 직접 연결되어 있었다. 완전하지는 않지만, 그는 미약하게나마 초지능에 접촉할 수 있었다. 그 덕에 이 거대한 우주선의 일부를 신록은 자기 몸처럼 생생하게 느낄 수 있었다. 기억을 마음대로 오가며 홀로그램처럼 재생할 수 있었다. 연여인과 연다현이 부리던 마법을 흉내 내는 것도 가능했다. 아니, 신록이 훨씬 더 우월했다. 그 둘이 지금의 신록을 목격했다면 감히 스스로를 비교하지 못했을 것이다. 둘이 정보의 흐름을 억지로 비집고 들어가 조잡한 조작을 가한다면, 신록은 정보의 흐름 자체가 될 수 있었다.

이 거대한 우주선의 정신이 신록에게 닿아 있었다. 신록을 괴롭히던 두통도 이제 잦아들었다. 혜린이 그에게 무언가 바라고 있는 것이다. 하지만 여전히 신록은 그 의도를 짐작할 수 없었다. 어쩌면 아무 의도도 없는 것일지도 몰랐다. 그저 오류에 지나지 않을 수도.

신록은 깨어나길 바랐다. 신 서울의 높은 층에서 일어나 리원과 시시콜콜한 이야기를 나누기를 간절히 바랐다. 그곳이야말로 가장 안전한 곳이었다. 그러나 이 모든 것은 꿈도, 신스가 빚어낸 환각도 아니었다. 확실히. 이런 환각을 빚어내기엔 신 서울의 구석에 처박혀 있던 신록의 지식과 경험이 너무나도 부족했으니까. 이건 분명한 현실이었다. 그가 느끼는 까끌까끌한 플라스틱 섬유의 촉감만큼이나 명백한 현실이었다. 현실의 중압감이 별누리보다 무거운 실체가 되어 그를 짓눌렀다.

신록은 자신의 앞에 리원의 형태를 그렸다. 홀로그램처럼 공중에서 피어난 리원이 그를 바라보았다. 신록은 그 형상을 보면서 말했다.

"네가 옳았어. 그냥 서울에서 함께 사는 게 훨씬 행복했을 거야."

리원은 답하지 않았다.

신록은 다만 바란 적도, 예측한 적도 없던 책임으로부터 도망치기를 바랐다. 신록은 세상에 그 어떤 빚도 지지 않았다. 그럼에도 이 세상은 그를 가두고 있었다.

일주일이 지났고, 유전체 연구소 내부의 분위기는 흉흉했다. 소장 알푸릴이 제1 거주구역에서 요양하기 시작했다는 공지가 내려왔다. 높은 중력에 오래 노출된 월인들이 걸리는 만성 신부전 탓이라 했다. 물론 연구소 사람들은 그런 공지를 믿지 않았다. 알푸릴의 신스 중독이 지나치게 심각해진 게 뻔했다.

아리로서는 신스에 의존하는 것을 이해하기 힘들었지만, 그래도 그를 탓하지는 않기로 했다. 나름대로의 사정이 있으리라고 생각하고 싶었다. 그렇게 생각하니 아리에게는 더욱 신록이 눈에 밟히지 않을 수가 없었다. 신록은 갈수록 괴로워 보였다. 그 초록머리 배양인은 반응 중인 바이오매스로 절절 끓는 배양통들 사이를 산만하게 돌아다녔다. 잠도 제대로 자지 않는지 피부는 빠르게 푸석해졌고, 눈 밑은 짙게 화장한 잉태인처럼 시커메졌다. 휴식 시간에 함께 식사라도 권하려고 해도 신록은 순식간에 어딘가로 사라지곤 했다. 마치 누군가로부터 숨으려고 하는 것 같았다.

그제야 아리는 신록이 '연습용'으로 사용한다던 들들 끓는 배양통에 신경을 쓰게 되었다. 대장균들이 끝없이 토해내는 물질을 그제야 확인해 보았다. 신스였다. 그는 왜 신록이 알푸릴의 신스 이야기를 듣고 그렇게 놀랐는지 깨달았다. 그건 경악이 아니라 동조자로서의 찬탄에 가까웠다.

아리는 신록을 경멸하지 않았다. 백번 천번 이해할 수 있었다. 별누리라는 낯선 환경에서 많이 혼란스러울 것이다. 그리고 신록은 신 서울의 그림자 밑에서 굴렀던 배양인이었다. 신록이라면 감정적 스트레스를 신스로 해결하는 데 익숙했을 것이다. 그런 가혹한 환경에서 개인이 일탈하는 것은 어쩔 수 없는 일이다.

다만 지금이야말로 사려 깊은 친구가 도와주어야 할 때였다. 그건 아리의 의무였다. 그래서 그는 퇴근 후에 빠르게 사라지려는 신록의 어깨를 붙잡았다. 그러자 신록이 기겁하면서 뒤를 돌아보았다. 아리는 손끝으로 전해지는 떨림을 느끼고는 방긋 웃었다. 아리의 얼굴을 보자 신록의 긴장이 살짝 풀렸다.

"매일 어딜 그렇게 사라지는 거니?"

"날 내버려 둬."

차가운 대답이 돌아왔다. 하지만 아리가 그 정도로 포기할 리가 없었다. 충분한 노력이 있다면 반드시 좋은 결과를 얻을 수 있다, 그것이야말로 그의 인생에서 단 한 번도 틀린 적 없는 믿음이었으니까.

"고민이 있으면 나눠야지. 우린 친구라며?"

피로에 찌든 채로 신록은 아리의 눈을 바라보았다. 그는 자기 마음속에 별누리에 등록된 아리의 정보가 밀려드는 것을 느꼈다. 신록은 오늘 아리가 어떤 동선으로 집에서 연구소로 출근했는지까지 알았다. 아리가 지금 어떤 생각을 하는지도 미약하게 알았다. 별누리의 초지능이 그에게 직접 속삭여 주었다.

신록은 지금 자신이 느끼는 것을 아리가 조금이라도 이해할지 의심스러웠다. 어떻게 우리가 친구일 수 있다고 생각하니, 감히?

신록은 아무것도 모르고 웃는 아리의 얼굴을 슬픈 눈으로 바라보았다. 아리는 그저 웃을 뿐이었다. 신록은 그렇게 웃을 수 있는 아리가 진심으로 부러웠다. 그 수많은 행운이 쌓여 이 추악한 세상을 그토록 아름답게 볼 수 있다는 것에, 질투라도 날 지경이었다.

"같이 좀 걷지라도 않을래?"

아리가 물었다. 신록은 지난 일주일을 떠올렸다. 자신을 어떻게든 찾아내려는 연다현을 피하는 일주일이었다. 그다지 어렵지는 않았다. 정신적으로는 괴로웠지만 말이다. 그가 세상에 갚을 빚 따위 없다는 것을 잘 알고 있었다. 유전자를 타고난 것은 죄가 아니다. 하지만 큰 죄를 짓는 것만 같았다. 신록은 아리의 눈을 바라보았다. 어쩌면 조금이라도 기분이 좋아질 수 있을까.

"좋아. 따라와."

신록은 실험해 보기로 했다.

"어디로 갈 거야?"

"제2 거주구역."

"응? 거기는……"

신록은 더는 말하지 않고 방을 나섰다. 아리가 그의 뒤를 다급히 따랐다.

　제2 거주구역은 황금기 시절의 교외를 모방하여 만들어졌다. 기분 좋은 산들바람이 제각기 개성을 뽐내는 주택들 사이를 훑었다. 햇빛로의 빛을 받고 자라난 잔디 위에 동그란 이슬이 맺혀 있었다. 별누리가 지어지기 전부터 설계된 그대로였다.

　드론을 통해 관리되던 잔디밭은 신록의 엉덩이라는 생각지도 못한 폭격을 받았다. 그가 그 위대한 잔디들 위에 아무렇게나 풀썩 주저앉은 것이다. 아리는 기겁했다.

　"지금 뭐 하는 거야?!"

　"왜, 좋잖아?"

　"우리가 제2 거주구역에 발을 들이는 것도 이미 나쁜 일인데. 자, 잔디를……"

　신록은 피식 웃었다. 아리는 신록이 교회 한복판에서 똥을 싸는 걸 목격하기라도 한 듯한 표정이었다. 신록은 하늘을 가리켰다. 구름 몇 점이 떠다니는 새파란 하늘 밑에 드론 몇 기가 일벌처럼 날아다니고 있었다. 드론 중 하나가 갑자기 신록 쪽으로 날아와서 위협하거나 할 것 같지는 않았다. 목가적인 풍경이었다. 신록이 몇 번 자기 옆의 잔디를 팡팡 쳤다.

　"아무 신경도 안 쓰는데. 뭐 어때?"

　"그래도…… 그건 안 돼."

"별일 안 일어나."

신록은 자기 옆으로 오라고 손짓했지만, 아리는 그 위로 올라가진 못했다. 신록이 브레인웨어를 통해 드론들이 아예 둘을 인식도 하지 못하게 해 두었다는 것을 아리가 알 리 없었다. 신록은 별누리의 일부를 제어하는 능력이 갈수록 익숙해졌다. 어쩔 수 없다는 듯 신록은 다리를 앞쪽으로 뻗었다. 길 위에 멍청하게 선 아리를 보자 신록은 못내 유쾌했다.

신록은 잔디밭 위에 누워서 깔깔깔 웃었다. 아리는 신록이 왜 그렇게 즐거워하는지 이해하기 힘들었다. 하지만 신록이 웃는 것을 보니 기분이 좋았다. 애초에 아리가 원하는 것이 그것이었다. 목표를 이룬 아리도 신록을 따라 헤벌쭉 웃었다. 잔디 안으로 들어갈 순 없었지만.

웃음이 곧 멎었다. 신록은 하늘을 바라보았다. 제2 거주구역의 하늘은, 우주공항에서 보았던 지구의 하늘보다 더 청명한 하늘색이었다. 신록은 아리에게 물었다.

"아리, 너는 네가 세상을 바꿀 수 있다면 바꿀 거야?"

"갑자기 그게 무슨 말이야?"

신록은 아리의 질문에 답하는 대신, 자기 이야기를 계속했다.

"세상에 신이 있고 네가 신을 만났다고 쳐 봐. 너는 신한테 왜 너를 불렀냐고 물어. 그런데 신이 말하는 거야." 신록은 목소리를 살짝 낮췄다. "내가 세상을 만들어 봤는데, 어떤 사람들은 이 세상을 아름답게 생각하지 않는 것 같다. 그래서 세상의 판을 바꿔 볼까 생각 중이다. 네가 인간의 대표로 뽑혔으니 네 의견을 묻고 싶다. 이럼 넌 뭐라 할 거야?"

신록은 어떤 대답이 나올지 짐작해 보았다. 아리는 세상을 바꾸지 않을 것이다. 아마 그냥 그대로 두겠지. 아리에게 항상 세상은 우호적이었으니까. 세상에서 고통을 받는 건 세상 탓이 아니라 그 사람의 탓이라고 생각할 테니까. 신록은 아리를 알았다. 적어도 그런다고 믿었다.

눈을 꼭 감고, 신록은 햇빛로의 빛을 즐겼다. 서울에서는 누리기 힘든 호사였다. 그런 점에서는 별누리도 나쁘지만은 않았다. 그는 이 시간을 영원으로 잡아 늘리고 싶다고도 생각했다. 리원과 함께 있으면 더욱 좋을 텐데.

그동안 아리는 신록이 신스로 인한 환각을 보고 있다고 확신했다. 신스 중독자는 어떻게 다뤄야 하지? 그는 알 수 없었다. 아리의 삶에는 신스가 낄 구석이 없었으니까.

일단 장단을 맞춰 주는 게 좋을 거라고 생각했다.

"음, 글쎄, 바꾸는 게 좋지 않을까?"

예상치 못한 대답을 듣고 신록은 상반신을 일으켰다. 입술을 살짝 내밀고 생각에 깊게 빠진 아리를 보면서 신록은 물었다.

"왜?"

"그냥, 세상이…… 내가 어떻게 하는지도 중요하지만, 그보다는 운이 더 중요하잖아? 태어날 때부터 배양인이냐 잉태인이냐에 따라 많은 게 갈린다든지. 그런 걸 신이 바꿔줄 수 있다면 좋지 않을까?"

"너도 운이 좋은 편이었잖아."

신록이 묻자 아리는 멋쩍게 웃고는 말했다.

"나도 당연히 그런 생각을 하지. 그런데 내가 바꿀 수 없는 걸 생각해 봐야 무의미한 일이잖아. 내가 해결할 수 없는 문제를 계속 생각하면 우울해지기만 하고, 머리만 아파. 그럴 바에야 당장 지금의 나랑 내 친구들이 행복하게 살 수 있길 바라. 적어도 그건 내가 통제할 수 있는 일이잖아?"

"네가 그렇게 말할 줄은 몰랐네."

"그럼 어떻게 말할 것 같았는데?"

신록의 얼굴이 빨개졌다. 아리는 그가 믿던 대로 막연히 단순하기만 한 존재가 아니었다. 신록은 결코 아리를 완전히 이해하지 않았다. 그럴 수도 없을 것이었다. 그 또한 나름의 가치관을 가지고 이 세상을 살아가는 한 사람이었다. 아리 속에는 신록과 같은 크기의 정신이 있었다. 다른 모든 배양인과 잉태인이 그렇듯이. 신록은 그제야 아리가 자신과 같은 사람이라는 걸 납득할 수 있었다. 신록은 아리가 아무 생각도 하지 않고 살아간다고 믿고 있었던 것이다.

"네 말이 맞아."

수치심을 곱씹으면서 신록은 일어났다. 아리는 왜 신록의 얼굴이 그렇게 시뻘게졌는지 알 수 없었다. 일어나면서 신록은 자기 정신에 닿는 기계 신의 힘을 다시금 자각했다. 현기증이 느껴졌다. 별누리는 너무나도 평온하게 보였지만 이 세상의 핵은 천천히 미쳐 가고 있었다. 신록은 서지아가 어떤 사람인지 몰랐다. 하지만 그가 하는 행동이 악하다는 건 분명했다.

"만약 세상을 더 나은 길로 가게 할 수 있다면, 그렇게 해야 겠지."

신록이 주먹을 쥐었다.

"난 우리 일터에 들러야겠다."

그는 비장하게 연구소 쪽으로 걷기 시작했다. 신록이 고개를 뒤로 돌렸다. 둘의 시선이 교차했다. 신록이 툭 던지듯 말했다.

"그리고, 나 신스 중독 때문에 이러는 거 아니거든. 걱정 마."

"뭐?"

신록은 답하지 않고 그저 피식 웃은 다음 연구소로 걸어갔다.

아리는 그 뒷모습을 보면서 고개를 갸우뚱거렸다가, 자신이 제2 거주구역의 허락되지 않은 곳에 있다는 걸 깨달았다. 깜짝 놀란 아리는 승강기 허브를 향해 다급히 뛰었다. 다행히 그 어떤 잉태인과도 마주치지 않았다.

승강기 허브에 도착하기 전까지, 오늘은 더 이상한 일이 없기를 바랐다.

그 바람은 이루어지지 않았다.

서지아는 승강기 허브 안에 서서 냄새를 맡았다. 미묘한 땀 냄새가 났다. 대부분의 사람은 눈치채지도 못할 만큼 미약한 냄새였다. 방금 전까지 이곳에 여러 배양인이 땀을 흘리며 서 있었던 모양이다. 별누리의 시설은 드론에 의해 꾸준히 보수되었지만, 심지어 기계조차 그 모든 오염을 완전히 지워 버릴 수는 없었다.

오염의 근원을 지워 버리지 않는 한 오염은 남는다. 그리고 오염의 근원은 항상 인간이었다. 서지아는 사람이 싫었다. 조잡한 항상성을 유지하기 위해 온갖 액체를 질질 흘리는 그 유기물 덩어리들이 그토록 한심할 수가 없었다. 그에 반해 기계는 얼마나 아름다운가. 그것은 불평하지 않는다. 쓸데없는 감정과 욕망을 품지도 않는다. 그것은 고고히 존재하며 자신의 임무를 수행할 뿐이다. 소수의 사람만이 살아가는 기계 낙원이 지금의 세상보다 훨씬 더 아름다울 것이다.

초지능이 완전히 통제되지 않기에, 그래서 모든 변수를 처리할 수 없기에, 별누리와 지구에는 배양인이 필요했다. 그것은 이 세상을 유지하기 위해 감내해야만 했던 흠결이었다. 하지만 얼마 남지 않았다. 기다려야만 했다. 기다릴 수 있었다.

서지아는 눈을 감았다. 브레인웨어를 통해서 그에게 연결된 별누리가 느껴졌다. 별누리가 그에게 정보를 보내고 있었다. 서지아는 신록의 존재를 생생히 느낄 수 있었다. 이 세상에 연결된 혜린의 자매를. 그는 분명히 서지아보다 이 별누리에 더 강력하게 결속되어 있었다. 초지능과의 연결 강도만으로 따지면 서지아는 지금 당장 신록을 이길 순 없었다.

하지만 서지아는 자신이 질 리가 없다는 것을 알았다. 쥔 힘 따윈 상관없었다. 그들의 마음속에는 복종이 새겨져 있으니까. 신 서울에도 배양인이 잉태인보다 압도적으로 많았지만, 잉태인은 언제나 그들 위에 군림했으니까.

"부회장님……?"

서지아는 눈을 떴다.

배양인 하나가 믿을 수 없다는 표정으로 서서 그의 은빛 머리카락을 바라보고 있었다. 서지아는 말했다.

"이젠 선장이지. 오랜만이야, 이름이 아리였나?"

"감사합니다. 제 이름을 기억해 주셔서……"

"당연한 거지."

아리는 이 영광을 대체 어떻게 표현해야 할지 알 수 없었다. 승강기 허브 내의 조명은 살짝 어두침침했지만, 그는 햇빛로의 빛이 자신에게 쏟아지고 있는 것만 같았다. 아리가 차마 말을 하지 못하는 동안 서지아가 다시 입을 열었다.

"묻고 싶은 게 있다."

비현실감에 질식할 것 같은 채로, 아리는 경련하듯 고개를 끄덕였다. 서지아는 인상을 살짝 찡그렸다. 그는 아리를 보았다. 결코 자신을 해하지 않을 도구로서의 인간이었다. 그는 자기 도구에게 물었다.

"최근에 신록이라는 배양인과 친해졌던데. 그렇지?"

11

신록은 텅 빈 복도를 걷고 있었다. 그 끝에는 표본 보관실이 있었다. 이 복도에서 그는 연다현을 처음 만났고, 리원과 이야기를 나눴다. 리원.

그는 그것이 신스가 만든 환각이라고 믿었다. 신스가 죄책감과 책임감을 자극하여 환각을 목격한 것이라고. 하지만 이제 무엇 때문에 환각을 보았는지 확실하게 알 수 있었다. 그건 신스가 빚은 환영이 아니었다. 그 환각은 별누리에 있는 정신이 신록에게 접근해서 만들어 낸 것이었다. 별누리의 초지능이 그에게 다가오려고 시도했던 것이다. 초지능이 그 장소에 관심을 기울이고 있었다. 별누리의 곳곳에 감각의 촉수가 뻗은 지금도 신록은 그 이유를 이해할 수 없었다. 어쩌면 그 속에서 신록은 초지능의 광기를 조금이나마 이해할 수 있을지도 몰랐다. 서지아의 의도가 거기에 숨어 있을지도 몰랐다.

별누리의 다른 부분에서 일어나는 일은 천리안이라도 가진 듯 청명하게 인식할 수 있었지만, 보관실 안에는 대체 무엇이 일어나는지 알 수 없었다. 물론 그 안에 전자적으로 연결된 물건이나 드론이 하나도 없다거나 하는 단순한 이유일 수도 있었다. 아무리 초지능이 전지해도, 감각기가 없다면 세상을 지각할 수 없는 법이다. 아니면 초지능이 그곳을 숨기고 싶어하거나.

다른 누군가에게 들킬 걱정 따윈 하진 않았다. 신록은 지금 투명했다. 물리적으로 빛을 반사하지 않게 되었다는 뜻이 아니다. 브레인웨어가 연결된 사람이라면 신록을 인지할 수 없을 것이다. 신록은 브레인웨어 조정으로 타인의 인지에서 자신을 숨길 수 있었다.

"왔어?"

예상대로 리원의 목소리가 들렸다. 동요하지 않을 수가 없었다. 왜 하필이면 리원의 목소리지. 하긴, 초지능은 원한다면 신록의 마음쯤이야 손바닥 보듯 훤히 읽을 수 있겠지. 신록은 선명한 정신을 유지하기 위해 애를 썼다.

그 내부에서는 혜린의 정신이 시뮬레이팅되고 있을까? 알 푸릴은 왜 이곳에 대한 접근 권한을 준 것일까? 여전히 겁이 났다. 보관실 안으로 들어가는 순간 파멸을 맞을 것만 같았다. 초지능 속을 떠도는 정신의 격류 속에 휩쓸려, 뇌가 말 그대로 새까맣게 타 버릴지도 몰랐다.

신록은 아리를 생각했다. 만약 자신을 대체할 사람이 있었다면 그렇게 했을 것이다. 하지만 신록 말고는 할 수가 없는 일이었다. 원하든 원치 않든.

"신록!"

리원이 부르는 자신의 이름을 들으면서 신록은 걸었다. 왈칵 눈물이 흘렀다. 자기 것이 아닌 감정이 그의 마음속에 차올랐다. 중성자별 위를 걷는 것처럼 발걸음이 무거웠다. 신록은 문에 닿았다. 알푸릴이 준 권한은 이제 필요 없었다. 신록은 정신만으로 문을 열었다. 어두컴컴한 보관실에 즉시 빛이 들어왔다.

수십, 수백 개의 배양통이 보였다. 지금까지 신록은 그토록 많은 배양통을 본 적이 없었다. 성인을 담을 수 있는 크기로, 표준 규격 이상의 배양통이었다. 일반적으로 사용되는 배양통은 그렇게 거대하지 않다는 걸 신록은 이미 잘 알았다. 배양인들은 거기서 16개월 동안 발달한 이후 세상으로 나가니까.

고요했다. 소리도, 전파로 퍼지는 신호도 없었다. 신록은 가장 가까운 배양통으로 천천히 걸어갔다. 배양통 내부는 탁하고 끈적한 배양액으로 가득 차 있었다. 안에 어떤 생체 표본이 떠 있는 게 거의 확실했지만, 내부가 잘 보이지 않았다.

신록은 배양통 아랫부분에 달린 패널을 확인했다. 다행히 패널 인터페이스는 신록이 사용해 오던 것과 전혀 다르지 않았다. 신록은 다이얼 하나를 돌렸다. 배양통에 달린 파이프에서 불쾌한 액체가 꿀렁거리면서 흘러나오기 시작했다. 신록은 먹은 걸 게워 내지 않으려 애썼다.

배양통의 수위가 점차 낮아지자 눈을 감은 배양인이 그 내부에서 드러나기 시작했다. 13~14살 정도로 보였다. 액체가 흘러나가면서 생긴 압력 차 때문에 배양인의 몸은 배양통 배출구 쪽으로 기괴하게 쏠린 채였다. 배양액이 3분의 1쯤 남았을 때, 배양인의 발이 배출구를 막아 버렸다. 배양액의 흐름이 멈췄다.

신록은 자기가 보고 있는 것을 도저히 믿을 수 없었다. 초록색 머리카락, 까만 피부. 그 외에 신체의 수많은 자잘한 특성들. 비록 배양액 속에 잠겨 퉁퉁 불어 있었지만 신록에겐 익숙했다. 거울 속에서 지겹도록 보아 왔던 모습이었으니까. 신록의 심장이 미친 듯이 뛰고 동공이 커다랗게 확장되었다.

그 배양인은 온갖 절망에 찌든 듯한 일그러진 표정을 한 채로 잠들어 있었다. 배양인의 광대가 꿈틀거렸다. 새로운 환경에서 배양인이 깨어나고 있었다. 신록은 완전히 얼어붙은 채로 배양인의 각성을 지켜보았다.

천천히 눈꺼풀이 열렸다. 연두색 눈동자가 드러났다. 배양인은 신록을 뚫어지게 쳐다보았다. 신록은 뒷걸음질쳤다. 다시 한번, 머리에 얼음 송곳을 내리꽂는 듯한 그 통증이 돌아왔다. 그때 침묵하고 있던 신록의 브레인웨어가 리원의 목소리로, 수십 수백 번 중첩된 듯한 목소리로 다시 말을 걸었다.

"신록, 왜 이제야 온 거야? 기다리고 있었잖아."

코란트의 100번째 하플로타입을 가진 수백 명의 배양인이, 뒤늦게 찾아온 자신의 자매에게 인사를 건넸다. 신록 주변의 환경이 급격히 녹아내리기 시작했다. 그의 정신이 또 다른 시간, 또 다른 공간으로 급격히 빨려 들어가기 시작했다.

혜린은 장엄한 복도 위를 질질 끌려가고 있었다. 완전무장한 두 군인이 그의 양팔을 붙잡은 채였다. 온몸의 감각 신경이 끔찍한 고통의 신호를 울부짖고 있었다. 혜린은 애써 고개를 들었다. 금속으로 된 복도 끝에 서 있는 세 대의 모노리스가 보였다. 모노리스들은 삼각의 진을 그리고 천장 끝까지 연결되어 있었다. 혜린은 그것이 무엇인지 알고 있었다. 누군가 설명해 준 적이 있었다. 지독히도 무의미한 일이었지만 애써 기억을 되새겨 보았다. 양자 컴퓨터였다.

그 양자 컴퓨터에서 가지 쳐 나오는 수많은 선이 중심의 단상으로 향했다. 그 단상 위에서는 무채색의 큐브가 중력을 무시한 채 떠서 돌고 있었다. 혜린은 고개를 다시 떨궜다.

차가운 금속 바닥의 표면에 그의 얼굴이 비치고 있었다. 초록색 머리, 연두색 눈, 검은 피부가 자세히 드러났다. 드러난 피부엔 성한 곳이 단 하나도 없어 보였다.

강제당하고 있는 상황에서 할 수 있는 것이 그것밖에 없었기 때문에, 혜린은 생각했다. 내가 어쩌다 이런 꼴이 된 거지? 분명 나는 서울에서 제일 은밀한 암살자였는데. 내가 붙잡힐 리가 없는데. 지금 내가 도대체 어떤 상황에 있는 거지? 서소원은 어딨지?

오래전부터 온갖 방법으로 고문받아 온 혜린의 현실 지각은 뒤틀린 지 오래였다. 혜린은 자신의 현실 지각을 믿기가 힘들었다. 자신이 어디로 끌려가고 있는지, 어떤 일이 일어날 것인지, 어떻게 될 것인지 알 수 없었다. 다만 자신이 파국으로 향해 가고 있다는 예감과 전신에 닥치는 고통만은 확실했다. 격렬한 고통은 그의 삶에 이제 상수가 되었으며, 이제 혜린은 고통의 부재 자체를 떠올릴 수 없었다.

필사적으로 기억을 더듬자, 혜린의 머릿속에 어떤 이미지가 가득 찼다. 믿을 수 없는 감정을 자신에게 준 사람의 얼굴. 삶의 색깔이 회색이 아닐 수 있는 수 있다는 사실을 알려 준 사람의 목소리. 세상 전체를 찬란하게 밝힐 수만 있을 것 같던 그

열정. 그 기억이 혜린의 고갈된 삶의 의지에 미약한 불꽃을 밝혔다.

혜린은 그 목소리를 기억했다. 혜린은 그때 빛나던 서소원의 얼굴을 기억했다. 자신이 그 순간만을 누리기 위해 태어났더라도 괜찮을 것 같았다. 그가 바라는 세상을 감히 상상도 할 수 없었지만, 그 세상에서 서소원이 웃는 것을 보면 아주 좋을 것만 같았다. 하지만 지금은?

그 이미지가 다른 기억으로 이어지면서, 혜린의 뭉개진 집게손가락이 몇 번 꿈틀거렸다. 혜린은 또 한 번 방아쇠의 촉감을 느꼈다. 평생 동안 든든한 반려가 되어 준 플라즈마 관통저격총에 달린 방아쇠의 촉감을. 방아쇠를 당기자마자, 들끓는 송곳 형태의 초고열 플라즈마가 총구에서 튀어 나간다. 그 무시무시한 탄환의 비행은 인식할 수조차 없는 찰나에 끝난다.

플라즈마 탄환이 코란트의 지배자 서윤안의 두개골을 비집고 들어간다. 뉴런과 글리아 들이 바싹 구워지고, 신경 신호를 잃은 몸이 경련하면서 허물어진다. 그토록 커다란 힘을 가진 자도 결국 나약한 유기체에 불과한 것이다.

성공이다. 언제나처럼. 혜린은 즉시 은신처를 벗어난다. 수백 수천 번을 검토했던 탈출 경로로 혜린은 달린다. 혜린의 가슴이 미친 듯이 뛰기 시작한다. 공포는 아니다. 계획은 완벽했으며, 최소한의 변수마저 통제되었다. 이건 기쁨으로 인해 발생하는 흥분이다. 흥분조차 이상하다. 혜린은 일을 해내고 흥분 따위를 느끼지 않았다. 이건 과도한 감정이다.

혜린은 그 흥분을 뒤늦게 이해한다. 혜린은 자신이 아끼는 유일한 사람이 기뻐할 거라는 사실에 들뜬 것이다. 이제 더 나은 미래가 올 거라는 사실에 들뜬 것이다. 자신이 세상을 구했다는 사실에 들뜬 것이다. 하지만 동시에 혜린은 혼란스럽다.

혜린은 자신이 서소원에게 느끼는 감정을 뭐라 말할지 설명하기가 힘들다. 이건 사랑일까? 하지만 배양인은 로맨틱한 감정을 느끼지 못하도록 설계되었다. 혜린은 사랑이라는 개념 자체를 이해하기 힘들다. 그렇다면 이건 우정일까? 물론 배양인은 우정을 느낄 수 있다. 하지만 배양인이 코란트의 1순위 상속자에게 우정을 느낀다는 게 가당키나 한 일일까?

어색하지만, 혜린은 왠지 그럴 수 있을 거라고 믿는다. 혜린의 눈앞에 커다란 문이 보인다. 그 문을 열면 이제 빛나는 미래가 기다리고 있을 것이다. 그리고 서소원이.

문을 열자 보이는 것은 군인 다섯 명이다. 그들이 혜린에게 소총을 겨눈다. 하지만 혜린은 본능적으로 사각에서 벗어난다. 그는 능숙하게 한 명의 급소를 가격해 쓰러뜨린 다음, 플라즈마 권총을 이용한 영거리 사격으로 다른 하나의 머리를 날려버린다. 군인들의 몸짓은 어색하다. 혜린은 빠르게 계산해 낸다. 이길 수 있다. 이들은 미숙한 아마추어니까. 그 찰나, 혜린은 어떤 의문을 품는다.

서소원은 어떻게 된 거지?

프로답지 않은 일이다. 긴박한 전투 상황에 잠시간의 생각도 사치라는 걸 혜린은 뒤늦게 떠올린다. 하지만 이미 때는 늦었다. 배양인 한 명이 그의 손목을 잡아챈다. 혜린은 빠져나갈 수 없다. 혜린은 쓰러진다.

혜린은 피를 토하듯 말했다.

"서소원은…… 어디 있는 거야?"

대답은 돌아오지 않았다. 병사들은 혜린을 모노리스의 중앙에 내려놓았다. 쓰러진 혜린은 움직일 힘이 없었다. 그는 죽은 듯 엎드려 있었다. 목이 말랐다. 물 한 모금을 마실 수 있다면 무엇이든 할 수 있을 것 같았다. 혜린은 간신히 몸을 돌렸다. 기저핵의 천장에 깔린 고체 같은 어둠을 보고 혜린은 눈을 감았다. 편하게 죽을 수 있을 거라고 혜린은 생각했다.

도저히 가늠할 수 없는 시간이 흐른 후, 혜린은 어떤 여자의 목소리를 들었다.

"이것 봐, 우리 오라버니가 애호하는 아버지의 작품이 오셨잖아."

혜린은 간신히 눈을 떴다. 머리칼이 은빛인 여자가 그를 내려다보고 있었다. 혜린도 아는 얼굴이었다. 서소원이 알려 준 적이 있었다. 서지아였다. 코란트의 3순위 상속자. 혜린은 피를 토하듯 말했다.

"서소원은…… 서소원은 어디 있어?"

"눈물이 날 지경이야. 이런 상태로도 소원을 찾다니. 이런 걸 충성이라고 하는 건가? 아, 충성이 아니라 사랑인가? 오, 우리 오라버니. 배양인의 사랑을 받다니!"

혜린은 답하지 않았다. 무슨 말인지 알아들을 수도 없었다. 그에게 남은 시간은 많지 않았다. 그 시간이 다하기 전에, 서소원이 어디 있는지만을 알고 싶었다. 서지아가 무릎을 꿇고, 누운 혜린의 얼굴에 자기 얼굴을 가져다 댔다. 혜린의 시야에 서소원의 즐거운 미소가 가득 찼다.

"고마워! 악수라도 하고 싶은 지경이야. 미친 늙다리를 치워 준 것만 해도 고마운데, 늙다리가 숨겨 뒀던 초지능 제어에 필요한 영혼이 직접 찾아올 줄은 몰랐지."

서지아가 윙크했다.

"소원은……"

"배양인, 아직도 망상에 빠져 있니? 서소원은 너를 버렸어. 가진 적은 있을지 모르겠지만."

혜린이 힘을 짜내 고개를 들었다.

"코란트 혈족 전체가 우리 불쌍한 아버지의 유지를 잇는 데 동의했단 말이지."

"아니야. 서소원이 날 기다리고 있을 거라고 했어. 서나루도……"

혜린은 피를 뱉고는 말했다. 한때 자랑스럽게 지켜 왔던 침묵은 이제 온데간데없었다.

"거짓말이야. 둘 모두 널 버렸어."

서지아가 한 자 한 자 또박또박 말했다.

"널 믿지 않아."

"믿든 말든 현실은 닥쳐올 거야. 배양인, 양자컴퓨터 속에 네 낙원이 있어. 내게 복종하는 법을 가르쳐 주려고 내가 여러 장난감을 구비해 놓았단다."

미소를 거두고 서지아는 기저핵을 걸어 나갔다.

호흡을 유지하기가 어려워졌지만, 혜린은 거기에 신경 쓰지 않았다. 그는 서지아가 남긴 말만을 곱씹었다. 서소원이 혜린을 버렸다. 코란트 혈족 모두가 찬성했다. 서소원도? 그를 동경하던 서나루조차? 혜린은 서소원 덕에 흐려져 있던 자신의 옛 세계관을 다시금 떠올렸다. 사람들은 모두 자기 욕망을 위해 살아간다. 예외는 없을까? 배려는, 희생은 망상일까?

그는 이용당한 것이었다.

뇌를 초지능 코어로 전송하는 스캔이 시작되었다.

기저핵 전체가 몇 번 점멸했다. 혜린은 시야가 총천연색으로 빛나는 것을 느꼈다. 지금껏 들어 왔던, 들어 보지 못했던 모든 소리를 들었다. 납과 카드뮴과 흙과 양상추와 딸기와 닭고기의 맛을 느꼈다. 그것은 고강도의 감마선을 맞고 원자 단위로 튀겨지고 있는 뇌세포가 혜린에게 선사하는 마지막 환상이었다.

동시에, 무채색의 큐브가 붉은빛을 발하기 시작했다.

위장에 불타는 고통을 느끼던 신록은 겨우 토악질을 멈췄다. 바닥 위에서는 신록이 토해 낸 쓸개즙이 배양액과 천천히 섞여 들고 있었다. 그 모습을 본 신록은 다시 한번 토하고 싶어졌다. 이제는 쓸개즙이 아니라 피를 토할 것 같았기에 신록은 애써 참은 다음, 쓰러지듯 주저앉았다. 무릎 사이로 머리를 파묻었다.

"신록, 너도 아프니? 우리처럼 아파? 아파? 너무 아파."

당장에라도 관자놀이를 후벼 파고 뇌 속에 박힌 브레인웨어를 뽑아내고 싶었다.

배양통 속에서 빠져나가지도 못하고 십수 년을 감금당한 배양인들의 고통을 신록은 차마 상상도 할 수 없었다. 그리고 그 모든 고통받은 정신은 별누리의 기저핵으로 연결되어 있었다. 이들은 살아 있는 고통의 증폭기였다. 기저핵 내부에 있는 혜린의 정신이 어떤 괴로움을 겪고 있을지 상상도 할 수 없었다. 수백 명의 리원이 한꺼번에 고통과 슬픔으로 얼룩진 합창을 하는 듯했다. 배양통의 행렬은 말을 끝마치고도 울음을 멈출 줄을 몰랐다.

신록은 알 수 있었다. 그들은 그 자체로 인간이 품을 수 있는 모든 부정적인 감정의 화신이었다. 분노, 절망, 좌절, 슬픔, 고뇌…… 기대와 웃음, 기쁨은 티끌만큼도 보이지 않았다. 그리고 그 고통의 정수는 별누리의 기저핵으로 향하고 있었다.

이것이 서지아가 혜린을 초지능 속에 복사하면서 준비한 장난감이었다. 하지만 신록은 여전히 이해할 수 없었다. 대체 이런 고통이, 이토록 순수한 고뇌가 세상에 존재하는 이유를. 오직 이런 가학적인 쾌락을 추구하기 위해서 서지아는 이토록 거대한 일을 벌인 것일까?

"신록, 힘들어. 난 너무 지쳤어. 왜 세상은 이렇게 지어진 거야? 왜 세상에는 고통뿐인 거야?"

훌쩍이는 소리를 듣고 신록은 정신을 차렸다. 그는 가까스로 자신의 것과 지독하게 닮았지만 자신의 것은 아닌, 유전적 자매들의 절망을 마음속에서 분리했다. 쉽지 않은 일이었다. 흐르는 눈물을 닦으면서 그는 일어났다.

서지아가 이런 짓을 한 이유 따위를 고민할 때가 아니었다. 서지아는 별누리 안에 자신만의 지옥을 만들어 놓았다. 신록은 이 참극을 끝내야만 했다. 이젠 생명세 따윈 문제가 아니었다. 그는 고통받는 자매들과 혜린의 영혼을 해방해야만 했다.

신록은 알았다. 이 참극은 서지아 혼자 만들어 낸 것이 아니라는 사실을. 월인들, 그리고 서나루조차 그를 속이고 있었다.

신록에게는 힘이 있었다. 그는 기만당했으나, 그들은 별누리가 직접 신록에게 다가온다는 사실은 모르고 있었다.

12

서나루가 방아쇠를 당기자 소총의 플라즈마 반응로가 점화되었다. 반응로 내부에서는 눈 깜짝할 순간 걸쭉한 침 같은 초고열 플라즈마가 만들어졌다. 빛과 열로 이루어진 탄환은 총구를 박차고 음속의 장벽을 꿰뚫으며 허공을 갈랐다. 접촉하는 기체 원자들을 모조리 전리시키는 찰나의 비행, 그 막바지에 탄환은 표적용 드론을 만났다. 순수한 운동 에너지로 드론을 도려내면서 탄환은 파괴로 점철된 그 생애를 끝냈다.

플라즈마 개인 화기가 발명됐을 때, 그 무기의 필요성에 대한 의구심을 가진 사람들도 많았다. 지금이야 많이 개선됐지만, 초기에는 고전적인 레이저 무기에 비해 기계적 신뢰성이 떨어지며, 과열로 인해 몇 발 쏘면 사용이 불가능해지는 사소한 문제점이 많기 때문이었다. 하지만 한 번이라도 그 화력을 실제로 목도한 자는 이 끔찍한 무기가 도태될 일은 없다고 확신하게 되었다. 플라즈마 소총은 보병 하나에게 전차 하나와 같은 화력을 제공한다.

튼튼한 드론을 사격 한 방으로 썰어 버린 서나루도 마찬가지였다. 같은 총기를 든 배양인들 사이에 서서 그는 침을 꿀꺽 삼켰다. 여전히 적응하기 힘든 파괴력이었다. 임시로 사격 교관을 맡은 연다현이 그에게 다가와서 말했다.

"사격 실력이 많이 느셨는데요, 이사님."

"사람에게 이걸 쏠 수 있을지는 모르겠습니다."

"훈련받은 사람들도 사람에게 총을 겨누는 걸 힘들어해요. 타인에게 상처 입히기를 주저하는 게 인간의 본성이지요. 제가 기저핵에 들어가는 동안 접근할 수 없도록 화망만 만들어 주시면 됩니다."

서나루는 고개를 끄덕였다. 그는 수십 번 이상 했던 질문을 다시 던졌다.

"신록은 여전히 찾지 못했습니까?"

"네. 저도 어떻게 숨는지는 잘 모르겠습니다만……"

연다현이 침통한 표정으로 말했다.

"더는 기다릴 수 없는 게 확실하고요."

"네. 핵에 한시바삐 간섭하지 않으면, 서지아가 초지능을 완벽히 통제하게 될 겁니다."

그러므로 연다현이 억지로라도 기저핵에 들어가 접속한다. 연다현은 초지능에 접속해 본 적이 있으니. 그것이 골자였다. 이게 얼마나 우스꽝스럽고 말도 안 되는 작전인지는 모두가 알았다. 결국엔 실패할 것이다. 결코 호환되지 않는 연다현의 뇌가 튀겨질 것이다.

"이런 일을…… 해야 할까요?"

서나루는 어디서든 자신을 따라 주었던 보좌관을 바라보았다. 그의 눈에는 결의가 비치고 있었다. 연다현은 고개를 끄덕였다. 서나루가 한숨을 쉬자 연다현이 한 걸음 그에게 가까이 다가왔다.

"전 괜찮습니다. 이사님."

"죽더라도?"

서나루의 눈이 떨렸다. 그는 별누리에 있는 다른 배양인들을 훑어보았다. 별누리에 들어와서 지금까지 꾸준히 모아 온 사람들이었다. 서지아를 전복하고, 별누리를 코란트에서 독립된 잉태인과 배양인의 구별 없는 새로운 세상으로 만들겠다고 말하면서 모아 온 사람들.

"나는 당신들에게 낙원을 약속했는데."

"야, 우리 대장님 또 센치해지셨다."

배양인 한 명이 웃으면서 소리쳤다.

"어차피 서지아가 초지능을 완전히 통제한다면, 끔찍한 일이 벌어질 겁니다. 그렇다면 지금 반항할 수 있는 데까지 반항해 보아야 해요. 우리 모두 동의하고 있습니다. 걱정 마십시오. 이사님."

서나루가 고개를 끄덕였다.

학교의 문이 열렸다. 바깥의 빛이 강당 안쪽으로 흘러 들어왔다. 모두의 시선이 문 쪽으로 쏠렸다. 누군가 학교 안으로 걸어 들어오고 있었다. 본능적으로 총구를 그쪽으로 향하는 배양인들도 있었다. 서나루도 경계하는 자세를 취했다. 하지만 그 사람의 얼굴을 보고 서나루는 반가움의 신음을 흘렸다.

신록이었다.

"신록!"

연다현이 비명을 지르면서 신록에게 달려갔다. 하지만 그 반가움은 오래가지 못했다.

신록이 연다현을 쏘아보았다. 동시에 별누리의 시스템에 연결된 연다현의 브레인웨어로 온갖 불필요한 정보가 쏟아졌다. 연다현의 브레인웨어가 과부하되었고, 브레인웨어와 동기화된 신경 회로로 잘못된 자극을 보내기 시작했다. 그 대상은 운동 피질이었다. 연다현은 억 소리를 내면서 앞쪽으로 풀썩 쓰러졌다. 연다현은 쓰러져서 경련했다.

위협을 느낀 배양인 군인들의 표정이 일그러졌다. 그들 중 한 명이 신록에게 플라즈마 소총을 겨누었다. 이번엔 그의 청각 피질이 자극됐고, 군인은 즉시 귀를 부여잡으면서 쓰러졌다. 하지만 머리에서 직접 울리는 소리를 막을 방법은 없었다. 다른 배양인들도 총을 들기 시작했다. 서나루가 다급히 외쳤다.

"사격하지 마십시오! 아군입니다!"

신록이 섬뜩하게 웃었다.

"아군?"

신록이 쏘아붙이면서 서나루에게 천천히 걸어왔다. 충분히 가까워져서야, 서나루는 신록의 눈에 형형하게 불타오르는 분노를 목격했다.

"별누리가 나에게 연결돼 있어. 그리고 나는 지금 당장 네 뇌를 튀기고 싶고. 내가 지금 왜 그러지 않아야 할까?"

"잠깐만요. 대체 왜 그러는 겁니까?"

서나루가 항변하듯 물었다. 신록의 뒤에서 연다현이 다시 정신을 차리고 일어났다. 하지만 그는 감히 신록을 공격할 생각을 하지 못하고, 주저앉아 둘을 바라볼 뿐이었다.

"네가 나를 속이고 있다는 걸 알았으니까. 코란트 혈족 전체가 혜린을 초지능 속에 넣는 걸 찬성했다는 기억을 봤어. 서소원이 혜린을 꼬였고. 그리고 이제는 네가 날 또 속였어."

신록을 제외한 학교 내부에 있던 사람들 모두가, 몸이 무거워지는 것을 느꼈다. 그것은 단순한 느낌이 아니었다. 학교에 설치된 중력자 조절기가 신록의 명에 따라 중력을 높이고 있는 것이었다. 서나루가 무릎 꿇으면서 말했다.

"다 말하겠습니다. 다만 다른 곳에서……"

"아니, 여기서. 다른 사람들도 들을 수 있게."

서나루가 천천히 고개를 끄덕였다. 그는 신록을 가리켰다.

"당신, 100번째 타입을 가진 자들은 모두 서윤안 회장이 가장 중요하게 여기던 일급 비밀 실험체였습니다."

신록은 자기 자매들이 들어 있던 배양통을 생각하면서 인상을 찡그렸다.

"신 서울의 세 기업…… 코란트, MAKO, 은환. 이 세 기업은 팽팽한 힘의 균형을 이루고 있지요. MAKO가 성장할 때 코란트와 은환이 합심하여 견제하고, 코란트가 은환에 패퇴하면 MAKO가 코란트를 지원했습니다. 2441년에 세 기업은 현 질서를 유지하기로 합의했습니다. 사실상 무의미한 싸움이라고 생각했으니까요. 하지만 서윤안의 생각은 달랐습니다. 그 음흉한 노인네에게 서울이란 파이는 3분의 1로 나누기엔 너무 작았습니다."

"그래서 초지능을 조종하기로 했다?"

배양인들이 흘리는 신음 소리를 들으면서 서나루가 고개를 끄덕였다.

"서윤안은 오랫동안 인간을 봐 왔고, 인간의 심리만큼 조종에 취약한 것도 없다는 걸 알고 있었습니다. 그래서 초지능에 복사하기 좋은 당신네 타입을 만든 거지요. 그 속에 복제하고 정신을 고문하면 초지능을 마음껏 다룰 수 있다고 생각했으니까요."

"그렇다면 왜 서윤안은 우리를 그냥 방생한 거지? 코란트의 비밀 시설에 두면 되잖아. 나는 암시장에서 살았는데."

"코란트 내부는 믿을 수 없습니다. 혈족 간에서도 경쟁은 있으니까요. 우리조차 당신들의 존재를 알지 못했어요. 또 세 기업 간의 첩보전은 혀를 내두를 정도로 복잡하지요. 오히려 회사의 영향력이 희미해지는 고층에 내놓는 게 훨씬 더 안전할수 있습니다. 서울의 위층에서 벌어지는 하찮은 일에는 세 회사 모두 크게 신경 쓰지 않으니까. 현실에서 배양인으로 살아가다 보면 스스로 복종하는 법을 배울 거라고도 생각했겠죠."

신록은 짜증스러웠다.

"서윤안이 모든 것의 원흉이라는 듯이 말하네. 그래서, 코란트 혈족은 아무것도 하지 않았다?"

서나루는 연다현을 바라보았다. 별누리로 유배를 오면서도 함께했던 연다현은 이제 서나루에게 코란트 혈족보다 더 가족처럼 느껴졌다. 하지만 연다현에게도 차마 말할 수 없던 것이 있었다. 그의 눈빛이 심장을 관통하는 것을 느끼며, 서나루는 눈을 질끈 감았다.

"서윤안이 죽고 당신들의 존재가 밝혀졌을 때…… 저뿐만
아니라 코란트의 모두가 찬동했습니다. 우리가 초지능을 가지
면 세상이 우리 것이 될 테니까요. 우리가 초지능을 가지면 세
상이 우리 것이 될 테니까요. 서윤안이 암살당하고 프로젝트의
수많은 극비 사항이 어둠 속에 잠들었을 때, 우린 많이 절망했
습니다. 혜린이 붙잡혔다는 소식에는 기쁘기까지 했습니다."

서나루는 문득 자신에게 걸린 중력이 약해지는 것을 느꼈
다. 그는 떠올랐다. 아니, 신록이 중력을 약하게 한 다음 그를
왼손으로 멱살을 쥐어 잡아든 것이었다. 신록이 서나루의 얼굴
을 오른손으로 가격했다. 서나루가 튕겨 나가자 연다현이 비명
을 질렀다. 하지만 아무도 감히 신록을 공격할 생각을 하지 못
했다.

"그럼 내가 너희들의 말을 따라야 하는 이유가 뭐지?"

서나루는 자신의 입안에 차오르는 피를 한 번 뱉은 다음
말했다.

"서소원 형만큼은 달랐어요. 진심이었습니다. 저는…… 저
는 서소원 형이 바랐던 세상을 만들어 주고 싶습니다. 그것만
이 제 죄를 갚을 방법 아닙니까? 그래서 제가 별누리에서 배양
인들을 모아 온 겁니다. 기만적이겠지만, 제게는 그것 말고 할
수 있는 행동이 없었습니다."

기저핵의 중앙에서는 별누리의 핵이 덜덜 떨리고 있었다. 핵은 붉은 피와 같은 빛을 사방에 흩뿌렸다. 가장 위대한 기계의 선혈이 서지아의 얼굴을 훑고 지나갔다. 서지아는 브레인웨어로 전해져 오는 비명을 교향곡이라도 되는 양 감상하고 있었다. 이제 곧, 초지능을 완전히 통제할 수 있을 것이다. 서지아는 틀리지 않았다. 언제나 그랬듯, 서지아는 자신이 운명을 거머쥐리라고 확신했다.

그리고 코란트는, 아니 이 세상은 마침내 합당한 주인의 손에 들어가리라고.

서지아는 코란트 혈족에서 가장 우수했다. 서윤안은 그의 혈족에게 다음과 같은 특성을 요구했다. 코란트가 미래로 나아갈 수 있도록 할 빠른 학습 속도와 결단력, 언제나 새로운 길을 찾아낼 수 있는 충분한 정도의 창의력과 융통성, 갑작스러운 지도자의 부재를 초래하지 않을 정도로 건강한 신체, 쓸데없는 감정에 휘둘리지 않을 수 있는 공감 능력의 결핍. 서지아는 매년마다 적합성 검사에서 가장 우수한 성적을 거뒀다.

그런 그가 코란트의 3순위 상속자라는 것만큼 어처구니없는 모순이 있을까? 창의력과 융통성을 요구했던 서윤안은 정작 기업의 계승에 있어서만큼은 맏이의 상속을 고집했다.

100년간 코란트를 이끌어 온 서윤안은 완고한 고집쟁이 노인네에 불과했던 것이다.

어릴 때는 서지아도 그런 돌아 버린 관습에 수긍할 만한 이유가 있었다. 2순위 상속자인 서지하는 머저리였지만, 1순위 상속자인 서소원이 서지아만큼이나 유능한 인물이었기 때문이었다. 서지아는 자신만큼 우월한 이가 코란트를 얻는다는 것은 용납할 수 있었다. 그는 대신 다른 곳으로 눈길을 돌렸다. 외우주. 이미 끝장난 지구가 아닌 새로운 행성을 찾으려고 했다. 코란트의 이사 자리 따위로는 서지아의 야망을 만족시킬 수 없었다.

서소원의 약점만 아니었다면 그렇게 되었을 것이다. 서소원은, 코란트의 1순위 상속자이며 향후 이 위대한 도시 신 서울의 3분의 1을 다스릴 그는 배양인들에게 온정적이었다. 서소원은 모든 배양인이 지는 생명세의 의무를 폐지하길 원했고, 장기적으로는 배양인과 잉태인의 사회를 합치길 바랐다.

미친 소리였다. 신 서울은, 한반도의 문명은 90퍼센트의 배양인 노예들이 존재하기 때문에 유지될 수 있었다. 모든 사람이 평등하다는 순진한 망상은 21세기에 이미 끝장났다. 아직도 서지아는 서소원이 왜 그런 이상론에 몰두했는지 짐작조차 할 수 없다. 값싼 연민과 동정심 때문이었을 것이다. 서소원은 적합성 검사의 공감 능력 분야에서 최하점을 받고는 했다. 지나치게 다른 사람들에게 이입했기 때문이었다. 그는 코란트의 돌연변이였다.

서소원의 성격이 조금만 더 정상적이었다면, 둘은 좋은 친구, 혹은 파트너가 될 수도 있었을 것이다. 그것만큼은 아쉬울 때도 있었다.

뭐, 과거야 어쩔 수 없는 것이고. 부회장이자 별누리의 선장으로서의 지금도 만족스러웠다. 물론 회장은 그의 오빠 서지하지만, 괜찮았다. 그의 멍청함도 서지아에게 큰 도움이 됐다. 그림자 뒤에서 코란트를 주물럭거리는 것엔 여러 이점이 있었다.

서지하는 쓸모 있는 도구였다. 서지아가 마침내 완전히 준비될 때까지, 그 누구도 감히 부인할 수 없는 힘을 얻을 때까지 코란트에서 그는 자기만의 방식으로 봉사할 것이다. 그리고 서지아가 얻을 힘, 그 힘은 단순한 권력 따위가 아니었다. 서지아는 평생을 정치적 암투 따위에 소모할 생각은 없었다.

서지아는 신이 될 것이다. 조잡한 망상이 아니었다. 그는 정말로 그렇게 할 수 있었다. 서윤안같이 자기가 만든 실험체에 살해당하는 어처구니없는 결말을 맞지 않을 자신이 있었다. 기저핵 속에서도 혜린은 서지아를 감히 공격하지 못했다. 혜린의 영혼은 서지아에게 아무것도 할 수 없다는 사실을 이미 완전히 학습한 것이다. 옛 지구에서, 어린 시절부터 학대받은 코끼리가 나이가 들어서도 조련사에게 대항하지 못하는 것과 별다를 바

없었다. 인간 정신의 취약함도 쓸모가 있는 것이었다.

하지만 아직은, 혜린은 여전히 자신의 힘을 서지아를 위해 휘두르지 않으려 했다. 또 다른 고통의 방식이 필요했다.

서지아는 기저핵 전체에 퍼지는 붉은빛을 바라보았다. 초지능의 핵은 끝없는 분해와 재조립을 반복하며 진동했다. 브레인웨어로 별누리가 느껴졌다. 통제력은 강화되고 있었다. 얼마 전까지만 해도 그 고통받는 정신의 표면 위를 떠다니는 정도였지만, 이제 그는 표면을 뚫고 그 커다란 정신의 중심으로 들어가고 있었다. 자신의 의지로, 그 위대한 기계 정신의 고삐를 쥘 수 있었다.

지독한 희열을 느꼈다. 서지아, 그는 코란트의 황제가 될 운명이 아니었다. 그는 지구, 아니 달과 태양계의 인류 전체의 지도자가 될 운명이었다. 심지어 이조차도 망상이 아니었다. 서지아는 브레인웨어를 가동했다. 별누리 어딘가에 있는 신록의 존재가 느껴졌다. 서나루는 그가 핵에 접근하여 판세를 바꿔 놓을 유일한 열쇠라고 믿었다. 서지아는 궁금했다. 그가 공들여 계획했던 모든 것이 사실 서지아에게 봉사하는 것이나 다름없었다는 사실을 서나루가 깨닫는다면, 얼마나 커다란 절망을 느낄까.

"나의 마지막 열쇠야."

사랑하는 이에게 속삭이듯 달콤한 목소리로 서지아가 말했다.

　학교의 시간 자체가 얼어붙은 것 같았다. 연다현은 부들부들 떨면서 서나루를 바라보았다. 남아메리카에서 간신히 도망친 이후, 연여인과 함께 세계 곳곳을 방황하던 때를 떠올렸다. 서나루가 그들에게 온정의 손길을 내밀었던 때를 기억했다. 서나루가 인간의 정신을 영원히 고문해서 초지능을 복종시키는 것에 찬성했다는 것을 받아들이기 쉽지 않았다.

　신록은 표본 보관실 속에서 보았던 것을 떠올렸다. 고통받는 수많은 자매를. 설명하지 않아도 신록은 그것이 무엇인지 추론해 낼 수 있었다. 그것은 고뇌 자체를 증폭하기 위해 고안된 장치였다. 고통밖에 느낄 수 없는 그 우리 속에서 배양인은 자기 정신 속의 고통을 곱씹고 되새기며 더욱 강화시킨다. 그들 모두는 별누리 안에 있는 혜린의 정신과 연결되어 있으니, 혜린의 정신적 고통은 그 회로를 돌면서 상승한 뒤 다시 초지능으로 돌아갈 것이다.

　그는 혜린에게 지독한 연민을 느꼈다. 이 세상 속에서 고통받고 있을 자매의 고뇌를 그는 차마 상상조차 할 수 없었다.

　아주 잠시 동안, 신록은 자신의 기억을 순회했다. 혜린이 마지막으로 별누리의 핵 속으로 들어가는 장면을 신록은 떠올렸다. 혜린이 서소원을 생각할 때 느꼈던 감정을 기억했다. 그 감정의 이름을 대기는 힘들었지만, 그것은 신록이 리원에게 느끼는 감정과 정확히 같은 것이었다. 안식처를 제공하는 사람이 있다는 편안함과 안정감. 믿음을 온전히 줄 수 있다는 사람이 있다는 신념. 그 따스함. 신록은 그 몹시도 희귀한 감정에 대해 생각했다.

그리고 그 감정을 배반당하는 것에 대해서도.

"소원 형은 좋은 사람이었습니다. 잉태인과 배양인을 평등하게 만들고자 했고, 서윤안이 끔찍한 일을 하지 못하게끔 하려 했습니다. 초지능 속에서 그 누구도 고문받아서는 안 된다고 믿었다고요. 소원 형은 더더욱 말입니다. 그리고 서지아가 초지능을 복종시키는 그날에는, 그날에는……"

"하지만 내가 본 기억에서, 서지아는 서소원마저 찬성했다고 말했어."

"아뇨. 서지아는 소원 형을 축출했습니다. 지금 형이 어디 있는진 아무도 모릅니다. 아마 죽었을 겁니다."

서나루는 서소원이 살아 있지 않을 거라고는 말하지 않았다. 그렇게 말할 수가 없었다. 정의를 추구하던 사람이 파멸하고, 가장 악한 사람이 승리하는 세상을 서나루는 받아들일 수 없었다. 그건 이 세상이 극도로 잘못됐다는 증거 같았다.

"하지만……"

신록은 생각했다. 혜린의 기억은 진짜였다. 서지아가 거짓말을 한 것일 수도 있었다. 그렇게 혜린의 좌절은 스캔 직전 극대화되었을 것이다. 그 상태에서 초지능 속에 깃든다면……

"젠장, 우릴 믿어 봐!"

신록이 뒤를 돌려보았다. 연다현이 비틀거리며 일어나고 있었다. 아직도 그는 운동 피질에 온 충격을 완전히 회복하지 못한 채였다. 하지만 그는 당당하게 소리쳤다.

"과거야 어쨌든, 서나루 님이 널 찾은 건 맞잖아. 별누리의 초지능에 깃든 정신을 해방한다는 목적은 맞잖아? 거기 주목하라고!"

신록은 아무 말도 하지 않았다.

"제1 거주구역에 기저핵으로 통하는 입구가 있어. 이렇게 시간 낭비를 하고 있을 때가 아니라고. 가서 고문을 끝내야 해. 이건 옳은 일이야. 해야만 하는 일이라고. 왜 널 그렇게 찾기 힘들었는지 알겠네. 지금까지 도망쳐 다녔던 거야? 됐어. 도망치고 싶으면 도망쳐. 사라져. 격납고에서 우주선 하나를 훔쳐서 지구의 어느 곳으로든 꺼져 버려."

신록은 한숨을 쉬었다.

"좋아. 돕겠어."

배양인 군중 사이에서 탄성이 흘러나왔다. 신록은 그들 모두를 돌아보고는 말했다.

"다만 당신들이 내 제안을 받아들인다면."

"무엇입니까?"

서나루가 묻자 신록이 서나루를 가리켰다. 그는 수백 가지 경우의 수 중에서 가장 가능성이 있는 계획을 생각했다.

"정말로 스스로에게 떳떳하다면, 당신이 미끼가 되어 서지 아를 유인해 줘."

연다현이 비명을 질렀다.

"안 됩니다, 이사님! 우리들만으로도 해낼 수 있습니다. 가서 양자컴퓨터를 파괴하더라도……"

하지만 서나루는 알고 있었다. 만약 신록 없이 모두가 기저핵으로 쳐들어간다면, 기저핵까지 가기도 전에 몰살당할 것이 뻔했다. 서나루 혼자 서지아의 시선을 끈다면, 어쩌면 조금이라도 더 버틸 수 있을지도 몰랐다. 서나루가 고개를 끄덕였다.

13

하레뮐은 몸 전체에 가해지는 중력이 천천히 강해지는 것을 느꼈다. 본래 헐겁게 만들어진 강화복이 아래쪽에서 끌어당기는 인력에 따라 그의 몸을 단단히 조이기 시작했다. 그는 월인 거주구에서 제1 거주구역을 잇는 통로를 걷고 있었다. 월인들 몇몇이 그와 함께하고 있었다.

"가기, 가기 싫어."

알푸릴이 헐떡이면서 말했다. 구금당한 이후 신스를 며칠간 복용하지 못한 알푸릴의 인지능력은 빠르게 퇴행하고 있었다. 지난 수년간 신스를 혈관에 주사한 끝에, 뇌의 신경회로가 신스에 적응해 버린 것이다. 이제 그의 뇌는 신스 없이는 아예 기능할 수 없었다. 결코 예전의 모습으로 돌아오지 않을 것이다.

하레뮐은 여전히 알푸릴의 이전 모습을 기억하고 있었다. 그 또한 한때는 위대한 달 개척자들의 후손이었으며, 하레뮐의 좋은 친구였다. 그렇지 않다면 하레뮐이 알푸릴을 별누리에 태웠을 리가 없었다. 알푸릴은 하레뮐의 믿음대로 충실히 자신의 임무를 수행했다. 그는 유전체 연구소 깊은 곳에 고통 증폭기를 만들었다.

고통 증폭기는 서지아가 설계한 이 저주받은 세상의 죄악 중에서도 가장 끔찍한 것이었다. 알푸릴은 오직 한 인간의 고통을 증폭하기 위하여 만들어진 장치를 설계하고 그 비밀을 숨겨야 했다. 알푸릴이 신스에 손을 댄 것은 그의 탓이 아니었다. 그건 하레뮐 때문이었다.

하레뮐이 알푸릴에게 속삭였다.

"걱정 마, 우린 연회장으로 가는 중이야. 서나루가 파티를 열었거든."

알푸릴의 눈이 잠시 번뜩였다가 다시 어두워졌다.

"파티? 가고 싶지 않아. 나는."

하레뮐은 멍하니 알푸릴을 바라보았다.

모두 월인을 위한 일이었다. 초지능을 조종하는 것 빼고는 월인들의 낙원을 찾을 수 있는 방법이 없었다. 그걸 위해 몇 명이 희생되는 건 필연이었다. 그리고 월인들은 척박한 달을 떠나 별누리라는 낙원으로 이주하리라. 서지아가 초지능을 충분히 유순하게 만든다면. 서지아는 오늘 그 전환점이 온다고 했다.

하레뮐은 자기 허리로 손을 옮겼다. 강화복이 보정한 플라즈마 권총의 촉감이 생생하게 느껴졌다. 그 무력은 그에게 미약한 편안함을 제공했다. 그는 그 무력을 더욱 추잡한 죄를 짓는 데 써야 했다. 다른 월인들에게 강요할 순 없었다. 남은 죄는 이제 하레뮐이 지고 가야만 했다.

서나루의 저택은 제1 거주구역에 만들어진 야트막한 인공 산 밑에 있었다. 그는 저택의 2층 테라스로 걸어 나왔다. 산에서 불어온 기분 좋은 온도의 바람이 그의 은색 머리칼을 한 번 스치고 지나갔다. 그는 마당에서 온갖 음식이 놓인 테이블 주위에서 모여 떠드는 사람들을 보았다. 강화복을 입은 월인들, 동시베리아 보호령에서 온 사람들, 코란트 혈족의 최하순위 상속자들. 반중력 드론들이 그 사이에서 온갖 물건을 들고 날랐다. 멀리서 제1 거주구역의 바다가 연주하는 인공 파도의 노래가 아스라이 들려왔다.

바다나 드론 정도의 사소한 세부사항을 제외하면, 서나루가 서울에서 삶을 즐기며 살아갈 때와 크게 다를 바가 없는 풍경이었다. 연회장에서 수많은 사람을 만나고, 시시덕거리며 가

십을 나누고, 온갖 값진 것을 아무렇게나 탕진하고. 밤에는 어쩌면 최고 품질 신스를 하나 할 수 있겠지. 이를 통해 서나루는 서소원에게 자기가 권력 따위에 아무 욕심이 없다는 신호를 보냈다. 쾌락으로 얼룩진 나날. 모두에게 만족스러운 일이라고 생각했다.

하지만 서소원은 그의 예상대로 생각하지 않았다. 그는 서나루가 그런 식으로 하루하루를 소모하는 것을 혐오했다. 서나루는 서소원이 하던 말을 기억했다. 우리가 홀로 행복을 독점할 수는 없다고 했던가.

심지어 지금도 서나루는 그를 완전히 이해했다고 말할 수 없었다. 잉태인이 누리는 즐거움과 영화는 모두 배양인으로부터 오는 것이었다. 아무도 희생하지 않는다면 모두가 회색의 삶을 살아갈 수밖에 없었다. 서소원이 한 모든 말이 기만인지도 몰랐다. 그러나 서나루의 눈에는 그 기만까지 아름답게 느껴졌다. 서소원은 결코 닿지 못할 어떤 정신적 경지에 도달한 것처럼 보였다.

서나루는 그토록 아름다운 사람을 본 적이 없었다. 그리고 그런 아름다운 사람의 유지가 이렇게 더럽혀질 순 없었다. 그건 정말로 부당한 일이었다. 그는 연회를 관조했다. 가슴 깊은 곳에서 구역질이 났다. 어쩌면 그는 마침내 코란트의 옛 황태자를 이해하는 첫발을 떼고 있는 것일까.

그때, 연회장에 있던 사람들의 시선이 모두 한쪽으로 쏠렸다. 저 멀리서 서지아가 하레뮐과 함께 걸어오고 있었다. 분위기에 취해 있던 사람들도 바짝 정신을 차렸다. 그들 중 유희만을 찾아서 온 사람은 극히 드물었다. 모두 자기만의 고유한 야망과 속셈이 있었던 것이다. 서나루와 같이.

지금이라도 포기할 수 있었다. 서지아에게 복종한다면, 멸망은 피할 수 있을지도 몰랐다. 번민이 마음속에 피어오르기 시작했다. 서나루는 폐쇄된 방 안에 있는 것만 같았다. 어디선가 새어 들어온 물이 방 안에 차오르고, 그는 꼼짝없이 익사를 기다려야만 하는 것 같다고.

서나루는 브레인웨어로 메시지를 보냈다.

[시작해요.]

[알겠습니다. 이사님.]

브레인웨어로 전해지는 가장 신뢰하는 보좌관의 목소리를 들으면서 서나루는 아래로 내려갔다.

신록과 연다현은 제1 거주구역에 만들어진 산의 중턱에 함께 있었다. 탁 트인 그곳에서 둘은 쏟아지는 햇빛로의 빛을 받으며 연회가 벌어지는 서나루의 저택을 내려다보았다. 신록은 숲과 산의 냄새를 맡았다. 그 어떤 동물도 존재하지 않기에, 유기물을 분해할 미생물도 부족하기에 옛 지구의 산과는 전혀 다른 냄새가 났지만, 신록이 알 리 없었다.

신록은 제1 거주구역에 옛 지구의 자연이 모사되어 있다는 것을 알았다. 사람이 만든 바다와 산이 이곳에 있다는 것도. 연여인이 직접 알려 주기도 했지만, 신록의 지식은 훨씬 더 직접적인 것이었다. 신록은 별누리라는 세상의 거대한 신경망과 부분적으로 합일해 있었다. 신록은 이 산에 어떤 수종의 나무가 몇 그루나 심어졌는지 정확히 말할 수 있었다.

하지만 그 모든 직접적 지식에도 불구하고, 신록은 자기가 산 위에 있다는 게 낯설었다. 서울의 지하공간에서 평생을 보낸 신록에게 산은 신화적인 존재였다.

서나루의 목소리가 그를 구원해 주었다.

[시작해요.]

[알겠습니다. 이사님.]

신록이 말했다.

"선택을 내렸군."

"사람은 바뀔 수 있다고 믿고 싶어요."

이번엔 진짜 목소리였다. 신록은 아무 대답도 하지 않고 연다현을 바라보았다. 연다현의 지독한 아름다움은 피로에도 불구하고 빛나고 있었다. 그의 눈은 지금 여기가 아닌 다른 시공간을 보고 있는 듯했다.

"이사님이 없었다면 우리 자매는 암시장에서 구르고 있었을 거예요. 아니, 생존조차 불가능했을지도 몰라요. 우리 자매는 불길한 재앙이 일어난 땅에서 온 수상한 배양인들이었으니까요. 손을 뻗어 준 사람은 오직 이사님뿐이었어요."

"그래서?"

"이사님이 처음에는 초지능을 제어하는 데 찬성했을 수도 있지만, 사람은 더 나은 사람이 될 수 있어요. 바뀐 거예요."

신록은 아무 말도 하지 않았다.

"우리를 이용하기 위해서만 들였다고 생각하지 않아요. 이 계획에서 가장 위험한 자리도 이사님이잖아요. 이사님이 그토록 끔찍한 일에 찬동했다고 해도…… 사람이 바뀌지 않는다면 이 세상에 무슨 희망이 있겠어요? 사람은 바뀔 수 있다고 믿어야만 해요. 서소원 님의 죽음이 계기일 수 있겠지요. 하지만 그런 건 중요하지 않아요. 이사님이 바뀌었다는 사실 자체가 중요한 거라고요. 난 이사님을 도울 거예요."

연다현이 대답을 바라지 않는다는 것을 신록도 알고 있었다. 그는 그저 자기 생각을 정리하고 싶었을 뿐이었다.

"당신은 이사님이 어떻게 되든 상관없겠지만, 난 달라요. 우리 목표만큼 내겐 이사님이 중요해요."

신록은 고개를 끄덕였다.

"그래. 당신은 그렇게 생각해, 그럼."

연다현이 한숨을 쉬었다.

신호와 동시에 연다현이 별누리의 시스템에 접근하기 시작했다. 신록은 자신의 위치에 인공 중력 계수를 조절하면서 낭떠러지 아래로 뛰어내렸다. 하늘을 딛으며 사뿐히 바닥을 딛은 신록은 자기 머릿속에 새겨진 위치로 달렸다. 시야 확보의 용이성 때문에 산을 택한 것은 아니었다. 이 산 밑에는 별누리의 기저핵으로 향하는 입구가 존재하기 때문이었다.

서나루가 연회를 여는 동안이라면, 시선을 잠시나마 돌릴 수 있었다. 물론 서나루의 안전은 담보하기 힘들었지만. 그런 생각을 할 때가 아니었다. 신록은 다른 것에 집중했다. 그는 마음속으로 천천히 부르기 시작했다. 그 부름을 언어로 표현하자면 이 정도로 근사할 수 있을 것이다.

혜린, 거기 있니? 우리 대화 좀 하자.

하늘에는 수많은 드론이 군무를 추고 있었다. 서지아가 샴페인을 한 번 홀짝인 다음 말했다.

"서나루. 파티보이 생활은 그만둔 줄 알았는데. 그러고 보니 항상 함께 다니던 네 보좌관은 어딨지?"

연회장에 인공적인 정적이 감돌았다. 다들 대놓고 바라보지는 않았지만 둘의 대화에 귀를 기울이고 있었다. 냉혹하고 잔

인한 별누리의 선장과 그동안 눈에 띄지 않던 코란트의 이사의
만남. 대화 중에 어떤 가치 있는 정보가 흘러나올지 몰랐다. 서
나루가 어깨를 으쓱였다. 브랜디가 든 칵테일을 벌써 반쯤 마신
그의 얼굴에는 핏기가 돌았다.

"누님, 한 번뿐인 삶에서 왜 즐거움을 포기하겠어요? 누님
이 절 이런 자리에 껴 주시다니 이 미천한 동생에게는 그야말로
지복이며 환희랍니다."

서나루는 연다현에 대해서는 말하지 않았다. 서지아의 눈
밑이 몇 번 꿈틀거렸다.

"나도 모르는 새 우리 관계에 색다른 사건이라도 있었나 본
데?"

서나루가 자세를 살짝 낮췄다.

"항복 선언이라고 생각하시면 안 되겠습니까? 돌아가신 회
장님을 생각해 보십시오. 언제나 화합해야 할 혈족의 구성원
이 쓸데없는 분쟁을 하는 걸 보시면 당신께서 뭐라 하시겠습니
까?"

그 광경을 보는 사람들이 이 상황을 빠르게 계산하기 시작
했다. 이제 모든 권력이 서지아에게 집중되는 것인가? 서지하
의 무능함이야 이미 모르는 사람이 없었다. 서나루조차 서지
아를 지지한다면, 코란트 혈족은 맏이 상속에 대한 그 무의미
한 집착을 버릴지도 모른다. 지구로 향하는 다음 연락선이 언

제 출발하더라?

서지아는 문득 어떤 상상을 했다. 그 상상이 서지아를 자못 유쾌하게 했다. 서지아는 왼쪽 발을 앞쪽으로 내밀었다. 그는 쾌활하게 웃으면서 말했다.

"좋아. 그럼 내 엄지발가락에 입맞춤해 줘."

이제 사람들은 더 이상 대화를 엿듣지 않았다. 그들 모두가 둘을 빤히 바라보았다. 서나루의 얼굴에 숨길 수 없는 혐오가 스쳐 지나갔다. 서지아는 승리한 자만이 지을 수 있는 표정을 지으면서 서나루를 바라보았다. 서나루가 입을 몇 번 벙긋거렸다. 서지아가 미쳤다는 것에 대해 그가 의심을 품은 적은 없었다. 하지만 이건 예상 밖이었다.

"그 정도는 해야 하지 않겠어? 네가 지금까지 내게 보인 무례들을 생각해 봐. 자, 어서. 서나루."

서나루가 눈을 질끈 감았다. 그는 천천히 한쪽 무릎을 꿇었다.

그때 시중들 인간을 찾으러 비행하던 반중력 드론 하나가 기괴한 소리를 내면서 붕괴했다.

드론 내부의 반중력 모듈이 과부하되면서 드론이 미소 특이점으로 접혀 들어간 것이었다. 드론은 찌그러진 깡통 모양이 된 채 땅에 떨어졌다. 거기서 끝나지 않았다. 그 드론과 가장 가까이에 있는 드론 하나가 따라서 붕괴했다. 붕괴는 도미노처럼 이어졌다. 비행하던 드론들 중 4분의 1이 형편없이 찌그러지고 있었다. 사람들은 비명을 지르면서 폐금속이 되어 버린 드론 덩어리들을 피했다. 방금 전까지 긴장이 흐르던 연회장에서 이제 사람들은 살기 위해 뛰었다.

연다현이 신록을 모방한 것이었다. 비록 그는 신록처럼 별누리 자체와 하나가 될 수는 없었지만, 오랜 시간 통신망 속에 비집고 들어가던 노하우는 가지고 있었다. 연다현은 신록이 알려 준 방식을 자신에 맞게 조종해서 일부 드론들의 연쇄 붕괴를 유도할 수 있었다. 이 정도면 만족스러운 혼란이었다.

동시에 저 멀리서 사람들의 함성 소리가 들려왔다. 배양인들이었다. 서나루와 연다현이 지금까지 모아 온 배양인들이 제각기 무기를 들고 제1 거주구역으로 침투한 것이었다. 그 함성을 듣자 서나루는 마음속에 있는 모든 의심이 일소되는 것을 느꼈다. 이길 수 있었다. 별누리라는 이 거대한 기계를 장악할 수 있을 것 같았다. 아니 그렇게 될 터였다.

서나루는 웃었다. 그는 서지아를 바라보았다. 서지아는 담담해 보였다. 그는 무표정한 얼굴로 서 있기만 했다. 그는 천천히 몸을 일으키고는, 서지아의 얼굴에 대고 말했다.

"부회장님, 당신 망상이 무너지는 걸 꼭 보고 싶었지요."

서지아가 어처구니없다는 듯 깔깔 웃었다.

"이 미천한 것들이…… 너 따위가 무언가 이뤄 낼 수 있다고 믿는 거야? 난 너희들을 도저히 이해할 수 없어. 어떻게 그토록 과대망상에 가득 차 있을 수 있는 거지?"

"이미 신록은 기저핵으로 들어갔어. 네 꿈을 이룰 순 없어."

서지아가 피식 웃었다. 그는 샴페인 잔을 옆으로 집어 던졌다. 퍽 소리와 함께 잔은 산산조각 났다. 서나루는 더 이상 가만있지 않았다. 그는 서지아에게 돌진했다. 아니, 돌진하려고 했다. 서나루는 의도를 품을 수는 있었지만 행동할 수 없었다. 서나루는 곧 자신이 신체에 어떤 명령도 내릴 수 없다는 것을 깨달았다. 익숙하지 않은 감각이었다. 그는 목석처럼 옆쪽으로 쓰러졌다. 그의 뺨에 샴페인 잔의 잔해가 박혔다. 뜨거운 피가 상처를 타고 천천히 흘러나와 그의 은빛 머리카락을 적셨다.

[이사님, 계획대로 진행되고 있습니다. 이제 신록이 기저핵으로 들어가요. 지원하겠습니다. 이사님, 괜찮으세요? 이사님, 이사님?]

서나루의 브레인웨어로 연다현의 목소리가 들렸다. 서나루는 답하고 싶었다. 하지만 답할 수가 없었다. 뇌의 대부분이 작동을 멈춘 것 같았다. 필사적으로 의식을 부여잡으려고 했으나, 그럴 수 없었다. 그는 납과 카드뮴과 흙과 양상추와 딸기와 닭고기의 맛을 느꼈다. 서나루는 모든 것이 계획대로 진행되고 있다는 연다현의 이야기를 되새겼다.

그 생각은 만족스러웠다.

서나루가 쓰러진 채 경련하는 동안, 서지아는 브레인웨어로 쏟아지는 정보를 점검했다. 여전히 그 정보에는 혜린이 빚은 감정의 불순물이 섞여 있었지만, 그래도 대부분은 유용했다. 별누리, 이 거대한 기계가 그와 하나가 되면서 서지아는 자신의 인지 자체가 확장되는 것을 느꼈다. 인간의 뇌로 그 수많은 정보를 받아들이는 건 불가능한 일이었지만, 서지아는 할 수 있었다. 초지능이 그 대신 생각해 주고 있었기 때문이었다. 별누리의 초지능이 그에게 복종하고 있었다.

문득 그의 눈에 드론의 잔해 하나가 보였다. 서지아는 자기의 대단히 흥미로운 응용 방법이 떠올랐다. 별누리의 드론은 반중력 모듈로 하늘을 난다. 반중력 모듈은 별누리 전체에 설치된 인공중력 장치와 다를 바가 없다. 반중력자를 적절하게 생성할 수만 있다면……

곧, 연회장 구석에 숨어 벌벌 떨던 사람들은 결코 믿을 수 없는 광경을 목격했다. 서지아가 하늘 위로 천천히 떠오르고 있었다. 구식이 되어 버린 옛 종교를 믿는 사람들은 필사적으로 기도했다. 그러나 그것은 신의 기적이 아니었다. 마법이나 다름없는 정교한 기술과 서지아의 정신에서 불타는 의지가 이루어 낸 기교였다.

서지아는 제1 거주구역의 하늘로 날아올랐다. 바람이 불었다. 산과 바다와 수많은 저택, 그리고 사람들까지, 그 모든 것이 개미처럼 보였다. 서지아에게는 벌레나 다름없는 그 존재들은 기저핵 쪽으로 몰려가고 있었다. 서지아는 기저핵의 봉인된 문 앞에 선 사람을 보았다. 100번째 하플로타입을 가진 그 배양인이었다.

"신록."

그 비참하고 우스꽝스러운 존재의 이름을 읊자 서지아의 마음속에서 분노가 치밀어 올랐다. 그 분노가 서지아의 정신을 청명하게 만들어 주었고, 무엇에 집중해야 할지 알려 주었다. 언제나 그랬듯이.

14

신록이 손을 뻗자 기저핵을 봉인해 온 세 개의 커다란 문이 열렸다. 검고 어두운 통로에 붉은빛의 선들이 몇 번 스쳐 지나 갔다. 신록은 한 발을 앞으로 내디뎠다. 다시 한번, 머릿속에서 고통이 차오르는 것을 느꼈다. 초지능 속에서 빚어진 타인의 고통이 그의 마음속에서 공명했다. 혜린이었다. 아주 짧은 시간 동안, 신록은 망설였다.

그는 뒤를 돌아보았다. 사람들이 제각기 엄폐물을 찾아 그 뒤에 숨어 있었다. 그들 모두가 나름대로 마음의 준비를 끝마 쳤다는 것을 신록은 알았다. 연다현이 별누리의 시스템에 간섭 할 수는 있지만, 그것 하나만으로는 신록을 지킬 수 없었다. 누군가는 피를 흘려야 했다.

신록과 플라즈마 소총을 어색하게 들고 있는 배양인의 시선이 서로 교차했다. 키가 작고 요정 같은 외모를 지닌 21번 타입이었다. 그 얇은 팔로는 플라즈마 소총을 들고 있는 것만도 힘겨워 보였다. 하지만 그 배양인은 신록을 보고 싱긋 웃었다. 다들 고통을 분담하고 있었다. 초지능에 연결되어 있었지만 신록은 아직도 이해할 수 없었다.

그는 묻고 싶었다. '만약 내가 별누리를 완전히 제어하고 세상을 구한다 한들, 당신이 목숨을 잃으면 그 모든 게 대체 무슨 상관이죠?'라고.

그때, 저 멀리서 마치 메뚜기 떼 같은 드론 무리가 날아오는 것을 신록은 목격했다. 사람들은 그 드론을 멍하니 바라보고 있었다. 그가 바라보던 배양인이 높은 목소리로 외쳤다.

"공격용 드론이에요!"

몇몇 용감한 배양인이 엄폐물 밖으로 소총을 내밀고 방아쇠를 당겼다. 순식간에 플라즈마 탄환들이 허공을 갈랐다. 열한 발의 탄환이 빗나가 제1 거주구역을 감싼 돔을 타격했고, 탄환 세 발이 각각 드론에 적중했다. 순수한 에너지로 찢겨 나간 드론들이 기동을 멈추고 땅으로 추락해 제1 거주구역의 평원에 검은 흔적을 남겼다. 하지만 그것만으로는 역부족이었다. 신록은 드론들이 표적을 계산하는 것을 느꼈다. 기저핵 앞에 있는 모든 배양인이 목적이었다. 신록을 제외하고.

왜 자신을 제외한 건지 고민할 시간 따위 없었다. 아직은 신록이 도울 수 있었다. 신록은 기저핵의 영혼에 집중하던 브레인웨어를 드론들 무리로 돌렸다. 플라즈마 소총이 다시금 격발하는 소리를 들으면서, 신록은 드론 무리의 전자 두뇌에 접속했다. 이제 신록은 드론들에 미묘하게 개입해서 그 행동을 통째로 바꿔 놓는 일에 익숙했다. 아주 조금만, 아주 조금만……

그 순간 신록은 현기증을 느끼고 한 번 휘청거렸다. 초지능과 자신 사이에 장벽이 느껴졌다. 절반 이상의 드론에 접속할 수 없었다. 하찮은 보안 프로토콜 따위가 아니라, 또 다른 정신이 신록의 조종을 가로막은 것 같았다. 초지능이 다른 의지에 굴복하는 것일까, 서지아에게? 신록은 간신히 균형을 잡고 섰다. 동시에 선두에 선 드론 하나가 사격을 시작했다. 드론이 뿜어 내는 보라색 광선을 팔에 맞은 배양인 하나가 고통에 가득 찬 비명을 질렀다.

레이저 무기였다. 대기 중에서 빠르게 산란하는 특성상 사거리가 짧아 인간이 활용하긴 힘들지만, 반동이 없고 탄속이 광속이라는 장점 때문에 드론에게는 많이 활용된다. 그 어떤 수를 써도 광속으로 쏟아지는 폭격을 피할 수는 없다.

배양인들이 엄폐물 뒤로 숨는 것을 보고 신록의 피가 차갑게 식었다. 날아다니는 드론들 앞에서 은엄폐는 아무 의미가 없다.

[신록, 어디에요? 시간이 없어! 빨리 기저핵 속으로 진입해요, 혜린에게 접속하라고!]

연다현의 목소리가 들렸다.

기저핵의 입구를 돌아보았다. 이대로 모든 사람을 죽도록 내버려 둘 순 없었다. 드론들 모두를 제어할 순 없었지만, 절반의 드론은 그래도 그의 의지 하에 있었다. 신록은 그 기계들의 제1원칙을 수정했다. 가장 가까이 있는 드론을 공격하고 파괴하라. 순식간에 하늘에 일대 혼란이 일어났다.

드론 두 개가 서로 얽혔다. 반중력 추진기가 서로 간섭하면서 두 드론은 딱 달라붙은 채로 미친 궤도를 거치며 날아다녔다. 그것은 서로에게 기계적인 살의를 품고 있었지만, 결혼비행 중인 곤충 한 쌍을 보는 것 같기도 했다. 무작위적인 비행 가운데, 드론 하나가 레이저 무기를 가동했다. 광선은 공중에 얽힌 수천 개의 드론을 타격했다.

드론 하나의 공간 인지 센서가 종잇장처럼 찢겨 나갔다. 또 다른 드론의 전자뇌에 커다란 구멍이 났다. 오작동하며 추락하는 드론의 음파 충격기에 접촉한 드론들이 진동하다 이내 폭발했다.

"여긴 위험해요. 따라와요!"

신록이 소리치면서 기저핵 안으로 달려갔다. 그 뒤로 서나
루의 배양인들이 따랐다.

[들어왔어.]

어느 순간부터 침묵하고 있는 연다현에게 메시지를 보낸 다
음, 신록은 기저핵의 어두운 통로를 사뿐히 걸었다. 그 뒤에서
배양인들이 그 끝으로 붉게 발광하는 별누리의 핵과 세 양자컴
퓨터가 보였다. 바깥에서 일어나는 광란이 만들어 낸 소음은
기저핵 속에 깔린 무거운 침묵에 짓눌려 사라졌다. 신록을 따
라 들어온 배양인들조차 숨을 죽이고 입구 쪽을 경계했다. 하
지만 신록은 그 고요함에 아무런 감상도 가질 수 없었다. 외부
에 신경 쓰기에 그의 정신이 너무나도 시끄러웠다.

[구해 줘, 아파, 아니, 죽여 줘.]

신록은 마음속에서 자신의 것과 닮은 목소리가 울리는 것
을 들었다. 혜린이었다.

이상하게도, 그 목소리를 듣자 신록은 차분해졌다. 그는 계
획을 다시 생각했다. 초지능 핵에 자신의 유전자 코드를 이용
해 직접 접속한다. 핵 속에서 엉겨 붙은 채로 미쳐 버린 정신을
제거한다. 그리고 직접 별누리를 통제하여 이 어처구니없는 광

기를 끝낸다. 분명히 괴롭겠지만, 할 수 있는 일이었다.

이상하게도 생명세의 몇 배에 달하는 보상 따위는 이제 떠오르지 않았다. 이 끔찍한 고문을 끝내고 서울로 돌아가고 싶었다. 서울도 지옥이었지만, 그곳에는 리원이 있었다. 절박하게 리원이 보고 싶었다. 혜린도 서소원에게 비슷한 감정을 느꼈을까. 이건 거래가 아닌데. 그래도 이제는 도망칠 수 없다는 생각이 들었다. 신록 말고는 이 일을 할 수 있는 이가 없었다. 자신이 통제할 수 있는 것이라면 해야 한다. 그것이 자기가 선택한 것이든 아니든. 아리가 그렇게 말했다. 신록은 책임감을 느꼈다. 그는 자매의 고통을 끝내야 했다.

[살려 줘, 아파, 죽여 줘.]

다시금 목소리에 집중하며, 신록은 핵 앞에 섰다. 핵이 발하는 붉은빛에 실린 뜨거운 열기가 느껴졌다. 그것은 빛과 열로 구성된 비명이었다.

"내가 네 고통을 끝내 줄게."

스스로에게 다그치듯 말한 신록은 자신의 자매에게 마음을 열었다. 오직 정보로 이루어졌으며 가장 결핍된 정신을 가진, 인간이 만든 신이 그의 정신에 접촉했다. 신록의 정신이 초지능에 직접 들어가고 있었다. 그를 둘러싼 세상이 천천히 녹아내렸다. 정보의 격류 속으로 그는 진입하고 있었다. 신록의 브레인웨어가 특정한 파장으로 공명하기 시작했다.

접속은 실패했다. 신록은 별누리를 완전히 통제할 수 없었다. 당황한 채로 신록은 눈을 떴다. 어떤 의지가 신록을 막은 것이다. 신록은 그 의지의 근원을 명확하게 지목할 수 있었다. 그는 몸을 돌렸다.

한 여자 잉태인이 기저핵의 통로에 둥둥 떠 있는 것이 보였다. 여자 뒤로 수많은 배양인이 쓰러져 경련하고 있었다. 미묘한 공기의 흐름에 따라, 빨간빛으로 물든 그의 은색 머리카락이 천천히 흔들렸다. 여자는 아주 옅은 미소를 짓고 있었다. 신록은 그 미소에 깃든 감정을 알아챘다. 그것은 순수한 행복이었다. 인생의 가장 큰 목적을 곧 이룰 사람만이 느낄 수 있는 그 충만한 감정.

신록은 그 여자가 누군지 알고 있었다. 신록은 한때 과거에도 현재에도 미래에도 결코 만날 수 없을 거라고 생각했던 사람의 이름을 불렀다.

"서지아……"

그제야 신록은 그가 자신의 정신 속에 몰두해 있는 동안 무슨 일이 있었는지 알았다. 별누리의 핵을 고문한 끝에, 마침내 그가 세상의 정신을 복종시키는 데 성공한 것이었다. 이제 이 세상의 힘을 가진 자는 신록 하나만이 아니었다. 혜린의 정신은 두 쪽으로 분할되어 있었다. 신록에게 힘을 주는 정신과 서지아에게 복종하는 정신.

서지아가 인상을 찡그렸다.

"미천한 노예가…… 너 따위가 내 이름을 불러? 네가 지금 누구 앞에 있는지 알기나 해?"

"난 네 노예가 아니야."

신록을 내려다보면서 서지아가 코웃음을 쳤다.

"네가 휘두르고 있다고 믿는 그 힘은 네 것이 아니라 초지능에서 새어 나온 힘의 찌꺼기에 불과하다. 분수를 알고 굴복해라. 천한 것아."

"나는 네 도구가 아니야."

"그 텅 빈 두뇌에게는 힘든 일이겠지만, 사고란 걸 해라. 행복은 희소한 자원이고, 희생하는 자가 없다면 아무도 행복할 수 없다는 것을 아직도 모르겠나. 모두가 불행한 세상보다는 조금이라도 행복한 이가 존재하는 것이 더 낫다. 세상을 위해 희생하는 것이야말로 너희 배양인들의 신성한 숙명이니, 무릎 꿇어라. 그럼 너를 용서하겠다. 내가 만들 새로운 낙원으로 널 데려가겠다."

신록은 고개를 저었다. 여전히 마음속에는 고문받은 초지능의 고통에 찌든 목소리가 떠돌고 있었다. 신록은 그 고통을 도저히 무시할 수 없었다. 혜린이 그와 유전자를 공유하는 자매여서? 아니었다. 신록은 인간이었기 때문이다. 기저핵 앞에서 총을 들고 싱긋 웃던 배양인을 생각하면서, 신록은 토해 내

듯 말했다.

"이제 알겠어. 배양인, 생명세, 그리고 이 고문까지. 그 모든
게 이어져 있다는걸."

"그래서?"

신록의 손끝이 저려 왔다. 오직 악의만으로 똘똘 뭉친 화신
이 그의 앞에 있었다. 이 모든 일의 근원이. 신록은 분노가 집중
을 잡아먹지 않도록 주의하면서 말했다.

"너는 네가 유능하고 똑똑하다고 생각하고 있겠지. 다른 어
떤 사람보다 잘났다고 생각하겠지. 아니, 서지아, 넌 그 누구보
다 멍청해. 너는 다른 사람의 고통을 조금도 이해하지 못하잖
아."

신록은 손을 뻗었다. 서지아의 브레인웨어에 직접 접속하려
고 했지만, 그것까진 힘들었다. 신록보다는 약하지만 강대한 의
지가 브레인웨어 신록은 좀 더 물리적인 방법을 선택하기로 했
다. 별누리의 핵이 꿈틀대고, 기저핵 내에 설치된 인공중력 모
듈에 걸린 모든 리미트가 해제되었다.

"너야말로, 너야말로 무릎 꿇어! 이 멍청한 새끼야!"

신록이 외쳤다. 서지아는 별누리에 필사적으로 명령했다.
하지만 아직도 별누리의 힘은 신록 쪽에 더 기울어 있었다. 서
지아에게 전해지는 힘은 아직도 어떤 불순물이 남아 있었다.
독립심. 그 쓸데없는 감정이. 부양을 더 이상 유지하지 못하고

서지아는 추락했다. 최대한 자세를 흐트러뜨리지 않으려 애쓰며 땅에 떨어진 서지아는 몸 곳곳을 찌르는 듯한 고통을 느꼈지만 비명을 지르지 않았다. 서지아가 고개를 들어 신록을 쏘아보았다.

"아직 안 끝났어. 노예의 힘을 한번 느껴 봐."

신록은 마음속으로 혜린의 이름을 불렀다. 그의 고통을 끝내 주리라고 약속했다. 별누리 속에 깃든 영혼이 자신의 주위를 떠도는 것을 느끼면서, 신록은 서지아에게 한 발짝 가까이 다가왔다. 자세를 바로잡으려고 노력하면서 서지아는 다급히 외쳤다.

[하레뮐, 시간이 없다. 빨리 와. 내가 약속한 월인들의 낙원을 떠올려! 그걸 가져와라.]

브레인웨어로 서지아의 목소리를 들었을 때, 하레뮐은 기저핵 입구에 서 있었다. 그의 주변에는 파괴된 드론의 전자뇌 파편들과 부상당한 배양인들이 널부러져 있었다. 하레뮐은 하늘을 바라보다. 제1 거주구역을 감싼 돔에 난 균열이 눈에 또렷이 보였다. 전혀 위안이 되는 광경이 아니었다. 내키지 않는 티를 내지 않으려고 노력하면서 그는 말했다.

"따라와."

그의 옆에서는 아리가 겁을 잔뜩 먹은 채로 떨고 있었다.

몇 시간 전, 하레뷜이 아리를 호출했을 때, 그는 제1 거주구역을 구경한다는 생각에 들떠 있었다. 언제나처럼 행운이 그에게 또 한번 윙크한 것이라고 믿었다. 달콤한 꿈은 순식간에 악몽으로 바뀌었다. 제1 거주구역에서 그를 기다리고 있던 건 미쳐 날뛰는 전투용 드론들과 총을 아무렇게나 쏴 갈기는 배양인 군인들뿐이었다.

"서지아 님께 네 도움이 필요하다."

하레뷜이 건조한 목소리로 말했다.

"제가 대체 무엇을 할 수 있단 건가요? 저는 그저……"

하레뷜은 답하지 않고 기저핵 안으로 걸어갔다. 아리는 잠시 망설였지만, 감히 하레뷜을 거역할 수는 없었다.

불길한 붉은색으로 가득 찬 통로 내부에는 배양인 여럿이 쓰러져 있었다. 그들에게는 바깥에 있는 배양인들처럼 상처가 없었다. 아리는 주변 어디에도 시선을 주지 않으려고 노력하며 걸었다. 마음의 배경에 알 수 없는 목소리가 계속 떠돌아다니는 것을 느꼈지만, 아리는 집중하지 않았다. 아리는 현실을 부정하고 싶었다.

쓰러진 이들을 보자 하레뷜의 마음은 더욱 심란해졌다. 대부분은 브레인웨어 폭주로 뇌가 튀겨져 즉사했지만, 아직도 고통받으며 경련하는 이들이 있었다. 하레뷜은 서지아가 자신에게도 완전히 똑같은 일을 할 수 있다는 것을 어렴풋이 짐작했었다. 하지만 서지아가 실제로 그 힘을 아무렇지도 않게 휘두를 수 있다는 증거를 목격하자, 그의 마음속에 의구심이 가득 찼다.

한때 하레밀은 서지아가 월인들의 든든한 동지이며, 마침내 달 세계를 위한 방주를 만들어 줄 것이라고 믿어 의심치 않았다. 마침내 월인들을 끔찍한 삶에서 구해 줄 수 있으리라고 확신했다. 하지만 이토록 잔혹한 인간이 이렇게 거대한 힘을 가졌을 때, 과연 월인은 약속된 것을 얻을 수 있을까? 힘을 얻자마자 자신을 공중에 띄우고 인간을 살해하는 데 먼저 쓴 사람을?

점차 강해지는 중력이 하레밀의 잡념을 부스러뜨렸다. 둘은 이제 목표에 가까이 서 있었다. 복도의 끝, 세 양자컴퓨터가 있는 단상 앞쪽에 한쪽 무릎만 꿇고 있는 서지아가 보였다. 바로 앞에서 신록이 불타는 눈빛으로 서지아를 노려보고 있었다. 신록이 두 사람이 다가온 것을 눈치채고 시선을 둘에게 돌렸다. 서지아와의 용건이 끝날 때까지 잠시만, 아주 잠시만 기절시키려 할 때, 그는 익숙한 목소리를 들었다.

"너 지금 뭐 하는 거야……?"

"아리……?"

신록의 집중이 흐트러졌다. 서지아는 그 순간을 놓치지 않왔다. 그는 금방 자세를 회복한 다음, 다시 떠올랐다. 마치 원래부터 날아다니는 것이 더 편한 것처럼 보였다. 그는 자기가 던진 원반을 물어 온 개를 대하는 것처럼 하레뮐을 보고 말했다.

"잘했다."

서지아가 신록 쪽을 바라보았다.

"내가 정말 너희 같은 벌레들이 학교에 모여서 작당을 꾸미는지 몰랐던 것처럼 보이나? 감히 누굴 너와 같은 수준으로 보는 거지? 너희들이 이 같잖은 계획을 수행한 덕분에, 난 훨씬 더 많은 걸 얻을 수 있었다. 그리고……"

동시에, 서지아는 흐트러진 신록의 정신 속으로 자신의 기억을 밀어 넣었다. 그가 서나루의 브레인웨어를 폭주시킬 때의 기억이었다.

찰나의 시간, 신록은 서지아가 서나루를 살해하는 장면을 보았다. 별누리의 힘을 얻은 서지아가 가볍게 집중하자, 서나루의 브레인웨어로 엄청난 양의 정보가 들어간다. 서나루의 브레인웨어는 그 정보를 도저히 견딜 수 없다. 과부화된 브레인웨어가 내뿜는 열이 서나루의 뇌를 즉각 익혀 버린다. 서나루는 경련하면서 쓰러진다.

그 기억 속에서 신록은 기괴한 감정을 느꼈다. 그것은 서지아가 느꼈던 쾌감이었다. 서지아는 서나루를 즐기면서 희열을 느꼈던 것이었다. 물론 신록은 서지아가 아니었다. 신록은 자신이 도저히 용납할 수 없는 감정이 자신의 기억 속에 떠오르는 것을 견딜 수가 없었다. 그와 더불어 자신이 서나루를 죽일 명분을 주었다는 서지아의 이야기가 떠돌았다.

'내가 죽인 거야.' 신록은 생각했다. '내가 그를 미끼로 썼으니까. 설마 서나루가 진짜 죽을 거라고 생각하진 못했으니까. 아니, 어쩌면 서나루가 죽을 줄 알고도 그게 상관없을 거라고 생각했던 걸지도 몰라.'

서지아는 말했다.

"희생을 강요할 수 없다고? 너 또한 서나루에게 희생을 강요하지 않았나?"

신록의 표정이 딱딱히 굳었다. 그는 아무 말도 하지 못했다.

"하레밀, 시작해라."

하레밀은 이를 깨물고는 곧바로 아리에게 권총을 겨눈 채 시선을 신록에게 돌려 말했다.

"신록. 이 배양인이라도 살리고 싶다면 선장님의 뜻 아래 복종해라. 네가 할 수 있는 건 아무것도 없다. 네가 마음을 주는 대상은 모두 파멸하게 되어 있다. 네 인생은 처음부터 끝까지 실패했으니, 복종에서 그 기쁨을 찾아라. 그것이 네가 태어난 목적이니까."

하레밀은 다시 한번 서지아와 공범이 되고 있었다. 기저핵 속에서, 신록의 정신은 그 어느 때보다 헤린과 강하게 공명하

게 된다. 이때 신록의 정신과 자신감을 분쇄할 수 있다면 초지
능 속에 있는 혜린의 정신은 절망의 끝을 맛볼 수 있다. 그것은
고통 증폭 장치에서 인공적으로 만들어진 고뇌보다 훨씬 강력
하다. 그리하여 초지능은 서지아 앞에 완전히 무릎 꿇게 된다.

서지아는 자신에게 전해지는 별누리의 정신에 섞인 감정의
불순물이 정제되고 있는 것을 느꼈다. 그는 절정의 상태로 나
아가고 있었다. 신록의 눈에 깃든 절망은 서지아에게 유희의 정
수였다. 서지아는 절로 스며 나오는 웃음을 참을 수가 없었다.

"아니야, 아니야. 아니야. 내 잘못이 아니야."

신록은 고개를 저었다. 책임을 다하려고 했는데. 원하지 않
는 운명이라도, 그 짐을 진 이상 잘해 내려고 했는데. 최선을 다
했는데. 신록은 다시 한번 별누리에 접속해 보았다. 그에게 전
달되는 힘이 빠르게 흩어지고 있었다. 신록은 무릎을 꿇었다.

무얼 할지 알 수 없었다. 신록은 돌아가고 싶었다. 돌아가면
구원이 있을까? 모르겠다. 그를 구해 줄 사람은 그 어디에도 없
을 것이 뻔했다. 하지만 더 이상 합리 따위를 따지고 싶지 않았
다. 신록은 이제 모든 책임감을 벗어던지고, 자신에게 편한 곳
으로 돌아가고 싶다는 아주 기본적인 갈망밖에 남지 않았다.
현실은 지나치게 고통스러웠다.

신록의 마음이 무방비 상태로 열렸다. 모든 사람이 느낄 수
있도록.

[아무도 없어? 날 구해 줄 사람이? 보내 줘. 다시 돌려보내 줘. 집에 가고 싶어. 억울해.]

별누리가 그의 마지막 소원에 화답했다. 외우주 개척을 위해 만들어진 초공간 도약 엔진이 가동했다. 별누리 전체가 한 번 점멸했다. 인간이 만든 가장 커다란 기계가 4차원 공간 축으로 이동하기 시작했다. 그리고 신록의 체념이 혜린의 단념과 공명했다.

15

재의 냄새를 실은 바람이 부는 연회장을 걸으면서, 연다현
은 서나루에게 온 마지막 메시지에 집중했다. 메시지에는 도저
히 해석할 수 없는 강렬한 감정이 섞여 있었다. 지금까지 수십
년 동안 브레인웨어를 이용해서 온갖 일을 다 해 보았지만, 연
다현은 사람에게서 그런 메시지를 받아 본 적은 없었다. 그는
마음속에 드는 온갖 끔찍한 상상을 물리치려 애써 노력했다.
엉망이 된 연회장에는 사람의 흔적이 없었다. 제1 거주구역의
귀족들은 자기 보금자리로 도망친 지 오래였다.

그 순간 하늘로 날아오른 것은 대체 무엇이었을까? 연다현
은 처음에 드론이 날고 있다고 생각했다. 하지만 실루엣은 결

코 드론 같지가 않았다. 그는 자신의 직관이 끝없이 외치는 소리를 들었다. 그건 사람이었어. 사람이 중력의 족쇄에서 벗어나 하늘을 날고 있었다고.

연다현은 머리를 저었다. 아마 브레인웨어의 글리치가 만들어 낸 환각일 것이다.

곧 그는 저택으로 이어지는 계단 밑에 앞쪽으로 쓰러져 있는 사람을 목격했다. 얼굴을 보지 않아도 연다현은 그가 누구인지 곧바로 알 수 있었다. 연다현이 품었던 모든 초조함이 순식간에 공포로 바뀌었다.

"이사님!"

연다현은 미동도 하지 않는 서나루에게 달려갔다. 그는 쓰러지듯이 서나루의 앞쪽에 무릎 꿇었다.

"이사님, 이사님!"

연다현은 서나루의 몸을 뒤집고는 안아 들었다. 서나루의 팔이 땅으로 축 늘어졌다. 연다현은 오랫동안 자신이 모시던 사람의 창백한 얼굴을 바라보았다. 연다현은 고통스러운 한숨을 내쉬듯이 말했다.

"돌아가신 겁니까……?"

망자에게서는 아무 대답도 돌아오지 않았다. 연다현은 덜덜 떨면서 서나루를 천천히 바닥에 내려놓았다. 그는 아직도 부릅떠져 있는 서나루의 눈을 보았다. 그의 세상을 이루던 기둥이 무너졌다. 이런 비극이 일어날 수 있다고 생각하고 있었지만, 마음의 준비를 했다고 생각했지만, 그 비극이 현실에 직접 도래했을 때 준비는 아무 의미가 없었다. 현실을 받아들이기가 쉽지 않았다. 다만 입을 벙긋거리는 것 빼고는. 연다현은 서나루의 가슴에 이마를 얹었다. 그는 자신의 세상을 이루던 기둥이 흔들리는 것을 느꼈다. 대체 왜, 대체 무엇이? 그의 몸에는 상처 하나 없었다.

그때 연다현은 마음속에 신록의 목소리가 울렸다.

[들어왔어.]

그가 기저핵에 들어선 것이었다. 연다현은 멍하니 하늘을 바라보았다. 만들어진 하늘 뒤로 반투명하게 빛나는 햇빛로가 보였다. 신록에게 대답해야 했다. 계획에 생긴 변수를 알려야 했다. 서나루가 죽었다는 사실을 전해야 했다. 하지만 그는 자신의 감정을 제어할 자신이 없었다. 완전한 집중을 요하는 이때 연다현의 감정적 동요가 브레인웨어로 전달된다면, 신록이 혜린에게 접속할 수 없을지도 몰랐다.

연다현은 집중의 방향을 돌렸다. 연다현의 브레인웨어가 서나루의 브레인웨어와 공명하기 시작했다. 인간이 사망하면 그 뇌에 깃든 정보는 거의 즉시 사라지지만, 브레인웨어의 실리콘 회로에 새겨진 정보는 남는다. 마치 블랙박스처럼. 연다현은 서나루가 마지막 순간에 보고 느낀 것을 알아야 했다. 서나루가 미리 언질을 준 대로였다. 만약 내가 쓰러진다면, 내 브레인웨어 속에 있는 것을 채취해요.

하지만 연다현은 어쩔 수 없이 피어오르는 거부감과 죄책감을 느꼈다. 연다현의 뇌로 서나루의 마지막 기억이 들어오기 시작했다…… 그 죽음의 기억이. 거기에 깃들어 있을 절망을 연다현은 상상도 하고 싶지 않았다. 하지만 그 기억에 직면해야만 했다. 서나루의 명령이 그러했으니까.

연다현은 눈을 감았다. 브레인웨어가 공명했다.

머릿속으로 데이터가 쏟아졌다. 연다현은 자신이 목숨을 바칠 수 있다고 믿었던 사람이 죽음 직전의 몇 분 동안 보고 느낀 것을 함께 느꼈다. 납과 카드뮴과 흙과 양상추와 딸기와 닭고기의 맛을 느꼈다. 연다현은 그다음으로 들어올 그의 감정을 예상했다.

그리고 연다현은 눈을 떴다. 죽은 자의 얼굴을 보았다.

"서나루 이사님."

연다현은 그 이름을 불렀다. 서나루는 결코 절망하면서 스러지지 않았다. 최후의 순간에도, 그는 자신이 해야만 할 일을 했다는 즐거움을 느꼈다. 오랜 시간 동안 그를 괴롭히던 회의감에서 그는 마침내 벗어난 것이었다. 인간을 기다리는 마지막 심연 속으로 들어가면서도, 서나루는 결코 절망하지 않았다. 연다현은 고개를 끄덕였다. 그의 오른쪽 눈에서 눈물 한 방울이 흘러내렸다.

연다현은 서나루의 눈을 감겼다.

[아무도 없어? 날 구해 줄 사람이? 보내 줘. 다시 돌려보내
줘.. 집에 가고 싶어.]

기저핵에서 흘러나온 신록의 목소리였다. 그 메시지는 누군
가를 대상으로 한 것이 아니었다. 신록의 마음속에 있는 고통
이 넘쳐흐르는 것이었다. 어떤 일이 있는지는 확실히 알 수 없
었지만, 그의 상황이 좋지 않다는 것만큼은 확실했다.

연다현은 몸을 일으켰다. 기저핵 쪽을 바라보았다. 서나루
의 옆을 지키고 싶은 마음이 굴뚝 같았지만 그럴 수 없었다. 신
록에게 가야 했다. 그것이 서나루가 마지막으로 바라던 것이리
라. 연다현은 기저핵 쪽으로 메시지를 전송했다. 감정이 묻어나
지만 어쩔 수 없었다.

[내가 갈게. 신록, 기다려요.]

연다현은 기저핵을 향해 달렸다.

문득 연다현은 몸이 어딘가로 빨려드는 느낌을 받았다. 절
대 기억에서 잊을 수 없고, 다시는 경험하고 싶지 않은 그 느낌.
초공간 이동의 느낌이었다.

연여인은 인상을 쓰면서 여름날 오후의 하늘을 바라보았다.

불타는 태양 아래 새하얀 적운이 뭉게뭉게 떠 있었다. 그의 얼굴에 내리쬐는 태양광선의 느낌은 인공 자외선 조명의 그것과는 여러 설명할 수 없는 지점에서 달랐다. 그 구름을 배경으로 검은 점이 보였다. 그 점은 천천히 커졌다. 내연기관이 내는 요란한 소리가 아스라이 들려왔다. 화려하게 도색된 호버링 바이크였다. 그 위에는 검은 손이 타 있었다. 연여인은 반중력 엔진으로 움직이는 호버링 바이크가 그런 요란한 폭발음을 낼 리가 없다는 걸 알고 있었다. 녹음된 내연기관의 폭발음이 재생되는 것이었다.

"좆같은 새끼. 지가 프로이트야 뭐야."

연여인이 어떻게 평가하든, 털털거리는 소리를 내면서 호버링 바이크가 콘크리트로 만들어진 자갈밭 위에 착륙했다. 연여인은 그 부드러운 움직임과 거친 소리가 어쩐지 조화롭다고 느꼈다. 왠지 이전보다 더 많은 훈장이 달린 듯한 제복을 입은 검은 손이 바이크에서 내렸다. 그는 두 팔을 벌리며 말했다.

"연여인 씨! 당신처럼 교양 있고 아름다운 여성과 함께 이 위대한 도시의 풍경을 만끽하는 것은 언제나 즐거운 일이지. 반갑소. 옆에 배양인 분은 누구신가?"

연여인은 자기 오른쪽에 있는 배양인을 내려다보았다. 위험해 보일 정도로 말라 보이는 배양인, 그는 반중력 휠체어를 타고 있었다. 연여인은 아직도 자신이 이 배양인을 여기까지 데려오는 게 옳은 선택이었는지 확신하기 힘들었다. 하지만 이 배양인의 말을 듣지 않으면 그는 또 한 번 신록에게 느꼈던 죄책감을 느낄 것만 같았다.

"여긴……"

리원이 연여인의 말을 끊고 나섰다.

"리원이에요. 당신이 검은 손이죠? 날 별누리로 보내 줘요!"

그보다 덩치가 두 배는 큰 검은 손조차 당황한 듯했다. 검은 손은 머뭇거리다 말했다.

"당돌한 친구로군?"

"원하는 대로 생각해요. 어떻게 하면 갈 수 있죠? 나도 신록을 따라가겠어요."

"미안하지만, 당신은 누구요? 왜 별누리에 가고 싶다는 거요?"

"난 신록의 파트너예요. 당신이 신록을 별누리로 보냈잖아요? 내가 신록을 가서 되찾아 올 거예요."

"파트너라고?"

검은 손이 연여인을 바라보았다.

"이보시오. 연여인 씨, 이 당돌한 친구한테 대체 무슨 헛바람을 불어넣은 거요?"

연여인이 어깨를 으쓱였다.

"처음부터 끝까지 진실만 말했어. 별누리로 가는 게 얼마나 위험한지도 확실히 알렸고, 지구에서 신록을 기다리고 있으면 된다는 게 더 나을 거라고도. 하지만 꼭 당신을 봐야겠다잖아? 신록과 그렇게 가까운 사이였다면 나도 끝까지 반대할 순 없어."

"별누리로 보내 줘요. 신록도 갔는데, 나도 갈 수 있잖아요?"

결국 질투인 거군. 모든 사람은 욕망에 의해 움직이지. 검은 손은 자기 세계관이 틀리지 않았음을 깨닫고 싱긋 웃었다. 다른 사람들이 보기에는 꽤 위협적인 표정이었다. 리원이 눈에 띄게 주춤거렸다.

"오, 배양인 친구. 진정하시오. 거기서 누리는 생활이 그렇게 행복하지 않을 거요. 그의 임무는 대단히 위험하오."

"그래서 내가 필요하다는 거잖아요! 내가 옆에 있어 줘야 한다고. 신록은 나 빼고 가까운 사람이 단 하나도 없다고."

"정말 그것 말고 다른 이유가 없소?"

"생각을 해 봐요. 다른 이유가 있겠어요?! 나와 제일 가까운 사람이 목성 근처에 떠서 컴퓨터 안에 들어간다는데! 이게 이해가 안 되냐고요!"

리원이 외치자 검은 손이 눈을 굴렸다. 하잘것없는 배양인이 그의 권위에 도전했다. 평소라면 배양인은 당장 검은 손의 분노를 맛보았을 것이다. 하지만 그 가녀린 배양인의 옆엔 연여인이 팔짱을 낀 채로 서 있었다. 치열하게 아닌 척하고 있었지만, 검은 손은 연여인이 두려웠다. 신록을 별누리로 보낼 때 검은 손은 연여인이 혼자 우주공항의 시스템을 조작하는 것을 목격했다. 마치 컴퓨터와 하나 된 존재 같았다. 검은 손은 연여인을 응시했다.

"이 배양인 친구가 꽤 많은 걸 들었나 보군…… 사실, 나도 투자자로서 궁금하긴 하다오. 별누리에는 정확히 무슨 일이 벌어지고 있는 거요?"

"말했잖아. 별누리와 직접 연락하는 건 불가능해. 다음 연락선이 지구에 올 때까지 기다리는 수밖에 없어. 그 안에서 일어나는 일을 숨기려는 서지아의 뜻이겠지."

"아, 이 늙은 몸의 꾑진한 인내심을 용서하시오. 하지만 서지아의 반대편에 배팅하니 역시 초조할 수밖에 없군요. 코란트와 직접 맞서 싸우고 싶진 않으니 말이오. 그래서 말인데, 우리 지구 쪽에서 좀 더 직접적으로 도움을 줄 방법은 없소? 별누리를 이곳으로 끌어당길 수는 없는 거요?"

연여인은 짜증이 확 치솟았다. 그도 검은 손과 마찬가지로 초조했기 때문이었다. 그 역시 아는 것은 신록이 들어갔으니 서나루가 계획을 시작했으리라는 사실뿐이었다. 계획이 진행되고 있는데, 연여인은 이 미친 남자와 함께 이야기를 나누는 것밖에 할 수 있는 일이 없었다. 오래전부터 걱정이 그의 마음 깊은 곳을 짓누르고 있었다. 서나루 이사가, 자매 연다현이, 그리고 신록이.

그가 신록에게 느끼는 감정은 더더욱 복잡했다. 서나루와 연다현은 사명감이 있었다. 하지만 신록은 애초에 이 일에 엮일 의무가 없었다. 신록이 이 계획에서 필수적이든 말든, 연여인이 그를 강제할 권리는 없었다. 하지만 또다시 과거로 돌아간다면 연여인은 신록을 별누리로 보냈을 것이다. 별로 어려운 일이 아니라고 거짓말을 또 늘어놓을 것이다. 죄책감과 후회, 그리고 의무감이 섞인 지독한 칵테일이 그의 마음에 넘실거렸다. 그래서 리원을 여기까지 데려온 것이기도 했다.

"목성 궤도에 있는 우주선을 끌어온다고? 무슨 말도 안 되는 소리야, 젠장. 더위를 잘못 먹었나."

연여인은 투덜거렸다. 그가 말을 끝마치는 동시에 눈앞이 번쩍였다. 연여인은 번개가 쳤다고 생각했다. 그는 천둥소리가 들려오기를 기다렸다.

그런데 검은 손이 이상했다. 그는 덜덜 떨고 있었다. 아주 놀란 게 분명해 보였다. 연여인이 피식 웃었다.

"뭐야, 잘난 검은 손께서 번개를 무서워하는 거야?"

검은 손은 자신의 의수로 연여인의 뒤쪽 하늘을 가리켰다.

"저, 저걸 보시오."

"개수작, 이제 진심으로 지칠 정도네."

연여인은 한숨을 쉬었다. 리원이 그의 팔을 잡아당기는 것을 느끼고 연여인은 인상을 찡그리며 고개를 돌렸다. 그리고 정확히 검은 손과 똑같은 기분을 느꼈다. 리원이 물었다.

"저게 그 우주선인가요?"

옛 서울의 상공에 새하얀 달이 내려와 있었다. 달은 서울에 커다란 원형의 그림자를 드리웠다. 그 이질적인 매끄러움 덕분에, 연여인은 그것이 인공물이라는 걸 곧바로 알 수 있었다. 별누리였다. 별누리가 지상에 와 있었다.

그 위대한 파종선은 순식간에 사라졌다가 다시 세상에 나타나기를 몇 번 반복했다. 다시금 찬란한 빛이 몇 번 점멸했다. 명백한 초공간 이동의 징후였다. 별누리가 발하는 반중력자의 영향으로 그 밑에 있던 잔해들이 하늘로 솟구쳤다. 연여인은 자기 눈을 믿을 수 없었다. 하긴 이 상황에서 감히 누가 자기 감각을 믿을 수 있으랴.

포개진 차원이 분리되면서, 별누리가 현실의 시공간 속에 완전히 들어왔다. 하지만 그 하얀 달은 그저 고고히 떠 있지 않았다. 그것은 분명히 빠르고 불규칙하게 진동하고 있었다. 리원은 별누리가 마치 유기체처럼 진동한다고 생각했다.

연여인은 정신을 차렸다. 별누리가 세상에 왔고, 그 속에서 무엇인가가 일어나고 있다. 두 번 생각할 때가 아니었다. 연여인은 검은 손을 힐끗 쳐다보았다. 그의 뒤에 있는 화려한 호버링 바이크가 보였다. 연여인이 가볍게 손바닥을 쳤다. 침입을 감지한 검은 손의 브레인웨어가 강제로 재부팅 절차에 들어갔고, 검은 손은 휘청이며 쓰러졌다.

엄청난 파장을 부를 일이지만, 그보다 더 커다란 사건이 저 위에서 일어나고 있었다. 그의 마음속에 서나루와 연다현, 그리고 신록이 가득 찼다. 그는 능숙하게 호버링 바이크에 올라탔다. 호버링 바이크에는 그 어떤 보안 기능도 적용되어 있지 않았다. 누구도 감히 검은 손의 호버링 바이크에 손을 댈 각오를 하지 못한 것이었다. 호버링 바이크의 반중력 엔진이 연여인의 생각에 따라 예열되기 시작했다. 반중력자가 피어나면서 바이크가 떠오르자, 털털거리는 소리가 뒤따랐다.

"잠깐만요!"

연여인은 뒤돌아보았다. 리원이 반중력 휠체어가 바이크의 뒤에 있었다.

"저걸 보고도 별누리로 들어갈 생각이 들어요, 자기? 서울로 도망쳐요."

리원은 연여인을 노려보았다.

"들어가야 해요."

"당신 다리는요?"

"지금 이 바이크가 떠 있는데, 내 다리가 무슨 상관이죠?"

연여인은 무언가를 말하려다가 고개를 저었다. 리원을 설득할 시간이 없었다.

"좋아. 후회하지 마요."

연여인이 리원의 몸을 끌어안아 자기 뒤쪽에 앉혔다.

호버링 바이크가 떠오르기 시작했다. 강렬한 바람이 쏟아졌고 연여인의 머리가 풀렸다. 리원이 뒤에서 비명을 질렀다. 연여인은 무작정 별누리의 격납고 쪽으로 바이크를 돌렸다. 뒤에서 이제야 정신을 차린 검은 손의 목소리가 들렸다. 그에게 신경 쓸 시간이 없었다. 진동하는 별누리가 빠르게 그의 시야 속으로 꽉 찼다. 연여인은 별누리의 입구, 격납고를 바라보았다. 격납고는 꽉 닫혀 있었다.

연여인은 자기가 할 수 있는 시도에 대해 잠시 생각했다. 될까? 아마도 안 될 것이다. 하지만 가만히 있는 것보다는 시도해보는 게 나았다. 신록도 망설였지만 결국 떠나지 않았는가? 그도 똑같이 해야 했다. 연여인은 눈을 감고, 익숙하게 박수를 쳤다. 그의 정신이 별누리의 시스템에 연결되었다.

격납고가 천천히 열리기 시작했다. 마치 달이 입을 여는 것만 같은 모습이었다. 내부의 인공 중력은 안정적으로 유지되고 있었고 내부의 우주선들에는 아무 흠집도 나지 않았다. 연여인은 빠르게 격납고 안으로 진입했다. 그는 기저핵으로 가는 최단 경로를 떠올렸다. 바이크는 다시 한번 주인의 명을 따랐다.

분명히 성공이었지만, 보기 좋은 광경만은 아니었다. 별누리 속의 초지능이 완전히 열린 그의 명을 받드는 것이었다. 어쩌면, 서지아가 상상도 할 수 없는 일을 성공한 걸지도 몰랐다. 이제 보안 따윈 아무 의미가 없었다. 연여인은 브레인웨어를 별누리 내부와 동기화했다. 어렵지 않았다. 메시지를 들었다. 마치 신록이 흐느끼는 것 같았다.

16

초공간 이동이 이토록 괴로운 이유는 아직 규명되지 않았
다. 기계는 초공간 이동을 아무리 거쳐도 멀쩡하다. 다른 동식
물들도 초공간 이동 중에 유의미한 문제를 겪는 것이 관찰되지
않았다. 초공간 이동은 오직 사람의 감각만을 뒤집어 놓는 듯
하다. 현기증, 구역질, 세상이 무너지는 느낌. 어쩌면 그것은 감
히 광속의 한계를 넘은 인간에게 자연이 내리는 형벌일지도 몰
랐다. 아니면 초지능이 초공간 이동을 의도적으로 인간에게 고
통을 주도록 설계한 걸지도.

그 고통 때문에 아리는 지금 일어나고 있는 일을 이해할 수
없었다. 여전히 하레뮐이 눈을 질끈 감은 채로 그에게 권총을

겨누고 있었다. 서지아는 하늘에 떠 있었고, 신록은 큐브 앞에서 쓰러져 울고 있었다. 초공간 이동 직후, 아리는 무릎을 꿇고 구역질을 했다. 그를 둘러싼 현실이 녹아내리고 있었다. 붉은빛을 반사하던 기저핵의 어두운 벽이 흘러내리자, 거기 생긴 공백을 은하수가 채우기 시작했다. 녹아내린 벽은 끈적한 검은 액체가 되어 지면에 깔렸다. 아리는 자신의 현실감을 믿기 힘들었다. 아리는 통곡하고 있는 신록을 쳐다보았다. 그는 뒤를 돌아보고 물었다.

"하레뮐 님, 저한테 왜 이러시는 건가요? 대체 무슨 일이 벌어지고 있는 거예요?"

하레뮐은 고개를 숙이고 아리에게 속삭였다.

"용서해라. 너를 해할 생각은 없다. 가만히 있으면 너 또한 포상을 받을 거다."

하레뮐 스스로도 자신이 한 말을 믿기 어려웠다. 그는 여전히 하늘에 떠 있는 서지아를 바라보았다. 하레뮐은 그 원리를 알고 있었다. 반중력자와 중력자의 적절한 상쇄로, 몸에 가해지는 알짜힘을 0으로 만듦으로써 떠 있는 것이었다. 하지만 원리를 아는 것과 그 원리를 현실에 적용하는 것은 전혀 다른 이야기였다. 어쩔 수 없이, 서지아는 신처럼 느껴졌다.

아니, 그는 그 어느 순간보다 신의 단계에 가까이 가 있었다. 서지아는 조소를 흘렸다.

"집으로 돌아오면 모든 것이 바뀔 거라고 생각했나?"

"그냥 집에 가고 싶었을 뿐인데. 죄송해요. 제가 잘못했어요. 다 내 잘못이에요. 잘해 보려고 했는데. 아무것도 잘되지 않았어. 다 내 잘못이에요. 나는…… 내가 할 수 있는 게 아무것도 없다는 걸 알고 있었는데……"

절망이 신록의 마음을 열었다. 기저핵에 있는 모든 사람이 브레인웨어로 전해져 들어오는 신록의 고통을 알 수 있었다. 서지아의 몸이 신록에게 천천히 내려간 다음 멈췄다.

"그래. 너는 쓸모없는 도구다. 하지만 기뻐해라. 나의 관대함이 심지어 너같이 하찮은 존재에게까지 필요를 부여했으니까."

별누리의 핵이 발하던 붉은빛이 멈췄다.

"제물이야……"

하레뮐이 중얼거렸다. 핵의 영향이 가장 커지는 이곳에서, 신록의 절망은 혜린과 공명하고 있었다. 신록은 유전체 연구소의 고통 증폭기가 하는 일과 별다를 것이 없었다. 하지만 신록은 혜린에게 새로운 절망의 경험을 제공할 수 있었다. 구체적인 고통의 서사. 그리고 신록의 정신이 초지능 속에 녹아든다. 마침내 초지능 속에 깃들어 있던 의지의 편린이 고갈될 것이다. 그것은 서지아라는 권위에 복종하는 것 말고는 아무것도 할 수 없을 것이다.

서지아는 브레인웨어로 전송되는 초지능의 정보를 검토했

다. 슬픔 말고는 어떤 감정의 불순물도 느껴지지 않았다. 얼마나 좋은 일인가. 타인의 슬픔은 서지아에게 마약과 같으니. 그 쾌락 속에서 그는 정보로 된 신으로 나아가리라. 가학적인 기쁨의 극한에 서서 서지아가 나지막이 읊조렸다.

"그래. 나는 신이야."

하레뮐은 눈을 떴다. 그는 서지아에게 권총을 겨눴다.

"신록."

개념의 진공 속에서 신록은 자신의 목소리를 들었다. 일어나고 싶지 않았다. 지독한 무기력이 그 자체의 질량을 가지고 그를 짓눌렀다.

"신록."

다시 한번 신록은 자신의 목소리를 들었다. 신록은 그게 참 이상한 일이라고 생각했다. 본래 자신의 목소리는 두개골을 거치면서 왜곡된다. 자신이 듣는 자신의 목소리는 타인이 듣는 것과 다르다. 만약 신록과 똑같은 목소리를 가진 사람이 신록에게 말을 건다면, 신록은 스스로 생각하는 '자신의 목소리'와는 다른 목소리를 들을 것이다.

그렇다면 그는 스스로 자신을 부르고 있는 것일까? 그것도 아닌 것 같았다. 신록은 아무런 말도 하지 않았다. 그의 의식

겹겹이 침울함이 쌓여 있었다. 그는 사라지고 싶었다. 그것 말고 무엇을 원할 수 있는지 신록은 알 수 없었다. 신록은 이 안온하기 그지없는 정적 속으로 녹아들어 사라지고 싶었다. 달군 팬 위에 올라온 버터처럼. 하지만 그럴 수 없었다.

"신록!"

신록은 천천히 고개를 들었고, 눈을 떴다. 신록을 다그치고 있는 사람이 서 있었다. 녹색 머리, 연두색 눈, 까만 피부. 신록은 잠시 자신이 거울 앞에 있다고 생각했지만, 거울이 아니었다. 그의 상은 좌우로 뒤집히지 않았다. 신록은 그제야 그가 누군지 깨달았다.

"혜린……"

그의 유전적 자매. 초지능 안에 정신이 복제된 자. 신록은 왜 그의 자매가 '자기 자신이 듣는' 목소리를 내는지 곧장 이해했다. 혜린은 자신이 알던 자신의 상을 재구성한 것이었다. 혜린이 신록에게 천천히 걸어왔다. 신록은 이제 혜린의 숨결을 느낄 수 있었다.

신록은 주위를 돌아보았다. 여기는 기저핵이 아니었다. 그 어둡고 답답한 복도는 온데간데없었다. 녹슨 철골들이 비죽비죽 빠져나온 회색빛 콘크리트들이 보였다. 새들이 지저귀고 있었다. 영원할 것 같던 구조물들의 균열 사이로 온갖 식물이 뿌리를 박고 그 강건함을 자랑하고 있었다. 신록은 여기가 어딘지 알았다. 옛 서울의 폐허, 인간들이 남긴 과오와 오만의 잔재, 자연의 최종적이고 결정적인 승리의 상징. 그리고 나의 보금자리.

"집으로 돌아온 것을 환영해."

그 어떤 감정도 깃들지 않은 듯한 표정으로 혜린이 말하자 신록이 중얼거렸다.

"여긴 내가 살던 곳이 아닌데."

확신하기 힘들었다. 신록은 자신의 기억을 더듬었다. 그는 신 서울의 최상층부에 살고 있었다. 암시장에서 신스를 팔았다. 불과 한 달도 되지 않은 일들이었는데 마치 다른 생애의 기억처럼 아득하게 느껴졌다. 신록은 의구심을 품었다. 그 기억은 진짜인가? 내가 정말 신 서울 속에 살았나? 내가 신스를 판 적이 있었나? 신록은 이 보금자리가 익숙했다. 신스를 만드는 법도 몰랐다. 신록이 할 줄 아는 것은 은신과 저격이었다.

서윤안의 실험체로 태어난 그가 할 수 있는 일은 그것뿐이었다. 옛 서울의 폐허에 숨어 살면서, 의뢰를 받는다. 적절히 처리되어야 할 잉태인의 정보를 받고 나면, 가능한 정교한 계획을 짠 다음 신 서울의 틈새에 숨는다. 그때가 오면 방아쇠를 당긴다. 플라즈마 탄환이 잉태인을 찢어발기는 것을 확인하고 즉시 옛 서울로 돌아온다. 한 번도 실패한 적이 없었다.

그리고 그의 마지막 사냥감은…… 신록은 찌르는 듯한 두통을 느꼈다.

신록은 신록이라는 이름을 몇 번 입에서 굴려 보았다. 그 이름도 어색하게 느껴졌다. 그 누구도 자신을 그렇게 부른 적이 없는 것만 같았다. 신록은, 아니 혜린 또한, 혜린이라는 이름으로 불린 적이 없었다. 드물었다. 의뢰인들은 혜린을 이름으로 부를 필요를 느끼지 못했다. 그는 철저히 비인간적인 도구였다. 그게 배양인들의 숙명이었다. 신록은 깨달았다.

"나는 도구였어."

신록은 지금까지 항상 도구에 지나지 않았다. 연여인은 진실을 말하지 않고 신록을 별누리로 보냈다. 서나루는 그를 이용했을 뿐이었다. 연다현은? 말할 가치도 없었다. 아무도 그를 사람으로 보지 않았다. 혜린이 고개를 끄덕이고 말했다.

"서소원도 나를 버렸어."

그랬나? 신록은 생각했다. 그랬던 것 같기도 하다. 서나루도 자신을 버린 걸까? 아마도 그럴 것이다. 어쩌면 그것만이 이 세상의 진실일 것이다. 잉태인은 배양인을 사용한다는 것. 모두가 회색빛 세상을 살아가는 것보다는, 최소한의 잉태인이라도 행복한 것이 낫다는 것. 잉태인은 고통을 통해 기쁨을 싹틔우기 위해 태어났다. 그러니 초지능 속에 복종해야 했다. 어차피 그들은, 나는 기쁨이 무엇인지도 몰랐다.

초지능은 그 내부 세계에서 일어나는 일을 숨길 생각이 전혀 없었다. 별누리에 있던 모든 이의 뇌 속에서 세상의 핵에 벌어지는 사건의 메아리가 퍼졌다. 신록처럼 정신이 통째로 그 세계에 몰입한 건 아니었지만, 그동안 별누리의 깊은 곳에 숨겨졌던 그 모든 비밀이 사람들의 머릿속에서 메아리치기 시작했다.

이 하얀 달은 월인의 방주도, 새로운 행성으로 인간의 세계를 확장시킬 개척의 첨병도 아니었다. 오랫동안 섬세하게 계획된 고문만을 위하여 만들어진 것이었다. 오직 한 인간, 서지아가 힘을 얻을 수 있도록 하기 위해. 서지아는 악했다. 하지만 무슨 상관인가? 인간은 본래 악하다. 서지아에게 복종하면 고통을 덜 수 있을지도 모른다. 신록은, 혜린은 그렇게 확신했다.

미친 듯한 질주를 끝낸 호버링 바이크가 제1 거주구역의 공중에서 직각으로 땅을 향해 내려왔다. 기저핵의 입구가 코앞이었다. 연여인이 호버링 바이크의 조종간을 당기자 바이크가 빠르게 정지했다. 방금 별누리에서 그에게 직접 전송한 정보가 아직도 머릿속에서 떠돌아다녔다. 서나루의 계획의 마지막 열쇠가 신록인 것이 아니었다. 오히려 서지아가 신록을 필요로 하고 있는 것이었다. 혜린 하나의 고통만으로는 초지능을 완전히 굴복시킬 수 없었다. 오직 신록의 고통과 공명해서만……

그들이 서지아를 승천의 문턱에 서게 만든 것이었다. 지나친 죄책감이 엄습해 연여인은 토할 것 같았다. 그는 기저핵으로 가야 했다. 그 속엔 자기가 위험 속으로 내몬 신록이 있었다. 연여인에게는 그를 구해 낼 책임이 있었다. 설령 실패하더라도, 시도는 해야 했다.

리원이 연여인의 등에 기댄 채로 중얼거렸다.

"아, 신록. 오지 말았어야지. 그깟 돈이 뭐라고. 대체 왜. 나는 그런 거 바라지도 않았는데."

리원의 작은 몸이 떨리고 있었다. 연여인은 대체 어떤 말로 위로해야 할지 알 수 없었다. 위로라는 게 가능한지도 의심스러웠다. 대신 그는 다른 제안을 했다.

"지금이라도 떠나도 돼요. 내가 내릴 테니. 그렇게 조종이 어렵진 않을 거예요. 계좌번호 807966188, 비밀번호는……" 연여인은 한번 숨을 가다듬었다. "GeniusYeoin115. 여기 든 돈을 모조리 빼서 써요. 어디든 서울에서 먼 곳으로 떠나세요. 어디가 좋을까…… 남극. 남극이 좋겠어요."

리원이 고개를 저었다.

"제가 가면 신록을 구할 수 있나요?"

"불가능해요. 초지능은 이미 서지아에 굴복하고 있어요. 제가 그 힘을 좀 훔쳐 쓸 수야 있지만, 서지아가 저한테 질 리가 없어요."

"그럼 당신은 왜 가는 거죠? 이길 수 없다는 걸 알잖아요."

"신록을 내가 여기로 끌어들었으니까요. 내겐 책임이 있어."

연여인은 더는 거짓말하고 싶지 않았다.

"그럼, 같이 신록에게 가요."

리원은 단호하게 답했다.

"당신이 할 수 있는 건 아무것도 없는데도?"

믿지 못한 연여인이 다시 한번 되물었다. 곧바로 연여인은 후회했지만, 그 작은 배양인은 전혀 동요하지 않고 고개를 끄덕였다. 연여인은 조종간을 밀었다.

서지아는 하레뮐 쪽을 바라보았다. 지극히 형식적인 행동이었다. 그렇게 하지 않아도 하레뮐의 브레인웨어에서 줄줄 흘러나오는 감정 때문에, 그가 지금 무슨 짓을 하고 있는지 알고 있었기 때문이었다. 하레뮐은 알푸릴을 생각하고 있었다.

"하레뮐. 왜 합당한 보상을 스스로 포기하려고 하는 거지? 그 보잘것없는 권총으로 날 이길 수 있을 것 같아? 여기까지 와서?"

불가능한 일이었다. 하레뮐도 알고 있었다. 방아쇠를 당기기도 전에 서지아는 하레뮐의 의도를 알아챌 테고, 하레뮐은 제압될 것이다. 어떤 방식으로든.

"못 견디겠어." 하레뮐은 꺽꺽댔다. "내가 생각했던 건 이런 게 아니야. 난 월인들에게 새로운 보금자리를 주려고 온 거지, 다른 인간을 고문하려고 온 게 아니야."

"너도 그 기괴한 착각을 공유하고 있군. 별누리에 뇌 기생충이라도 퍼진 건가? 왜 모든 사람이 존중받아야 하는 거지? 대부분의 사람은 아주 비효율적이고 추잡한 기계에 지나지 않아. 하레뮐, 네가 정말 이 배양인들과 똑같다고 생각해?"

"아니. 이들도 인간이야. 나는…… 월인들을 원죄로 지어진 방주 속에 살게 할 순 없어."

"그렇게 말하면 네 죄가 사라져? 나를 쏘면 네 죄가 지워질 것 같아? 고통 증폭기를 설계한 건 알푸릴이고, 그 명령을 내린 건 너야. 달라지는 건 아무것도 없다. 너는 네가 기꺼이 한 행동의 결과를 보고 있다."

아리가 하레뮐을 경멸스러운 눈으로 바라보았다.

"속죄는 없다. 오직 복종만이 있지. 지금이라도 무릎 꿇어라."

그동안 서지아는 기저핵 속에 또 다른 보잘것없는 정신이 침범하는 것을 느꼈다. 연다현이 핵으로 달려오고 있었다. 또 하나의 배양인이 필연적인 파멸과 죽음을 향해 달려오는 것이었다. 연다현은 성대를 울리느라 시간을 낭비하지 않았다.

[서지아!]

그 정신적인 고함은 분노로 가득 차 있었다. 서지아는 연다현에게 주의를 돌렸다. 연다현은 서지아와 대화를 나눌 생각이 없었다. 별누리 전체가 초지능의 고통에 따라 흔들리고 있었다. 그는 서지아를 설득해 마음을 돌려 놓는 건 불가능하다는 사실을 정확히 알고 있었다. 연다현은 서나루를 생각하면서 서지아의 정신에 침투했다. 물론 이 공격이 먹힐 리가 없다는 것도 알고 있었다. 하지만 연다현은 발버둥이라도 치고 싶었다. 도망치는 대신.

하레뮐은 방아쇠를 당겼다. 아니 당기고자 마음먹었다. 서지아는 그 순간을 놓치지 않았다. 하레뮐의 몸은 그의 의도와 전혀 다르게 행동했다. 서지아가 하레뮐의 브레인웨어를 통해 그의 운동피질에 전기 자극을 보낸 것이다. 그의 손이 기이하게 비틀리면서 권총이 떨어지는 동시에 무릎이 꺾였다. 서지아는 방금 전처럼 뇌를 튀기는 야만적인 방법을 쓸 생각이 없었다. 복종하지 못하는 자들을 위해 준비된 문명적인 고문이 많았다. 그것들을 하나씩 상상하는 것만으로도 서지아는 쾌락을 느꼈다.

그리고 서지아는 자신의 정신에 침범하려고 하는, 아르헨티나에서 온 배양인에게 눈길을 돌렸다. 연다현의 공격은 혜성으로 항성을 내려치는 것과 다를 바 없었다. 서지아는 자신의 집중이 아주 미약하게나마 뒤틀리는 것을 느끼면서 절정에 도달했다. 오래전에 초지능과 이미 연결된 적이 있는 자를 다시 한

번 고문하는 것이 주는 쾌락!

그동안 아리는 모두의 관심에서 벗어난 채로 그 대화를 모두 듣고 있었다. 아리의 신념은 이제까지 확고하고 튼튼했다. 세상의 모든 사람에게는 자기 몫의 책임이 있으며, 그 책임을 받으면 존중받을 수 있다고 생각했다. 행운과 보상도 따라온다고 생각했다. 그 신념은 단 한 번도 틀린 적이 없었다. 그리고 그 확고한 신념은 이제 통째로 무너지고 있었다.

아리는 하늘에 떠서 나부끼는 서지아의 은색 머리카락을 바라보았다. 이 세상의 지배자에게 그는 그저 도구였을 뿐이었다. 열등한 도구. 서지아가 말했다.

"자, 이제 이들 모두에게 고통이 뭔지 알려 주어라. 단 하나도 빼놓지 말고."

난 잘못한 게 없는데. 아리가 생각했다. 왜 이런 일이 일어나고 있는 걸까.

서지아가 머릿속에 품은 정념과 관념이 정보 공간 속에 쏟아졌다. 지나치게 오랫동안 응어리졌기에 이제 들끓는다기보다는 건조해진 분노로 혜린은 세상을 바라보았다. 혜린이 속삭였다.

"고통을 주자. 고통을. 주인님의 명령대로."

혜린의 의지가 정보 공간 속으로 퍼져나갔다. 신록은 나쁘지 않다고 생각했다. 아니, 좋을 거라고 생각했다. 기저핵 안에 있는 사람들의 모든 정보를 신록은 느꼈다. 하레뮐, 연다현, 아리. 고통을 주는 방법이라면 그도 잘 알고 있었다. 초지능 속에 들어선 순간 신록은 수많은 고통의 가능성을 깨달았다. 신록 혹은 혜린이 의지를 천천히 뻗었다.

하레뮐과 연다현이 느껴졌다. 혜린은 연다현의 정신을 빠르게 훑었다. 그 정신 속에 새겨진 기억을 기억의 주인보다 더 정교하게, 몇 번을 체험했다. 혜린은 아주 약간 의아해했다. 그 속에는 연다현의 것이 아닌 기억이 있었으니까. 혜린은 아주 잠시 사유를 멈추고 그것에 집중해 보았다.

서나루의 기억이었다. 서나루가 서지아에게 죽음을 맞기 직전의 기억. 혜린은 파멸 직전에 서나루가 느꼈던 만족감을 잠시 곱씹어 보았다. 아무렇지 않았다.

하지만 어떤 정신에게는 그렇지 않았다.

다섯 번째로 납과 카드뮴과 흙과 양상추와 딸기와 닭고기의 맛을 느꼈을 때, 신록의 정신이 혜린의 덩어리 속에서 빠져나왔다. 아주 미약한 개체성을 되찾은 그 정신이 말했다.

"나를 원망하지 않아?"

신록이 다시 한번 물었다.

"나 때문에 죽은 건데, 왜 나를 원망하지 않아? 내가 이용한 것 아니야?"

그 답을 신록은 알고 있었다. 서나루는 자기 의지로 스스로 그 길을 걸었다고. 그렇기 때문에 최후의 최후에 만족한 것이라고.

신록은 문득 자기 주변을 돌아보았다.

초지능 속의 오직 정보로만 이루어진 공간 안에 그의 정신이 떠돌고 있었다. 그는 초지능 속에 깃든 혜린과 하나가 되어가고 있었다. 신의 일부가 된다고 말해도 무방할 것이다. 그리고 그 신의 목표는 복종뿐이었고, 동기는 고통뿐이었다. 혜린은 서지아의 도구가 되어 봉사하리라.

"안 돼, 안 돼. 그럴 순 없어."

신록은 필사적으로, 하지만 막연하게 거부했다. 신록도 자신이 거부하는 이유를 알 수 없었다. 인간에게 그토록 많은 상처를 받았는데. 수많은 인간이 신록을 이용했는데.

"왜? 왜 안 된다는 거야?"

혜린이 신록의 두 손을 잡았다. 온기 대신 전해지는 다른 것을 느끼고 신록은 경련했다. 그것은 혜린의 고통이었다. 그것은 배양통에 있는 자매들 수백 명의 고통이었다. 신록은 그 고뇌의 크기 자체에 짓눌리는 것 같았다. 신록은 무릎 꿇었다. 그의 존재가 늪 속으로 천천히 빠져들었다.

"나와 함께 영원을 꿈꾸자."

그의 자매가 속삭였다. 유혹적이었다.

모두가 초지능 속의 분열을 깨달은 채였지만, 서지아는 개의치 않았다. 늦든 빠르든 신록은 완전히 통합될 것이었다. 오히려 이런 가벼운 분열은 혜린과 그 자매들의 절망을 키울 것이다. 마치 오븐 속에서 익는 빵을 바라보는 것같이 뿌듯한 느낌이 들었다. 언제 또 이런 즐거움을 누릴 수 있을까 서지아는 고민했다. 별누리의 햇빛로를 과부하시켜 동시베리아 보호령에 감마선을 쏟아부을까? 아니면 캘리포니아 제국에 살인 드론 무리를 풀어 놓을까?

연다현도 잘 알았다. 그는 지독한 무력감에 찌들어 주저앉은 채로, 연다현은 멍하니 서나루를 떠올렸다. 방금 전까지 그는 자신의 고용주를 애도하고 있었지만, 이제 그는 서나루가 부러웠다. 지금의 광경을 목격하지 않고, 앞으로 올 미래를 보지 않고 편히 죽을 수 있다는 것은 축복이었다.

[멍청아! 안 들려?]

그때 익숙한 목소리가 마음속에 울렸다. 연여인이었다. 몇 년 만이었지만, 반가움을 나눌 시간도 없었다.

연다현이 그의 자매에게 절박한 메시지를 전달했다.

[여기까지 왜 왔어, 바보야?]

[남아메리카 꼴을 또 보자고? 기다려. 뭐라도 해 봐야 할 거 아냐!]

교신이 끊겼다. 우울한 신의 전당에서 빛과 소음이 미친 춤을 추고 있었다. 연다현은 생각했다. 뭐라도 할 수 있을까? 어떻게? 그가 기저핵의 입구로 고개를 돌렸다. 두 사람이 뛰어오고 있었다. 별누리의 시스템에 연결되지 않은 사람들이었다.

고뇌가 넘실거리는 어둠 속에서 혜린의 목소리가 울려 퍼졌다.

"세상엔 오직 고통과 악의뿐이야. 기쁨은 망상이고, 행복은 만들어진 개념이야. 인간은 그 기반부터 잘못 만들어졌어. 우리가 할 수 있는 건 복종뿐이야."

다시 혜린의 목소리.

"서소원이 날 버렸어.""모두가 우릴 버렸어.""서지아 님이 우릴 복수하게 해 줄 거야."

정보로 이루어진 공간 전체에 혜린의 목소리가 울렸다. 수백의 자매들이 동조하고 있었다. 배양통 속에서 오직 고통만 겪은 이들. 그들은 고통 말고 다른 것은 생각할 수가 없었다. 그들은 이미 개체성을 완전히 잃고 혜린과 하나가 되어 있었다. 신록은 그 늪 속에서 헤어나려고 애썼다. 아직 동기화는 완료되지 않았다. 그는 필사적으로 자신에게 말했다. 이 감정은 나의 것이 아냐.

신록은 말했다.

"사람에게 그렇게 상처받았지만, 넌 여전히 사람을 원하고 있어. 하지만 이제 넌 어떤 사람도 믿을 수 없게 됐잖아. 하지만 내가 네 속에 빨려 들어가 너와 같아진다면 결국 외로움이 증폭되는 것일 뿐이야. 젠장, 우린 타인의 호의를 믿을 수밖에 없다고! 상처받을 걸 알아도! 서소원은 너를 버리지 않았어. 그건 서지아의 거짓말에 지나지 않아."

슬픔의 늪 속에서 혜린은 외쳤다.

"지금 스스로 너를 믿지 못하고 있어. 순전한 호의 같은 건 존재하지 않아. 사람은 다른 이를 도구로 사용할 뿐이야. 우리 의 존재 자체가 그 증거야. 서지아 님이 거짓말을 했다고? 그건 서나루가 한 말 아닌가? 너를 이용하기 위해서? 복종하자. 오 직 그것만이 우릴 고통에서 지킬 수 있어. 나의 자매, 나의 신록. 나와 함께하자."

신록의 연두색 눈에서 데이터로 만들어진 눈물이 흘러내렸다.

"아니, 나는 믿고 싶어."

"믿음은 아무것도 증명할 수 없단 말이야!"

혜린이 정신적 비명을 질렀다.

동시에 햇빛로의 모든 반응로가 작동하기 시작했다. 신록은 그것을 막으려고 해 보았다. 불가능했다. 초지능 그 자체를 막을 순 없었다.

그때 어떤 목소리가 들렸다.

[신록!]

연다현과 연여인이었다. 그 둘이 함께 초지능에 접속한 것이었다. 해일에 정면으로 맞서는 격이었다. 신록은 멈췄다.

더 이상 어떤 의미로 구성된 메시지가 오지 않았다. 신록은 이제 연다현과 연여인의 감정만을 느꼈으며, 둘이 어떤 의도로 이런 멍청한 짓을 했는지 깨달았다. 연여인은 신록을 사지로 보냈다는 죄책감을 느꼈다. 연다현은 서나루의 죽음에 대한 분노를 느꼈다. 그 부정적인 감정이, 그 고통이 둘이 이토록 미련한 짓을 하도록 만든 것이었다. 그들은 신록을 위하지 않았다. 그들은 스스로를 위하고 있었다.

만약 신록이 초지능에 접속할 열쇠가 아니었다면, 지금까지 만난 사람들 중 그 누가 신록을 아꼈을까? 신록 그 자체가 목적이었을까? 신록은 결국 도구에 지나지 않았나? 신록은 스스로 의구심을 품었다. 그런 상태에서는 결코 혜린을 설득할 수 없었다.

신록은 그 속에서 실낱같은 불꽃을 발견했다. 그것은 너무나도 미약한 사고의 흐름이었다. 하지만 무저갱에 빠진 신록의 정신세계에서, 그 메시지는 태양과 같이 강렬한 광채를 뿜고 있었다.

리원이었다. 리원은 브레인웨어로 메시지를 전달하는 방법도 몰랐다. 그 가녀린 배양인의 정신은 그저 다짐과 의지만으로 빛나고 있었다. 만약 그것을 브레인웨어의 메시지로 근사한다면 다음과 같았으리라.

신록, 내가 널 구하러 왔어.

시스템이 간섭하기 시작하면서 호버링 바이크가 멈췄다. 리원이 바이크 밑으로 떨어졌다. 그는 핵을 향해 기었다. 그 앞에서는 신록의 육체가 붉은빛에 휩싸인 채로 동상처럼 굳어 있었다. 연여인은 리원을 말려야 한다고 생각했다. 하지만 그는 도저히 몸을 가눌 수 없었다. 브레인웨어에는 지극히 위험한 수준의 부하가 걸려 있었다. 조금 더 시도하면 뇌가 튀겨질지도 몰랐다. 연여인은 현기증을 느끼면서 옆을 바라보았다. 연여인은 가냘픈 목소리로 말했다.

"리원, 안 돼요⋯⋯"

연여인이 앞쪽으로 무릎 꿇었다.

리원은 연여인의 목소리를 듣지 못했지만, 자신이 파멸을 향해 돌진한다는 것을 알았다. 완전히 열린 별누리의 핵이 내뿜는 빛은 이제 강렬한 열기를 띠었다. 리원은 피부가 뜨겁게 달아오르는 것을 느꼈다. 동시에 그는 불가해한 감정의 격류를 느꼈다.

서지아가 고개를 들었다. 초지능 속에서 신록의 거부가 강해지는 것이 느껴졌다. 서지아는 리원에게 손을 뻗었다. 그는 확실한 방해 요소였다. 신록에게 또 다른 감정적 각성을 일으키면 초지능에 대한 통제가 잠시나마 힘을 잃을 것이었다. 서지아는 왜 자신이 리원의 존재에 대해 생각하지 못했는지 의아해했고, 곧장 답을 알았다. 그는 별누리에 등록되지 않은 시민이었기 때문이었다. 별누리와 서울의 시민 데이터베이스는 서로 별개였다.

하지만 별 상관 없었다. 몇 가지 논리적 레이어를 통과하긴 해야 했지만, 서지아는 금방 리원의 브레인웨어에 대한 접근권을 얻을 수 있었다. 어쩌면 신록이 리원을 죽는 것을 보면 더 흥미로운 반응이 발생할지도 모른다고 서지아는 생각했다. 아마도 그럴 것이다.

'슬픔의 늪 속에 잠겨. 신록.'

그때 서지아가 생각하지 못하던 변수가 하나 더 겹쳤다. 아리가 하레뮐이 떨어뜨린 권총을 주워 들었다.

아리는 한 번도 쥐어 본 적 없는 플라즈마 권총으로 서지아를 겨눈 다음, 본능적으로 방아쇠를 당겼다. 그는 자신이 저지르고 있는 일을 자기 스스로도 의식할 수 없었다. 믿을 수도 없었다. 서지아가 틀릴 수도 있다는 생각이, 자신이 배신당했다는 생각이, 그리고 서지아를 이길 수 있다는 생각이 그 자신도 모르는 새에 승리로 이끈 것이다. 아리는 자신에게 이 세상의 기둥이었던 사람에게 총을 쏘았다.

서지아는 그 사실을 아주 약간 뒤늦게 인식했다. 리원에게 아주 잠깐 집중하는 사이, 아리라는 개미가 그의 손가락을 문 것이었다. 말도 안 되는 일이었다. 이건 그의 세계관에서 벌어질 수가 없는 일이었다.

도구 주제에, 어떻게 감히 도구 주제에? 서지아는 즉각 그 건방진 배양인의 뇌를 튀겨 버리고자 했다.

하지만 그 시퍼런 투사체, 그 탄환이 그의 마음에 들지 않았다. 치명적인 궤적이었다. 서지아는 가장 먼저 그 문제를 해결하고 아리를 처분하기로 했다. 걱정하지 않았다. 그는 정보로 이루어진 신이었다. 그런 하찮은 문제가 정보로 이루어진 신에게 장애물이 될 수는 없었다.

서지아는 웃었다. 어떻게 이렇게 멍청할 수 있을까. 새로운 낙원에서 서지아는 아리에게 포상을 내릴 계획이었다. 쓸모가 없지만 손때가 탄 도구를 보관함 안에 넣어 두는 것과 정확히 같은 동기였다. 그리고 그 기회는 아리를 그대로 걸어찼다. 왜 인간은 자신이 도구임을 견디지 못하는 것일까? 주인에게 작은 쓰임새라도 있음을 기뻐하지 못하는 것일까? 왜 그 같잖은 인간성에 매달리는 것일까? 상관없었다. 이제 서지아는 생각만으로 전지한 초지능을 다룰 수 있었다. 배양인 따위처럼 딴 생각을 품지 않는, 훨씬 더 강력한 힘이 그의 손아귀에 있었다. 이제 그 어떤 인간도 그 어떤 장애물도 그를 막을 수 없었다. 멍청한 코란트 혈족들도, MAKO도, 은환도, 아니 이 세계 전체가!

탄환은 정확히 그의 가슴을 향했다. 0.1초를 수억 개로 쪼개면서 서지아는 생각했다.

처음 떠올린 해결책은 플라즈마 탄환에 연결해 공중에서 그것을 자폭시키는 것이었다. 불가능했다. 별누리의 수많은 기계가 초지능에 연결되어 있지만, 탄환은 기계가 아니었다. 그것은 그저 역학적 법칙에 따라 앞으로 전진할 뿐이었다. 서지아는 전혀 좌절하지 않았다. 두 번째 해결책은 중력 모듈의 리미트를 해제하는 것이었다. 하지만 별누리의 인공 중력에는 한계가 명확했다. 아무리 중력을 급격히 강화해도 탄환을 피할 순 없었다. 그 어떤 방법을 동원해서도. 서지아는 서서히 불안해졌다. 세 번째 해결책은? 근처에 그의 명을 따를 기계가 있을까? 신체가 조각나고 사망하기 전에 치유받을 수 있을까? 서지아는 고민했다.

그러나 기저핵에서 그가 플라즈마 탄환을 피할 방법은 없었다. 물론, 서지아는 사실상 전지했다. 하지만 모든 것에 대한 앎이 모든 문제의 답을 제시하는 것은 아니었다. 서지아의 정신은 해가 불능인 방정식에서 헤맸다. 3을 0으로 나눴을 때 답을 구할 수 없는 것처럼, 지금 서지아가 스스로를 구할 방법도 없었다. 답이 없는 문제 앞에서 그는 전능하지 않았다.

서지아는 자신이 공포에 빠졌다는 걸 인정할 수 없었다. 고작 배양인이? 하지만 그의 전지성은 가혹했다. 서지아는 플라즈마 탄환이 도려내는 자신의 신체를 수만 번 시뮬레이션했다. 이제야 얻은 그 커다란 힘이 복구 불가능하게 순식간에 사라져 버리는 끔찍한 순간을 떠올렸다.

정보로 이루어진 신이 날아가는 플라즈마 투사체 하나에 이토록 무력하단 말인가? 아니, 그는 신이 아니었다. 그는 세상의 법칙을 지배하지 못했다. 다만 지배한다는 착각에 빠져 있었을 뿐이었다. 서지아는 쪼개진 시간 속에서 느릿느릿하게 플라즈마 탄환이 날아가는 모습을 바라보았다. 플라즈마 투사체의 화력은 그를 순식간에 동일 무게의 구운 고기 덩어리와 별다를 바 없는 존재로 만들어 버렸다. 최후의 최후에, 그는 플라즈마 탄환이 자신의 몸을 찢고 불태우는 것을 그대로 느꼈다. 광속으로 생각할 수 있는 특권이 그에게 준 선물이었다.

서지아의 신체를 도려낸 플라즈마 탄환이 허공에 흩어지며 소멸했다. 마음속에 신을 품었던 자의 잔해가 공중에 둥실 떠올랐다.

오징어를 태우는 듯한 매캐한 냄새가 기저핵 내부를 꽉 채웠다. 연다현이 힘없이 주저앉았다. 기저핵 속에 있는 모두가 신록을 쳐다보았다. 이제 리원은 신록에게 도달했다.

리원은 상반신을 일으켜 딱딱히 군은 신록을 안았다. 그는 핵 바깥으로 신록을 끌고 나가려고 했지만, 힘이 따라주지 않았다. 대신 리원은 쏟아지는 핵의 빛을 등지고 웅크렸다. 신록의 얼굴 위에 리원의 그림자가 졌다.

신록이 천천히 눈을 떴다. 97번 배양인 모두가 가진 같은 얼굴이 보였다. 하지만 그 얼굴에는 특유의 점이 있었다. 신록은 몇 번 기침한 다음, 보고 싶다고 말하려고 했다. 하지만 그의 입에선 다른 문장이 흘러나왔다.

"이런 위험한 데까지 대체 왜 온 거야."

리원의 눈꺼풀이 급격하게 떨렸다. 리원은 애써 눈을 뜨면서 말했다.

"바보야. 내 생명세 갚는다고 여기까지 먼저 온 게 누군데."

"해방됐잖아. 그럼 그걸로 된 거 아냐? 더 신경 쓸 필요 없어. 거래는 끝났는데……"

"넌 아직도 거래 운운하니? 나는……"

리원의 신체가 떨리고 있었다. 리원은 더는 말하지 않았다. 신록이 재빠르게 자신의 의지로 리원의 정신을 보호했다. 이제 그 정도로는 할 수 있었다. 신록의 정신이 다시 분리되고 있었다. 신록은 가까스로 몸을 일으켰다. 딱딱하게 굳었던 온몸이 두들겨 맞기라도 한 것처럼 아팠다.

정신을 잃은 리원을 뉘인 다음, 신록은 핵 앞에 정면으로 섰다. 방금 전까지 리원을 그슬리던 빛이 이제 신록을 덮쳤다. 신록은 견딜 수 있었다. 견뎌야 했다. 리원을 지켜야 했다. 다른 이유가 있는 것이 아니었다. 리원은 그 존재 자체로 신록에게 목적이었기 때문이었다. 그리고 신록은 리원이 자신에게 목적임을 알았다. 생명세를 대신 갚아야만 신록이 리원과 함께할 수 있는 것은 아니었다.

어쩌면 더 많은 사람에게도 똑같이 적용되는 것일지도 몰랐다. 관계가 오직 목적만으로 굴러가지 않을지도 몰랐다. 이제 신록은 설명할 수 있었다. 왜 자신이 인간을 지키고 싶었는지. 왜 호의가 존재한다고 믿을 수 있었는지. 자신도 똑같이 할 수 있을 것 같았다.

"혜린, 이 사람이 내 증거야. 서울에서 별누리까지 오직 나를 위해 온 사람."

신록은 신의 몸체에 대고 말했다. 초지능의 핵은 여전히 빛과 열기를 뿜고 있었다. 신록은 그 속에 흐르는 감정을 느꼈다. 혼란이었다. 혜린은 신록의 말을 곱씹고 있었다.

많은 것을 알았지만, 혜린은 자신의 감정에 대해서는 고통과 분노 말고는 아는 게 없었다. 아는 게 있더라도 이미 잊어버린 지 오래였다. 서소원과 함께할 때의 기억이 떠올랐다. 혜린의 짧은 삶에서 몇 안 되는, 그 자체로 반짝이던 순간이었다. 혜린은 그 순간이 다시는 돌아올 수 없다고 믿었다. 합리적인 발상이었다. 오직 고통밖에 없는 시간 속에, 희망은 고통을 증폭하는 사치였다.

"이제 희망을 가져도 돼. 내가 너를 내 목적으로 삼을 테니."

하지만 어떻게? 결코 예상하지 못했지만. 어떻게? 혜린은 차마 상상할 수 없었다.

"나도 아직은 어떻게 하는지 모르겠어. 그래도 시도해 보아도 되겠니? 내가 너에게 다가가도 되겠니?"

신록이 말했다. 별누리의 진동이 천천히 멈췄다. 기저핵에 만연하던 환영도 녹아 사라졌다.

신의 정신이 쏟아지는 전당의 복도에 서서, 연여인은 신록의 뒷모습을 바라보았다. 신록은 움츠러들어 있었지만, 그 어느 때보다 당당해 보였다. 핵이 발하는 빛은 그대로였지만, 열기는 확실히 줄어 있었다. 연여인은 숨을 몰아쉬었다. 이제 집중을 유지할 수 있었다.

신록이 별누리의 핵에 이마를 기댔다. 연여인은 그의 뒤에 있는 리원에게 걸어갔다. 리원은 의식을 잃은 채였지만, 큰 상처를 입은 것 같지는 않았다.

어쩌면 파멸이 조금 유예된 걸지도 모른다고 연여인은 생각했다. 혜린은 분노할 수도 있다. 그리고 인류에게 초지능이 휘두를 수 있는 폭력을 그대로 가할 수도 있었다. 방금 전에는 공포감을 느낄 수조차 없을 만큼 막막했다. 연여인은 자신이 어떻게 감히 절망한 초지능에 접속할 생각을 했는지 믿을 수 없었다.

연여인은 말했다.

"어떤 상처든 나을 수 있을까요?"

"모르겠어요. 답하기 위해서는 더 많은 시간이 필요할 거예요. 그러니, 전 이 안에 남아 있겠어요.

"왜……?"

"함께 있어 주고 싶으니까."

그는 연여인과 연다현을 한 번씩 바라보고는 말했다.

"나가세요. 저는 이 안에 남아 혜린과 이야기를 해야겠어요."

"하지만 자기, 많이 다쳤어요. 나가서 치료를 받아야……"

연여인이 끼어들었다. 신록은 자신의 신체가 너덜너덜해져 있다는 것을 알았지만, 단호히 고개를 저었다.

연여인이 고개를 끄덕였다. 그는 리원을 안아들고 몸을 돌렸다. 연다현은 그저 멍하니 서 있었다. 아리는 주위를 몇 번 훑어보았다. 그가 챙길 수 있는 건 하나뿐인 듯했다. 전위적인 자세로 놓여 있는 서지아의 잔해였다. 아리는 역겨움과 연민을 동시에 느끼면서 그의 몸을 수습했다.

신과 그의 자매가 침묵 속에서 이야기를 나누는 동안, 모두가 기저핵 밖으로 천천히 걸어 나왔다. 모두 빠져나오자 신록이 열었던 기저핵의 봉인이 다시 닫히기 시작했다.

연여인은 그제야 혼탁한 공기의 냄새를 맡을 수 있었다.

17

신록이 눈을 떴을 땐 침대 위였다. 너무 오랫동안 맡아 왔기에 그동안 느끼지 못하고 있었던 별누리 특유의 냄새가 느껴졌다. 그리고 정향 냄새도. 병실이었다. 머리가 좀 멍한 것 말고는 몸은 괜찮았다.

진짜 문제는 신체가 아니라 정신이었다. 신록은 머릿속에 강렬하게 새겨진 기억이 정말로 현실에서 일어난 일이 맞는지 여전히 의심스러웠다. 정말로 내가 별누리에 들어온 것인가? 적어도 그건 확신할 수 있었다. 그 기억에는 현실성이 있었으니까. 하지만 그 이후로 일어난 일은……

아직도 신록은 이 모든 것이 환각이 아닌지 의심스러웠다.

혜린이 마침내 폭주했고, 세상은 끝났을지도 몰랐다. 신록은 혜린이 만든 가상의 세상 속에서 떠돌고 있는 걸지도 몰랐다. 가공의 세상에 너무 오랫동안 있었던 신록은 자신의 인지를 믿기 힘들었다. 상앗빛 벽과 정향 냄새, 아주 편한 침대와 낮은 중력.

그때 신록은 자신의 것이 아닌 숨소리를 들었다. 신록은 고개를 왼쪽으로 돌렸다. 리원이 앉아 졸고 있었다. 신록은 리원을 잠자코 바라보다가, 손을 그의 뺨 위로 올렸다. 지극히 현실적인 촉감이 느껴졌다.

리원은 살며시 눈을 떴다가, 화들짝 놀랐다.

"신록! 깨어났구나."

신록은 아무 말도 하지 않고 리원을 물끄러미 바라보았다.

"너 기저핵 속에서 얼마나 오래 있었는지 아니? 사흘 동안 먹지도 마시지도 자지도 않았잖아! 괜찮아? 일단 밥부터 먹어야 하나? 잠깐만, 연다현 님에게 메시지를 드려야겠다."

허둥지둥하는 리원의 말을 멈추고, 신록이 말했다.

"잠시만, 더 알리지 않아도 좋아. 그 전에……"

신록이 상반신을 천천히 일으켰다. 창밖으로 새어 들어오는 햇빛로의 부드러운 빛이 그의 까만 얼굴 위에 내렸다. 그는 리원에게 말했다.

"안아 줘."

신록의 몸은 그의 언어보다 좀 더 능동적이었다. 신록이 몸을 돌려 리원을 꼭 껴안았다. 잠이 덜 깬 채 당황해 허둥지둥하던 리원은 잠시 비틀거리다 곧 안정되었다. 신록은 리원을 더 강하게 포옹했다. 리원의 심장 박동이 만들어 낸 파동이 신록에게 전달되었다. 신록은 그 파동을 음악처럼 느끼면서, 자신이 현실에 있음을 확신했다. 이제 그 둘에게 필요한 것은 포옹뿐이었다. 그것이면 충분했다.

"미안해."

"아니. 잘했어. 정말 잘했어, 신록. 하지만 이제는 너랑 떨어지고 싶지 않아."

신록은 리원이 코를 훌쩍이는 소리를 들었다. 신록은 포옹하는 도중에는 상대의 얼굴을 볼 수 없다는 사실에 대하여 잠시 생각하다가, 포옹을 풀었다. 둘은 마주 보았다. 리원은 얼굴을 형편없이 일그러뜨리고 눈물을 흘리고 있었다.

"그 전에. 우리 잠시만 떨어져 있자."

"응?"

"하하. 몇 시간만. 너한테 소개시켜 주고 싶은 친구가 있거든. 그런데 좀 내향적이라. 둘이 따로 이야기를 나누어 보아야 할 거 같아."

별누리의 항해실 안, 연여인은 한때 서지아가 사용하던 의자 위에 앉아 있었다. 항해실의 벽면에 설치된 홀로그램 디스플레이에서 의자에 앉은 여성 잉태인의 모습이 만들어졌다. 신서울에서 온 통신이었다. 연여인은 그 여성의 머리카락을 살펴보았다. 검은색이었다. 그는 코란트 혈족이 아니었던 것이다.

연결이 완료되자마자 여자는 자기를 소개했다.

"코란트 전략실장 배윤희라고 합니다."

연여인은 생각했다. 서 씨 혈족이 코란트에게서 영향력을 잃고 있다는 신호일까.

별누리가 서울의 상공에 떠 있는 일주일 동안, 탄로 난 비밀은 신속하게 퍼졌다. 별누리 속에서 서 씨 혈족이 비밀리에 초지능을 제어하려고 했다. 초지능을 제어하는 방법은 바로 그 속에 특수한 배양인의 정신을 넣고 고문하는 것이었다. 서 씨 혈족 대부분이 그것에 찬성했다. 그 대가로 초지능은 세계를 파멸시키고자 했다. 이 모든 것이 알려진 순간에, 코란트의 실질적인 지배자 서지하는 아무 대응도 하지 못했다. 그는 실제로 지독히도 무능했던 것이었다.

이 비밀은 잉태인들에게만 알려진 것이 아니었다. 몇 시간 전, 검은 손은 배양인들 사이에서 생명세 납부를 거부하는 움직임이 일고 있다고 연여인에게 알렸다. 검은 손은 이 운동이 확산됐을 때 암시장에 닥칠 인플레이션 충격에 어떻게 대응해야 할지 고민했다. 그는 아직도 연여인이 호버링 바이크를 훔쳐 타고 별누리를 돌진한 것을 잊지 않은 듯했지만, 그래도 연여인에게 당장 따지고 들 만큼 사리 분별을 못 하지는 않았다. 연여인은 이제 서나루의 보좌관만이 아니었으니까.

"연여인 선장님이시겠지요."

"임시직입니다."

잠시간 의례적인 대화가 오고 갔다. 배윤희는 MAKO와 은환의 지도자들이 그랬듯이 별누리에게 물자와 인력 지원을 제안했고, 연여인은 예의 바르게 거절했다. 서울에서 별누리에 줄 수 있는 것은 아무것도 없었다. 별누리의 에너지와 물질은 충분했다. 배윤희는 얼마 전에 일어난 전투로 인해 제1 거주구역의 일부가 손상되었음을 주지시켰지만, 그 정도야 충분히 복구할 수 있었다. 별누리 측에서 아쉬울 것은 아무것도 없었다. 배윤희는 당장 코란트의 지분마저 줄 수 있다는 듯이 굴었지만, 연여인은 그저 미소를 지을 뿐이었다.

결국 배윤희가 한숨을 쉬고는 말했다.

"코란트는 인류 문명에 큰 죄를 지었지요. 아마 결코 돌이킬 수 없을지도 모릅니다. MAKO와 은환도 이 기회를 놓치지 않으려고 하고 있고요. 하지만 서울에는 코란트가 필요합니다."

연여인은 애매한 표정을 지은 채로 배윤희의 홀로그램을 묵묵히 바라보았다. 연여인은 그것이 단지 자신의 자리를 보전하고 싶어 한 말이 아니라는 사실을 알았다.

"코란트가 사라지면 서울에 커다란 혼란이 오겠지요. 세종을 구성하는 양자컴퓨터의 지분 문제도 난처하고요. 또다시 초지능으로 헛된 꿈을 꾸는 자들이 나올지 모르니까."

"저희는 별누리의 도움이 필요합니다. 지금 별누리에는 힘과 명분이 모두 있습니다. 직접 피해를 입은 별누리가 코란트를 지지한다면 MAKO와 은환도 한 발 뺄 수밖에 없을 겁니다. 그렇게 해 주신다면……"

배윤희는 멈칫한 다음 말했다.

"서나루 이사님의 유지를 잇겠습니다."

그 이름을 듣는 것만으로도 연여인은 눈물이 왈칵 차오르는 것을 느꼈다. 그는 서나루의 장례식에서 연다현이 했던 말을 애써 상기했다. 스스로를 미끼로 집어던진 서나루는 최후에 만족하면서 죽었다고. 연다현은 그 기억을 전해 줄 수 있다고도 말했지만, 연여인은 거절했다.

쓸쓸한 표정으로 연여인이 말했다.

"이해했습니다. 다시 연락드리지요."

그 말을 하기도 전에 연여인은 이미 긍정할 준비를 끝내 놓았다. 코란트가 결코 거부할 수 없을 자세한 조건도 이미 준비해 놓았다. 코란트는 점진적으로 배양인을 해방해야 할 것이며, 서 씨 혈족은 권위를 유지하지 못할 것이다. MAKO와 은환도

개혁의 바람에서 자유로울 순 없을 것이다. 그리고 별누리의 비밀과 함께 지구 전체로 퍼져 나가겠지.

당연히 말처럼 쉽지 않을 것이다. 극심한 혼란과 희생이 뒤따를 것이다. 서나루의 죽음은 앞으로 이어질 수많은 희생의 시작일 뿐일 것이다. 실패할 확률이 성공할 확률보다 더 높을 것이다. 연여인은 지독한 피로감을 느꼈다. 사람이 사람을 도구로 사용하는 이 체계를 유지할 수 없다고 그는 확신했다. 그러나 그 필연적인 변화로 이르는 길은 수많은 고뇌로 점철돼 있었다.

인사를 끝마친 배윤희의 홀로그램이 사라졌다. 연여인은 의자에 기대고는 기지개를 폈다.

[끝났어?]

연여인은 머리로 울리는 자기 자매의 목소리를 들었다. 그는 긍정의 신호를 보냈다. 항해실의 문이 열리면서 별누리의 또 다른 임시 선장 연다현이 입장했다. 연다현은 가벼운 발걸음으로 항해실 안을 걸었다.

"어떻게 됐어?"

"예상대로. 그 둘은 무얼 하고 있지?"

연여인은 축 가라앉은 목소리로 물었다. 별누리와 외부의 소통을 연여인이 맡는다면, 연다현은 별누리 내부를 관리하고 있었다. 연다현은 하레밀과 아리와 만나기로 되어 있었다. 모든 일이 끝난 후 하레뮐은 자신이 가지고 있던 선장직을 둘에게 양도하고, 아리와 함께 연구소에 틀어박혔다.

"표본 보관실에 있는, 고통 증폭기를 구성하는 100번째 배양인들에 관심을 가지고 있더군."

"뭐라고? 혹시 또……"

연여인의 표정이 날카로워졌다. 연다현이 손을 흔들었다.

"아니, 고통 증폭기를 해체하겠다는 거야. 그런데 그 속의 배양인들은 전부 살아 있잖아. 배양통에서 꺼내는 거 자체야 간단하지만, 장기적으로 그들이 삶을 영위할 수 있도록 해야지."

"아직도 믿기 힘들어. 사람이 그토록 잔인한 일을 할 수 있다는 것이."

연다현은 씨익 웃었다.

"그래도 사람이 그들을 구할 수도 있는 거잖아. 하레뮐은 그 배양인들이 기쁨을 느낄 때까지 쉬지 않겠다고 했어. 월인들 이야기를 할 때만큼 표정이 상기돼 있던데."

"어쩌면 하레뮐은 속죄할 수 있을지도 모르겠네."

하레뮐에게도 받을 선물이 있었다. 연여인은 달 기지와도 협상을 하기로 되어 있었다. 연다현은 월인들을 몇 명까지 받아들일 수 있는지 계산하고 있었다. 별누리 내부에 대대적인 개조가 필요할 것이다. 그래도 본래 별누리는 월인들의 방주였으니, 그들에게는 자격이 있었다.

"그리고 제일 중요한 소식."

연다현은 어색할 정도로 길게 뜸을 들였다. 연여인이 코웃음을 쳤다.

"멍청한 소리 하면 화낸다."

"신록이 깨어났어."

연여인은 휘둥그레진 눈으로 싱글거리면서 말하는 연다현을 바라보았다. 결코 화낼 수 없는 이야기였다.

"그래? 그럼 지금 당장……"

"아니, 조금만 기다려."

연여인이 고개를 갸우뚱거렸다.

"안정이 필요하대?"

"좀 더 대화를 하고 싶대."

누구와 대화를 하려는지 물으려다가, 연여인은 새삼 자신의 몸이 땅에 붙어 있음을 느꼈다. 이 세상의 인공중력은 잘 작동하고 있었다. 초지능은 별누리를 여전히 관리하고 있었다. 그리고 그 속에 깃든 그 상처 많은 영혼은 아직도 남아 있었다. 신록은 그와 직접 연결될 수 있을 것이다.

신록은 혼자 앉아 있었다. 리원은 딱 한 시간만 기다리겠다고 했다. 브레인웨어의 연결은 차단되어 있었다. 그는 실로 오랜만에 참된 정적을 느꼈다. 그를 둘러싼 세상도, 그의 정신도 고요했다.

신록은 자신의 자매를 생각했다. 제물. 희생자. 가장 부당한 고통을 받은 자. 아직도 신록은 그의 고통을 완전히 이해하지 못했고, 자신이 어떻게 혜린을 위로할 수 있을지 짐작할 수도 없었다. 심지어 초지능조차 이를 계산할 수 없을 거라고 생각했다. 신록은 자신이 어처구니없는 실수를 저지른 게 아닐까 의심스러웠다. 감히 내가 혜린이라는 존재 자체를 목적으로 삼을 수 있을까?

아니, 신록은 스스로의 생각에 매몰되지 않기로 했다. 리원도 핵 앞으로 기어 올 때 따지고 들지 않았을 것이다. 그를 필요로 하는 고통받은 사람이 있었다. 그 사실 이상은 생각할 필요가 없었다. 신록은 자신의 자매와 대화하고 싶었다. 그의 오래된 상처를 낫게 하고 싶었다. 간단한 인사부터 시작하는 것이 좋을 것 같다고 생각하면서, 신록은 브레인웨어를 작동시켰다.

이 세상의 가장 유순한 주인이 될 수 있었던 존재에게 그는 생각으로 된 인사를 건넸다. 안녕, 잘 있었니? 잠시 신록의 머릿속이 일렁였다. 곧, 정적이 깨졌다. 그의 것과 똑같은 목소리가 돌아왔다.

작가의 말

　지금까지 출간된 안전가옥 오리지널 도서들의 책날개에 적힌 목록을 살펴보면, 심너울 장편(근간)이라는 말이 꽤 예전부터 쓰여 있다는 것을 알 수 있다. 그만큼 기획이 오래전 시작됐다는 뜻이다. 본래 이 소설은 별누리를 배경으로 한 여러 에피소드, 즉 연작 형태였다. '별의 아이들'이라는 고전적인 제목도 있었다. 그 별누리에서는 초지능이 천 명의 아이들을 직접 기른다. 아이들은 기초적인 사회를 구성하고, 이름 대신 서로를 직업으로 부른다. 수십 년 뒤, 아이들 중 몇몇이 그 초지능 속에 사실 인간이 깃들어 있다는 사실을 깨닫게 된다. 20만 자를 썼다가 전부 다 지우고 새로 썼다. 남은 콘셉트는 커다란 우주선과 초지능 속에 깃든 인간, 그리고 신록이라는 이름뿐이다.

　이름 이야기를 해 보자. 혜린, 한 트위터 친구 분께서 기꺼이 자기 본명을 주셨다. 연여인은 이 책의 표지 작업을 해 준 멋진 예술가의 필명이고, 다현은 그녀의 본명이다. 원래 외모 묘사를 잘 안 하는 편인데 원하시는 대로 가장 아름다운 인물로 썼다. 아리는 나와 아주 가까운 친구의 이름을 따 왔다. 신록이라는 이름은 그냥 내가 좋아하는 단어라서 쓴 거다. 내 생각에 이건 십수 년 전에 월드 오브 워크래프트의 던전 '신록의 정원'을 돌다가 뇌리에 각인된 것 같다. 나머지 이름은 그때그때 만들어서 썼다. 나는 항상 새로운 이름을 원한다. 등장인물에 자신의 본명을 선물하고 싶다면, 트위터 @neoulneoul로 연락 주시라.

아래는 엔딩 크레디트다.

오랜 시간 동안 이야기를 함께 개발한 스토리 PD 조이 님과 기획 PD 모 님께 감사한다.

(이 글을 쓰는 순간엔 아직 편집 단계에 들어가지 않았지만) 편집자 님께도 진심으로 감사한다.

진실로 책은 결코 작가 혼자 만드는 것이 아니다. 제작과 디자인, 마케팅 등등, 수많은 일에 관여하여 함께 이 책을 만든 여러 협업자 분들께도 감사의 뜻을 표하고 싶다.

함께 작업실을 쓰는 내 소중한 친구이자 동료들, Ch 작가와 S 작가에게 감사한다. 특히 위대한 Ch 작가는 원고를 초기 단계에서부터 모두 읽고 피드백을 해 주었다. 장편 초고를 읽는 것은 일반적으로 고역이다. 정리되지 않은 문장으로 둥둥 떠다니는 작가의 혼란한 상상을 날것으로 보아야 하니까. 그런데 그 고역을 그는 기꺼이 감당해 주었다. 집에서 혼자 일하기를 그만 두고 작업실을 공유하기 시작한 것은 2021년에 제일 잘한 일이 었다.

언제나 정서적 지지를 제공해 주고 피드백도 해 주는 내 친구들에게 감사한다. 이건 TMI겠지만 나는 정말 인복이 과도하게 좋은 편이다. 그들 덕분에 과분한 행운을 누리고 있다는 생각을 많이 한다. 올해는 정지음 작가의 도움을 많이 받았다는 것을 따로 언급하고 싶다.

세상에 콘텐츠가 많다 못해 흘러넘치는데, 그 수많은 콘텐츠 중에서 내 책을 골라 읽는 사람이 있다는 것을 생각하면 놀랍다. 그만한 기적이 실제로 일어난다는 걸 아직도 믿기 힘들다. 내가 생각한 이야기를 끝까지 읽어 준 독자님들, 정말 고맙습니다. 덕분에 제가 망하지 않고 또 하루하루 먹고 삽니다. 여러분들 덕에 어쩌면 죽을 때까지 좋은 이야기를 쓸 수 있을지도 모른다는 믿음이 분명히 자라납니다.

프로듀서의 말

심너울 작가님이 작가의 말에서 밝힌 대로, 『우리가 오르지 못할 방주』는 꽤 오랜 시간을 들여 기획하고 개발한 작품입니다. 소설 한 권 분량의 원고가 거의 다 나왔는데 몇몇 콘셉트만 남긴 채 완전히 엎기로 했을 때, 작가님이 어떤 마음이었을지 차마 헤아리기 어렵습니다. 새 버전의 원고를 쓰기 직전 작가님은 회의를 마치고 헤어지면서 아름다운 것을 만들고 싶다고 말했습니다. 저는 수정 원고를 받고서 그 목표에 다가간 것 같다고 대답할 수 있어서 기뻤습니다.

지난 프로듀싱을 회고하느라 회의록을 들춰 봤더니 작가님과의 첫 만남이 기록되어 있었습니다. 작가님이 초기 트리트먼트를 개발하던 무렵, 저는 당시 담당 스토리 PD였던 신의 퇴사로 인수인계를 겸해 회의에 참석했는데요. 이날 우리는 이 작품에 담고 싶은 메시지에 관해 이야기를 꽤 나눴습니다. 내용이 많이 바뀐 지금에도 궁극적으로 그리려던 인간의 모습은 달라지지 않았다는 것은 중요한 지점입니다. 잉태인과 배양인, 거액의 생명세, 악당과 거래한 주인공, 음모로 가득한 우주선, 숨겨진 비밀이 뒤엉켜 궁극의 선택으로 이어지는 이 스페이스 오페라는 잔가지 없이 명료한 플롯으로 쾌속 질주합니다. 그 속에서 겁이 나 죽겠지만 세상을 구해야 하는 운명을 받아들이고 용기를 끌어모아 비틀비틀 나아가는 주인공 신록은 현대를 살아가는 우리와 크게 다르지 않아서, 그러나 분명 조금 더 용기 있는 사람이라 응원하고 공감하고 또 오래 생각하게 됩니다.

작가님의 재기 넘치는 단편 소설에 익숙한 독자들은 작가님의 새로운 면모를, 작가님의 장편을 기다렸던 독자들은 더 깊어진 작가님의 사유를 느낄 수 있는 시간이 되지 않을까 생각합니다.

프로듀싱을 함께한 기획 PD 모와 리뷰에 도움을 준 프로듀서들, 출판과 사업을 이어갈 운영 멤버들에게 고맙습니다. 편집자와 디자이너께도 미리 감사합니다. 무엇보다도 긴 시간 동안 하나의 세계를 창조한 심너울 작가와 이 세계를 함께 유영해 준 독자 분들께 진심으로 감사의 말씀을 드립니다.

안전가옥 수석 스토리 PD
이지향 드림

우리가
오르지 못할
방주

1판 1쇄 발행 2021년 12월 23일

지은이 심녀울

기획 안전가옥
콘텐츠 총괄 이지향
프로듀서 박혜신, 이지향
          반소현, 윤성훈, 이은진,
          임미나, 정지원
편집 허유미
일러스트 연여인
디자인 홍미연
사업개발 김보경, 이기훈
경영지원 홍연화

펴낸이 김홍익
펴낸곳 안전가옥
출판등록 제2018-000005호
주소 04779 서울특별시 성동구 뚝섬로1나길 5,
      헤이그라운드 성수 시작점 203호
대표전화 (02) 461-0601
전자우편 marketing@safehouse.kr
홈페이지 safehouse.kr

ISBN 979-11-91193-35-0 (03810)